幸福号出帆

三島由紀夫

角川文庫 16503

目次

吉報いたる

梅雨入り前のNデパートの屋上は、すこし湿気を含んだ風と、いぶしたような日ざしにさらされて、ただ屋上庭園だけを目ざして来る、まるで買物なんぞしない客で、活気を呈している。雲形定規の形の小池、小噴水、これをかこむ小さな芝生とツツジの花、週末以外は頑固に動かないメリー・ゴー・ラウンド。

屋上の一角にある植木部には、ほのかな紅いろの立あおいや金魚草が花ざかりだが、あまり売れない。ワイシャツ姿のサラリーマンの胸もとにひるがえるネクタイばかりが、景気がいい。

金がないと、人はともすると屋上へ昇りたがり、金使いの荒い銀座の横町を、はるか高みから、見下ろしたくなるものであろうか？

たちまち、きれいな女声合唱の声が起る。

人々はベンチから立上る。この聴き物は、おそらく只《ただ》なのだ。

ところで声に誘われた人々は、目の前に立ちはだかる金網の塀にさえぎられる。

動物園の檻《おり》にたかるように、みんなは金網の網目に指をかける。そのなかには珍奇な獣がいるわけではない。屋上の四分の一ほどの部分が金網で仕切られて、

「店員休憩所」

という札が立っているのである。

そろいの萌黄《もえぎ》の上っぱりを着た二十人ばかりの女店員が、ここでは公然とお客にお尻《しり》を向けて、半円をえがいている。歌はメンデルスゾーンの「歌の翼に」である。いささか気恥かしくなるような邦訳の歌詞……。

「歌の翼に君を送らん
　南はるかなるうるわし国に
　花は薫る苑《その》に月影さえ
　蓮咲《はちす》き出でて君を待つ夜《よ》
　蓮咲き出でて君を待つ夜……」

アルトが六人、メゾ・ソプラノが六人、ソプラノが八人だが、この三部合唱は、ひときわ美しいソプラノに引きずられて、ともするとハーモニイが崩れるので、自分もソプラノを歌っている指揮者は、たびたび歌を中断して注意を与えた。

この指揮者だけが円陣のむこうに、お客たちに顔をさらして立っている。

その唇は歌の高低につれて、実になめらかに動きながら、やや眉《まゆ》の濃い明るい派

手な丸顔は、口の動きだけが他人のようで、まるきり表情の動きを欠いている。目は大きく黒い。その目も長い睫《まつげ》の下に、森閑として見えるのである。

「もっとお互いに人のパートをよくきいて、自分のパートを忠実に守らなくちゃだめだよ」

こう言って、彼女は鋭い仕種《しぐさ》で腕時計を見た。

「さあ、もう時間だから、今日はこれでやめて、職場へかえりましょう。私もすぐ行きますから」

女店員たちがぞろぞろと散ると、それにつれて見物人たちも金網の前から散った。しかし指揮者の女店員だけが、金網の小さな扉をあけて、お客の中へとび出したので、閑人《ひまじん》たちは動揺を来した。

「御免下さい」

人ごみをわけてこう言うと、彼女はしきりに腕時計を見て時間を気にしながら、屋上の上にそびえる展望台の頂上をめざして、鉄の螺旋《らせん》階段をまっしぐらに駈《か》けて昇った。

展望台へ昇る螺旋階段は昇りと降りに左右に分れている。昇りのほうを降りてきた派手なTシャツのアメリカ人が、ぶつかりそうになった彼女の勢いに身をかわして、口笛を吹いて、ふりむいた。

頂上には、暇をもてあましているらしい五、六人の客がブラブラしている。かれらの頭上には、入梅を思わす厚い雲のそこかしこから、毒っぽい不透明な日光のさし出ている白金いろの空しかない。その空は重たい。風に乱れた髪をかいやりながら、ある女は恋人らしい男に、こんなことを言っている。

「ねえ、私たちは、いつになったら二人きりの部屋が持てるでしょう」

女店員の快活な走り足に、こんな連中は、ちょっと非難のような目を向けた。

彼女はポケットから十円玉をとり出すと、展望台の一角の小屋の窓口で切符を買った。

「望遠鏡、三分間、十円」

という紙を板に貼ったのが、風に半ば剝《は》がれてひらひらしている。

彼女は板の台の上に乗り、築地の方角に向っている望遠鏡をのぞこうとして、もう一度時計を見た。二時をすでに二分すぎている。

望遠鏡をのぞく。

右方に浜離宮公園のムクムクした苔《こけ》のような緑と、そのかなたの海の沖にならんでいる船が見える。水平線はぼんやり曇っている。

彼女は角度を左に変えた。

錯雑したビルが、一枚の押絵のように見えた。T温泉ビル、そのずっとむこうのT劇場、さらにむこうの築地本願寺の円屋根の緑いろの側面、それらが、平たい絵を次々と貼り重ねたように見える。高くそびえたT温泉の大煙突の稀薄《きはく》な煙が、かげろうのように、遠い港の風景を歪《ゆが》ませている。耳に入るものは、ビルの谷間のあちこちに反響して昇ってくる自動車の警笛だけである。

ふとレンズの焦点は、魚河岸《うおがし》をつなぐ橋に固定して、橋の袂《たもと》の柳や自転車のゆきかいを鮮明に見せる。しかし彼女の見たいのはそれではない。ほんの一寸《ちょっと》レンズを左に向ける。魚河岸の屋根の外れに、勝鬨橋《かちどきばし》の対岸の、保税倉庫のつらなりが、やっと見えた。

「あそこだわ」

とコーラスの指揮者は、思わず口に出して言った。

発動機の看板が出ているかたわらに、倉庫と倉庫のあいだの暗い小路が川へ向って口をあけている。小路の手前に、川へ小さな荷揚の桟橋がつき出ている。小さな点々たる緑は、ペンペン草の草むららしい。桟橋の左には二、三の伝馬船がもやってある。

一人の黒いポロシャツの男が桟橋に立って、いらいら歩き廻《まわ》っている。白いズボンの日本人らしからぬ長い足。

『やっぱり兄さんだわ。何をしようと云うんだろう、あんなところで。今朝ふと立ぎきしたとおり、午後二時に、発動機の看板のそばの桟橋で、誰かと待ち合わしているんだわ』

そのとき、横縞《よこじま》のTシャツを着た、背の低い男が、小路から現われた。男は桟橋にいる兄のほうへ近づいた。兄と男は、何か白い小さなものを示し合い、男が四角いフロシキ包みを、兄の敏夫に手渡すのが見えた。

四時ごろ、敏夫はNデパートの靴下売場へ電話をかけてきた。

「お兄さんからよ」と、同僚の店員が三津子の名を呼んだ。

兄は三津子がデパートにつとめだしてから、一度もそこへ顔を出したことがなかった。髪や目の色こそ黒いが、顔の輪郭がどうしても日本人とはちがうので、純然たる日本人の妹の職場へ顔出ししては、何かと噂の種になるのを怖れたのである。しかしこの混血児の兄は、生粋の東京弁をしゃべったから、電話の声だけでは、誰もその鼻がそんなに高く、その顔の彫りがそんなに深いと想像することはできなかったろう。

まだ冷房をはじめていないデパートの内部には、むうっとする熱気が立ちこめていた。色とりどりの子供用靴下は、客にかきまわされて、ねじくれて、針金でとめられた一足一足が、片方ずつ、てんでの方角を夢みていた。この梅雨の季節に、見わたすかぎりの靴下は、ひどくげんなりして見えた。

三津子は売場を人にたのんで、電話に立った。受話器はしっとり湿っていたので、彼女は夏のこれから、その同僚の脂性《あぶらしょう》の手をイヤに思った。

「おお、みつ坊かい」

兄の快活な声がした。三津子の頭には、午後二時の展望台から見たあの四角いフロシキ包みのことがこびりついていたが、何だかそのことは重大に思われて、冗談にして兄をからかうつもりでいたのに、いざ電話に出ると、口から出にくかった。

「なあに」

と彼女は兄の用件をきいた。

「今晩、めしをおごるぜ」

敏夫の妹思いと、三津子の兄思いは、父無し児の兄妹《きょうだい》のあいだに生じやすい、ほとんど甘さを帯びた特別の感情であった。兄は三津子にたびたび食事をおごり、三津子の見たがるオペラへはいつも一緒に行った。

「洋食がいいか、支那《しな》めしがいいか」

「洋食がいい」

三津子はうれしい気持を、声にも顔にも出さないタチであった。美しい滑らかな声で平板に答える。それだけで電話口の敏夫には、妹のうれしさがよくわかった。

「それじゃあ、イタリア亭でスパゲッティを食おう。六時でいいな」

「うん。六時に行くわ」

売場へかえると、同僚の女店員たちはニヤニヤして三津子を見た。一度も姿を見せないで、電話ばかりかけてよこす「兄」では、疑われても仕方がない。

「兄さんを紹介したって、疑いが深まるばっかりよ、きっと。だって私たち、ちっとも似ていないんですもの」

と三津子が言った。

「少しでも似てたら便利なのにね」

と脂性の手をしたオールド・ミスの同僚は、皮肉を言った。

——デパートがひけて、まだ明るい町へ出る。すると今まで気がつかずにいた細い雨である。三津子は頭巾《ずきん》のついたレインコートを、ふんわりかぶった。

イタリア亭の待合室兼バアの硝子戸《ガラスど》を押す。さきほどの黒いポロシャツに、白っぽい上着を着た敏夫は、革のソファから長い足を不器用にのばして立上り、三津子の脱ぐレインコートをうけとった。

「みつ坊はまた、わき目もふらずに、ここまで来たんだろう。食いしん坊め」

と敏夫が言った。それは事実だが、腹のすいているときも、いないときも、三津子は一心不乱に、わき目もふらずに目的地へ行くくせがあった。ショウ・ウィンドウなんか、さっぱりのぞかなかった。彼女は今しがた歩いてきた街を、夕方の雨のなかをすれちがうレインコートの匂いや、傘のかげの白い顔や、店内の水蒸気で半ば曇った硝子に、虹《にじ》のようにぼけてみえる沢山の女草履や、Hビルの時計台の六時のチャイムの音や、そういう雑多なもののまざり合った印象としてしか、とらえていなかった。

「いずれはオペラ歌手に、プリマ・ドンナになろうと思っている私だもの。大きな声が出るように、うんと食べて肥《ふと》るほかに何があって?」

「色気のない話だな」

兄は赤い格子の卓布をかけたテーブルが並んでいる食堂のほうへ、先に立って歩いた。

二人はナポリ風スパゲッティと、サラダをとった。値段は相当なもので、母と兄の一家を支えている女店員の来るような店ではなかった。

『まったく妙な生活だわ』

と、料理を待つあいだ、テーブルに肱《ひじ》をたてて、三津子は考えた。

『私とお母さんだけだったら、本当につつましい生活をしてゆけるのに。このふしぎな、何をしているのかわからない兄さん、私にだけは神様のようにやさしい兄さん、こんな兄さんのおかげで、私の季節の着物や、たびたびの贅沢《ぜいたく》な夕食や、オペラの一等席の切符や、そんなものがヒョイヒョイとあらわれて、私を誘惑する。こんなお金を積み立てれば、今追い立てられてお母さんが困っている家の問題だって何とか片付くのに、それを言うと、兄さんは怒って、そっぽを向いてしまうんだもの。今ごろはお母さんはたった一人で、貧しい夕食をたべてるにちがいない。サツマアゲだの煮豆だの。……それでここには、高いイタリア料理。ああ、でもそんなことを、一寸《ちょっと》でも言ったら、兄さんは怒り出すに決ってるんだから……』

それにしても兄のナイフとフォークの手さばきは、見ていて気持のよいものであった。

『私とおんなじに、お箸《はし》を持って、おみおつけを呑《の》んで育った兄さんなのに、やっぱり血って争われないもんだわ』

とこの異父妹は考える。

湯気の立つスパゲッティからは、粉チーズの匂いがあたりに漂って、その湯気で、バラの花をさした銀製の一輪差のおもてが曇った。外人の一団が、そっくり返った姿勢のまま笑いさざめきながら、食堂へ入って来た。

こうした夕食のあいだ、三津子はいつも自分の夢を話し、兄はまたそれを好んで聴いた。

「私、オペラの世界、芸術の世界だけに生きて、一生を送れたら、と思うわ」

「今にそうなるさ。俺はもっとも、芸術なんて阿呆なものを信じていやしないけど」

——勘定書の千八百円という金額に目をやったとき、思わず三津子は言った。

「何で儲《もう》けたの？　今日、桟橋でうけとった四角いフロシキ包み？」

「えッ」

兄の顔色がかわった。

しかし敏夫の変った顔色は、ほんの一瞬にすぎなかった。このイタリア系の顔は底抜けに明るく、一生悩みの持てそうもない顔で、三津子はいつも兄の秘密を探ろうとしては、はぐらかされてしまうのであった。

表むき、敏夫は妹に、いつも自分は女に貢がれていて、それを妹にお裾《すそわ》分けしているのだ、という風に言っていた。これは可能性も実績もある、ごく納得のゆく説明だが、三津子がこんな説明に不潔感や嫌悪を感じないのはどうしたことだろう。

彼女はむしろ潔癖な娘なのである。

この兄妹は、ずっと永いあいだ、ゲームをやってきて、それに馴《な》れてしまったのだ。お互いに好きだったから、相手の欠点を十分にみとめて、欠点を支出し合って、それで平均をとっていた。三津子のきらいな不しだらも、兄のものとなると清潔に見え、敏夫のきらいな芸術も、妹のものとなると美しく見えた。結果的に言って、自分のきらいなものを相手のなかに助長するだけのことだと知りながら。

……しかし敏夫の顔いろが変ったとき、三津子は、言ってはならぬことを言ったと思った。兄を傷つけるのは本意ではなかった。彼女はすぐ目をそらして、気まぐれな猫のような様子で、黙った。

敏夫は、どうして妹が知っているか、という反問を避けて、これもせい一杯のんきに言った。

「ありゃあ友だちから、一寸たのまれものをしただけさ。ここを今夜奢《おご》ったのは、只《ただ》だからなんだ。今、俺はちゃんと金を払ったろう。あれは表向きの話で、あの金はまた、マダムの手をとおって、何倍かになって、俺のふところへ返ってくるんだからね。ここのマダムと知り合ってから、まだ一ト月足らずだけど。……あ、来た。どこで怠けてやがったんだ」

こう言いながらも、当のイタリア亭のマダムが、ほうぼうのテーブルへ愛想を投げてから、兄妹のところへ来ると、敏夫はていねいに椅子を立って挨拶《あいさつ》をした。

マダムの房子は、銀灰色のスーツを粋に着こなして、首には暗い臙脂《えんじ》いろのスカーフを巻いていた。この前へ出ると、三津子の花もようのプリントのワンピースは見すぼらしく映った。

「妹さん？　おきれいね」とマダムは気持のよい速度と弾力のある話し方をした。

「オペラが御志望なんですって？　今度あたくし、いい方に御紹介しますわ」

「へんなお座なりを言って、妹を惑わさないで下さいよ」

「ナマ言うんじゃないの」

いきなり房子は、スカーフと同じ色に染めた爪先で、敏夫のほっぺたを軽くつねった。三津子はこういう場合の自分の位置を心得ていた。びっくりした顔もできないから、無邪気にニコニコしていた。そういう妹へ、兄は微笑して「そらね！」という目くばせを送ったが、この目くばせに気づいた様子のない房子を、彼女はいくらか軽蔑《けいべつ》した。

——例のとおり、街頭で敏夫と別れて、三津子は月島の小さなわが家へかえる。戸をあける。声をかける。

暗い電灯の下で、二十年も前から着古した派手なバラもようのワンピースの背中が、ほころびの出るほどつっぱって、母はうつぶせになって泣いていた。

三津子は大体、母の泣くのにはおどろかなかった。何かにつけて母の正代《まさよ》は、大

がかりに泣いたり喜んだりした。三津子を見ると、正代は体に不釣合に大きな顔をあげて、

「ピアノを売れというのよ。ピアノを」

と言った。追い立てに来た家主が、こんな家に不相応なピアノを売れば、引越料ぐらい出るだろう、と罵《ののし》ったというのである。

月島のこのあたりは戦災を免かれ、かれら一家は戦争前からこの階下二間《ふたま》二階二間の、ちっぽけな借家に、安い家賃で頑張っていた。家主は四、五軒の古い家作を取り壊して、アパートを建てるつもりになったのである。

古いドイツ製の二流品のピアノだけが、昭和十二年ごろ、F歌劇団の草創時代に、まがりなりにもオペラ歌手であった正代の、思い出を養う財産である。三津子も歌の手ほどきを、幼ないころからこのピアノで母に習ったし、今ではペダルもこわれ、C《ツェー》の音とFis《フィス》の音との絃《げん》が切れているのに、もう半分化けかけたようなこんなピアノを、手離す決心がどうしてもつかない。

「大丈夫よ。ピアノを売らなくても、何とかなるわよ」

と三津子は母の肩を叩《たた》いた。

しかし見まわしてみると、化けかけているのはピアノだけではなかった。器物も百年たつと、化けて人をたぶらかす。それを付喪神《つくもがみ》というのだそうだが、古畳の上

に坐《すわ》った正代の、在米一世みたいな好みの派手な洋服も、壁にかけつらねたオペラの端役の扮装《ふんそう》写真も、化けて出るのが遠くなさそうである。三津子には、しょっちゅう家を外にしている敏夫の気持が、わからないこともない。

「はじまるよ。はじまるよ」

子供の声が玄関の戸を叩きざま、むこうへ遠のいた。正代は不安そうにたずねた。

「何がはじまるの？」

「そうだわ。テレビで、ボクシングの試合がはじまるんだわ」

「そう？　気晴らしに見に行こうかね。雨も上ったらしい」

丁度家の前が小公園になっていて、その一角に、商店街の寄附にかかるテレビが据えられていた。二つ三つの街灯が、昼間はキャッチ・ボールに使われる、索莫《さくばく》とした空地を照らし、十数本の鈴懸の雨上りにみずみずしい青葉が、その灯《あか》りに下から浮き出ていた。

「ほら、水たまりよ、そこんところ」

と三津子は、水呑場《みずのみば》の水が洩《も》れてたまっているのを、母の足もとに教えた。

テレビの前には、三脚をもち出して坐っているおじさんもあり、五、六人の子供を引連れて見に来ている主婦もあった。隣りの「月島あられ製造本舗」の主人も、むずかしい顔をして、腕組みをして、見上げていた。もう一軒となりの鍼医《はりい》も来ていた。テレビの画面の明暗が変るごとに、それを見上げている人々の顔は、一様に明るく照らされたり、暗く翳《かげ》ったりした。みんな初夏の晩の、只のたのしみにうきうきしていた。

「ああいやだ、残酷だ。鼻血を出したりして」

正代が叫んだとき、岸壁を出る貨物船の、途方もない大きな汽笛が、テレビの音をうばった。この町は一日に何度となく、心にしみわたるような暗い汽笛の音に包まれるのだった。


ピアノまで売れと云われたり、テレビのボクシングで鼻血を見て気持をわるくしたり、正代にとってさんざんな一夜が明けると、真夏のような明るい朝日が、道に面した櫺子窓《れんじまど》から縞目《しまめ》にさし込んだ。

その朝日に、窓へはさんである新聞が、きらきら光っているように見えた。床から首を出してそれを見た正代は、何だか幸福な予感がした。……

——三津子は、いつもより三十分も早く、母にけたたましく叩き起された。

「見てごらんよ。見てごらんよ、これ」

三津子の鼻先には、畳んだ朝刊がつきつけられ、起きる匆々《そうそう》、ガソリンの匂いに似た印刷インクの匂いに鼻を刺された。

「何よ。まだ早いのに」

「いいから、読んでごらんよ、これ」

三津子は、寝ちがえて少ししびれの残っている、よくみのった裸の腕をさしのべて、新聞をひろげて見た。

「ここよ」

正代はうれしそうに社会面のトップの記事を指さした。

日伊をむすぶ愛情の橋
ソプラノ歌手
コルレオーニ・歌子さん
イタリア人亡夫の三千万円の遺産を承《う》く
これを基金にオペラ運動展開か？

「これがどうしたの？　歌子先生って、むかしのお友達なんでしょう。でも……」

「いいのよ。いいのよ。そんなことはどうでも。……とにかくこれで私たち一家は救われたんだよ。追い立てなんか、もう怖くない。あしたは木曜で、あなた公休だね。敏夫と三人で、歌子さんのお宅へ行きましょう。敏夫はまあ、何をしてるんだろう。こんなときに家を明けて」

わけがわからぬままに三津子は朝食をたべ、一人ではしゃいでいる母を残して、出勤した。足代の節約のために、毎日、月島から銀座まで、徒歩でゆきかえりするのである。

職場の休み時間に、屋上ででも、もう一度ゆっくりと読み返そうと思って、橋詰で新聞を買い、三津子はかちどき橋を渡りだした。

雲一つない快晴の朝である。しかも風がさわやかだ。いつもより早く家を出たので、どんなにゆっくり歩いても間に合う。

常々、立止ってみたことなどない橋の袂《たもと》に、三津子は立止って河口を眺めた。倉庫の前には、さびたドラム缶を一杯積んだ伝馬船が二ハイ、もやってあった。そんな汚ないドラム缶の赤さびの色までが、旭《あさひ》にかがやく水の上で美しくみえた。対岸の魚河岸の桟橋には、鰹《かつお》船の景気よい赤い旗がはためいていた。朝の河口は活気にあふれ、あちこちから、喜びに鼓動する心臓の音みたいなポンポン蒸気の音がきこえた。

三津子まで、何だか幸福の予感がしてきた。

『何もかもうまく行かなくても、とにかく歌子先生の手蔓《てづる》で、オペラへ出る糸口はきっとつかめるわ。芸術に打ち込んで、私、こんなみじめな汚ない生活をすっかり忘れてしまいたい。芸術の世界には、私の知らない、清らかな、夢のような生活があるにちがいない』

——こんなことを考えながら、可動橋の部分の木の歩道をとおりすぎたころ、彼女はいきなり肩を叩かれて、物思いからさめた。

「やあ、おはよう」と肩を叩いた兄は言った。

まったく家を明けておいて、「やあ、おはよう」という、朝がえりの挨拶《あいさつ》もないものだ。しかし三津子は、朝のさわやかな明るい表情で、敏夫を見上げて言った。

「えー、おはようございい」

敏夫はきのうの白っぽい上着を腕にかけ、黒いポロシャツの手を、橋の欄干にのばして、少し照れて、遠いガスタンクの黒い影のむこうにきらめいている水平線を眺めやった。その見事な横顔には軽く脂が浮き、無精髭《ぶしようひげ》がまばらに生えていた。

三津子は、こんな兄を見るたびに、兄の夜の快楽の生活を、いささかの嫉妬《しつと》もなしに、しかしほんのり官能的な気持で、想像してみる癖があった。するとなぜか彼女には、こんな瞬間、この無頼の兄が、誇らしく思われるのであった。

「今朝の新聞見た?」

「いいや」

「見てごらんなさい」

と三津子は、その記事のところだけ読めるように畳んで、敏夫に手渡した。

敏夫がくわえ煙草の煙に眉《まゆ》をしかめて、ゆっくりゆっくり読んでいるあいだ、三津子は程近い魚河岸の桟橋を眺めていた。そこからは、われ鐘のような流行歌のレコードがきこえ、鰹船から永い一列縦隊をえがいている、ゴム長や、ゴム前掛をし、白い鉢巻をしめた若い衆たちの姿が見えた。かれらは、防空演習のバケツ・リレーの要領で、青く光る鰹を一疋《いっぴき》ずつ、手から手へ、波のような調子をつけてリレーしたすえ、それを倉庫の前に積み上げているのが、光る刃物を積み上げているようにみえた。

「読んだ？」

「ああ。これがどうしたんだい」

「どうしたんだか、私もよくわからないのよ」

「ちェッ。バカにするない」

「ただお母さんがむやみにはしゃいで、これで私たちは救われたって言ってるのよ」

「そうか。甘い考えだな、あいかわらず、おふくろも。そりゃあ、この死んだコルレオーニ氏という奴は、俺のおやじだが……」

「あら！　まあ！　そうなの」

三津子は目を丸くした。

複雑な家庭でありながら、兄妹仲のよい三津子は、いまだかつて、兄の父のことを母にきいたこともなし、母もまた、進んで話そうとしなかったからだ。すべてそういうことは、どうでもいいことであった。過去がどうあろうと、三津子は家庭の秘密に首をつっこんだりする少女の陰惨な思春期なんか、知らずにすごした。

「まあ！　そうだったの」

「今ごろ知ったのか、ずいぶんトッポイな。しかしだよ。考えてもみろよ。おふくろと、その歌子という女とは、おやじをめぐって、恋敵だったわけだろう。そんな女が、いくら三千万円ころげ込んだからって、今さら俺たちに、お情をかけるわけがないじゃないか」

「それもそうだわね」

三津子は少し悲しくなった。

「折角オペラの糸口がついたと思ったのに」

兄は海の匂いのする朝風の中で、もう一度妹の肩を力強く叩《たた》いた。

「そんなことか。それは安心しろよ。俺に委《まか》せてくれ」

芸術屋敷

コルレオーニ・歌子の家は、渋谷神山町《かみやまちょう》の焼け残った高台にあった。古い木造の洋館で、十間のうち、日本間は二間しかないが、占領中も接収されなかったのは、その外側のペンキの剝《は》げ工合《ぐあい》と、室内の暗い荒れはてた感じのためであろう。実際歌子邸の外見は、からませた蔦《つた》ばかりがいきいきしていて、十五、六年も塗りかえたことのないペンキは、いちめんに、埃《ほこり》まみれの造花をくっつけたように、篏くれ立っていた。

荒れ果てた庭は広かった。庭にはむやみと植木が多く、邸《やしき》の住人たちの声楽の練習は、この木のおかげで、すこしは隣家をおびやかさないですんだ。

コルレオーニ氏が日本を去ってから、邸には、歌子と年とった女中だけが残されて、とんだ「お蝶《ちょう》夫人」のありさまだったが、コ氏が日本へ残して行った金を、浪費家の歌子はどんどん使い果してしまったので、コ氏門下の声楽家たちがつぎつぎと間借りをして、その部屋代で、歌子の生活をたすけるようになったのである。

表札はそこで五つかかっていた。

「コルレオーニ・歌子」
「大川順」（肥《ふと》ったバス歌手の六人家族）
「高橋ゆめ子」（老嬢のアルト歌手）
「伊藤広」（バリトン歌手の子のない夫婦）
「萩原達」（若い独身のテノール歌手）
見た目はあんまりよくはないが、声だけのことなら、この五人でそっくりオペラができるわけであった。
間借人ができるまで、歌子はいつもたった一人で、食卓にコ氏の写真を飾って、夕食をとるならわしであった。いきなりその時間に邸を訪ねた或《あ》る雑誌記者が、こんなすっぱぬきの記事を書いたことがある。
『……歌子女史は夕食の最中であった。実に鬼気せまる晩餐《ばんさん》……。
永らく舞台に立たぬこの老ソプラノ歌手は、（一説によると六十歳であるが、自称三十八歳の）オペラを忘れぬために、週に一ぺんは自分一人で、オペラを演じて夕食をとるのである。と云っても、何のことかわかるまい。老いた女中さんが記者に耳うちしたところでは、今夜は《トスカの夕べ》なのだそうである。
化物屋敷然としたガランとした食堂、椅子からは綿がはみ出し、窓の隙間《すきま》からは風がヒュウヒュウうなり、そのために食卓の上の燭台《しょくだい》の焰《ほのお》は、ともすると消えそうになる。ここの女主人は、決して電気のあかりでは夕食をたべようとしないのである。食卓には、イタリアへかえった良人《おっと》の写真が飾られ、そのイタリア人の笑顔の、むき出している歯並びが、蠟燭《ろうそく》のゆれる焰で不気味にみえる。すでに古風なスプーン、ナイフ、フォークがそろえられ、スープ皿が置かれている。突然きこえてくるトスカの詠唱。《愛と音楽》というトスカの祈りの歌である。そのむかしヨーロッパで使ったトスカの黒の衣裳《いしょう》で、裳裾《もすそ》を引き、首飾をきらめかせて、舞台化粧をした歌子女史が、階段の上に姿をあらわす。歌いながら、しずしずと階段を下りる。暗いせいで、その姿は幽霊のように美しい。彼女がすまして椅子にかけて、ナプキンを膝《ひざ》にひろげ、良人の写真にむかってニッコリ微笑《ほほえ》むと、女中はスープの容器をささげて、足音をひそめて、近づくのであった。……』

ところで間借人が総計十人に及んでから、歌子邸の食堂は、さわがしい芸術サロンになった。もっとも子供ぎらいの歌子をはばかって、大川の細君と子供たちは、みんなより先に、夕食をすませるならわしであった。

間借人たちは、それぞれ、教師をしている音楽の学校や、放送局や、劇場の稽古《けいこ》場《ば》から、夕食にかえってくる。

いつも家にいる歌子は、みんなをにこやかに迎えて、一緒に食事をとる。ここの家では、ガンモドキや竹輪まで、ナイフとフォークをあやつって食べるのだが、間借人たちはもちろんこの習慣に服しなければならない。

話題と云ったら、声楽のことばかりで、歌子が家できいているラヂオに出た歌手の、歌い方の批評に花が咲く。批評の俎上《そじょう》にのぼるのはもちろん、歌子と仲のわるい歌手か、むかし世話になったのに、そむいて行った歌手かである。

歌子はたくさん指環《ゆびわ》をはめた手を、あちこちへ大げさに動かして、おそろしく上流の言葉づかいで、諸事オペラ風に喋《しゃべ》るのである。

「今日のおひるの名曲サロンできいたけれど、須原夏子さんのお歌いになった、あの『お蝶夫人』の『ある晴れた日に』は、感心しませんでしたね。熱意のある努力家だってことは十分わかりますけど、才能ってものが、ねえ、大川さん、才能ってものがなくて、歌をおうたいになっていいものかしら」

「いや、いささか耳が痛いですな」

と大兵肥満《だいひょう》の大川は、大きなムッチリした指で、象のような耳のうしろを搔《か》く。

「ああら、あなたには才能がおありになってよ。才能に溢《あふ》れていらしてよ。むしろ天才ですわ、あなたは。でも、須原さんは、どうでしょう。機械の歌ですわね。あの方は。感情、抒情、詩、心の琴線にふれるもの、夢、……そういうものが、ちっともあの方の歌には感じられなくてよ。それに四度も音程をお外しになった。四度ですよ！　一つの歌に。まあ、あたくし、伺っていて顔が真赤に……」

皮肉屋の伊藤は、ちっとも皮肉と気づかれぬように、まじめくさって相槌《あいづち》を打つ。

「紅葉《もみじ》のように、ですか？　先生」

「ああ、美しい形容！　紅葉のように、よ。私、ひとのことながら、恥かしくて、紅葉のように真赤になってよ。まあ、思い出しただけで、もう真赤！」

歌子は指輪だらけの手を、自分の両頬にあてる。

老嬢のアルト歌手、高橋ゆめ子は、そんな歌子を、ぼんやりした、死んだような目つきで、しみじみと鑑賞する。同級生として、何十年来、歌子と附合って来て、誰の目にも厚化粧の歌子より十歳《とお》は年嵩《としかさ》に見えるゆめ子は、何十年来、歌子のことを、ゆるせない気持で見ながら、いまだに一言も、歌子に言葉を返すことができないのである。

さて、若いテノールの萩原は、田舎の大金持の息子で、部屋代もわざと三倍払っている。美男で、声もすばらしくいい。しかし頭はカラッポで、カラッポというより白痴に近い。歌子を心から崇拝している彼には、歌子の一言一句がほとんど天使の声のようにきこえるのである。恥かしげもなく、こう言った。

「ああ、先生、そうして顔を赤くなさったところは、十八の乙女のようにお見えですよ」

正代《まさよ》と敏夫と三津子が、乗り込んで行ったのは、こんな一家であった。むしあつい日だというのに、敏夫は、母親の命令で、フロ屋へゆき、キチンとネクタイをしめさせられ、上着を着せられていた。正代は朝からお化粧にゆっくり時間をかけ、首には誰やらのハワイ土産の木の実のネックレスをかけ、すっかり色のあせた造花のくっついた帽子を頭にのせて、鏡のまえで、ためつすがめつしていたが、この帽子は、三津子の意見でとりやめになった。正代のよそゆきの洋服は、宮中の女官のような感じで、手を前で組んで、ちょこまか歩くのにふさわしい仕立になっており、よけいなヒダがいっぱいぶらさがっていた。そしてイザ家《おし》を出るときには、化粧と着附の大わらわの労働のおかげで、正代の鼻の頭には、白粉《ろい》からにじみ出た細かい汗が鈴なりになっていた。

寒暖計は二十九度をさしていた。

一家は戸じまりをしてから、となりの「月島あられ製造本舗」へ、留守をたのみに行った。開襟シャツを着たオヤジは店の奥から、

「はい。よござんすよ。店の若いもんに見張らせますから」

と言った。

それをきくと正代は安心して、花もようの日傘を、店の軒先の日ざしの中へパッとひろげた。三津子は、レエスのついたそんな傘の花もようを見て、母親の抒情的な趣味に、いつもながら、おどろかずにはいられない。

見ると、傘の内側には、ところどころから、射るように、日光がさし込んでくる。

「おやまあ、こんなに虫に喰《く》われてる」

「一つ、二つ、三つ、……お母さん、八つもあいててよ、穴が」

結局この傘もあきらめることになって、折角厳重にした戸じまりをあけ、又、傘をしまってから、戸じまりをし直すことになった。玄関わきの一尺たらずの土から、コンクリート道路の上へ鷹揚《おうよう》にひろがっている、この家の唯一の植物である八つ手の葉は、戸じまりをするたびに、バサバサと大ぶりにゆれ、その下品につやつやした葉の反射で、暑い日光をそこらへまきちらした。

こんなごたごたが大きらいな敏夫は、角の洋品店の前で、じりじりして待っていた。

「おまちどおさま」

母親がこう言っても、返事もしない。

とにかく、この三人が、仲のいい一家族になって外出するなんて、未曾有《みぞう》のことで、めいわくそうな兄の顔を、三津子はおかしく思った。

三人は都電に乗って銀座へ出、そこから地下鉄で渋谷へゆくことになった。かちどき橋を渡って、変電所の白レンガの建物がまばゆく光るのを、都電の窓からながめた正代は、

「わたし、いつかこの橋を、こんな気持で渡ってみたいと思ったのよ」

そう言って窓枠にかけた母の指に、見なれぬ指環を見つけた三津子は、

「あら、きれいな指環。こんないいものを持ってたの？　お母さん、これ、ダイヤモンドじゃなくて？」

敏夫はこれをきくと、現金に顔を寄せた。

母はしみじみと自分の指の指環をながめた。

「何がダイヤなものかね。ただのガラスですよ」

歌子邸の門前に立ったとき、まず敏夫が、大声をあげて、率直な感想をのべた。

「なんだ。化物屋敷じゃないか、こりゃあ」

「シーッ。きこえたら、どうするの」

正代は指を口にあてた。

三津子は、広いには広いが、こんな崩れかけたような家に、有名なコルレオーニ・歌子が住んでいると思うと、尊敬の念をあらたにした。あまつさえ門前には、

新聞社か雑誌社のものらしい、ピカピカ光る自動車が二台とまっていた。

「それにしても表札の多い家だね」

今まで腕にかけていた上着を、母に注意されて、暑くるしそうに着ながら、敏夫は言った。

「皆さんに間借をさせていらっしゃるのよ。歌子さんもずいぶん苦労なすったんだわ」

——ベルを鳴らす。

年とった女中がドアの窓から不景気な顔をのぞかせたが、正代は前以《まえもっ》て訪問を通じておいたので、蝶《ちょう》ツガイの外れかけたドアは内側へギシギシとあいた。

「山路《やまじ》でございます」

と正代がていねいにお辞儀をした。

その声をきいて玄関へ、首のまわりに黒いレエスをつけた黒い喪服の歌子が、姿を現わした。目を真赤に泣きはらし、ハンカチをわしづかみにして。

「まあ、山路さん、なつかしいわ！　なつかしいわ！」

「先生、ほんとに御無沙汰《ごぶさた》ばかり。でもお会いしたくて、お会いしたくて」

二人の初老の女は、玄関口で誰はばからず抱き合ったと思うと、もう泣いていた。

玄関へ入るに入れず、敏夫はそとで、妹と顔を見合わせて、ちょっと首をかしげて、指先で、頭に左巻きの輪をえがいてみせた。

三津子はというと、歌子の大げさなジェスチュアが、母とそっくりなのにおどろいた。おんなじ抱きつくにも、まず鬼ごっこの鬼みたいに大手をひろげて、それを急にすぼめて、相手の体に抱きつくのである。

『お母さんはつまり、いつも歌子先生のマネをしていたんだわ』

と三津子は思った。

「今も泣いていたところなのよ。やさしかったあの人を思い出して」

と臆面《おくめん》もなく歌子が、正代の肩に首をあずけたまま言ったとたん、奥から、
パッ
と稲妻のような光りがはじけた。

敏夫と三津子は思わず身をよけたが、歌子は自分の感情に酔って、こんなショックには平気の平左である。

奥に来ていた雑誌社のカメラマンが、面白そうな感激的場面に、フラッシュをたいたのである。

「まあ、こんなところを撮って、いやね」

歌子は皺《しわ》に包まれた流し目を、若いカメラマンのほうへ投げた。

「さあ、さあ、どうぞお上りになって」

敏夫と三津子が、母について上った。

「御紹介しますわ。息子と娘ですの」

正代がそう云うと、歌子はハンカチを目にあてたまま、じっと敏夫を見ていたが、敏夫が避ける間もなく、とびついて彼を抱いた。

「こんなに大きくなって！　まあこんな立派に！」

フラッシュが又、目の前で爆発した。


写真のフラッシュに目つぶしを喰わされると、目の前が真黄いろになって、しばらくはどこをみても、黄いろい丸が渦巻いてみえる。

敏夫はやっと歌子の手を引きはなして広間へ入ってからも、自分がどこにいるのやら、しばらくわからなかった。

歌子は敏夫を長椅子に坐《すわ》らせ、正代と三津子はほったらかして、コルレオーニ氏の写真をもってきて、自分と敏夫の間に置いた。

「さあ、今度は記念写真をとって頂戴《ちょうだい》。亡くなった良人《おっと》と、二十年ぶりに会った息子と、私との写真をとって頂戴」

敏夫は、まだ目の前に黄いろい玉がふわふわするし、歌子の口上にもあっけにとられるばかりで、狐につままれたような顔をしていた。

「なるほど、写真のお父さんによく似ていらっしゃいますね」

「瓜二つ《うりふた》ですわ、まるで。コルレオーニが若いころ、どんなに好男子だったか、息子を見てもわかるでしょう。くわしい事情は、今はお話しできませんけれど、二十年ぶりに息子と対面した今なのよ。はやくとって頂戴。私の胸の動悸《どうき》がしずまらないうちに」

カメラマンはいささか毒気を抜かれて、今度は慎重にカメラをかまえ、フラッシュ・ランプをかざして、

「いいですか」

と言った。

その瞬間、敏夫にはわかったのである。

『ははア、この狸婆アめ。俺をうまく利用する気だな。

アイノコ面《づら》の俺が入って来たんで、世間態《せけんてい》をつくろおうと思った考えが、もう一段飛躍して、死んだ亭主の写真なんかもち出して、国際版「瞼の母《まぶた》」の一場面をでっちあげた、というわけだ。何て目はしのきく婆アだろう。これなら、バカでも、うちのおふくろのほうがまだましさ。

……しかし、まあ、ここんところは、温和《おとな》しくしていてやろう。芝居の調子を合わせてやれば、俺にも損はないだろう。何しろ三千万円が、ころがり込んだ矢先だ

ものな』

敏夫はとっておきの、愛想のよい微笑をうかべて、歯並びのいいところを、ちょっとみせた。

またフラッシュが焚《た》かれ、カメラマンがとりおわって頭を下げると、敏夫は指環《ゆびわ》だらけの初老の手に握られている自分の指先を、そっと離した。

だらしない笑い方をする雑誌記者が、歌子の前へ近づいて、こう言った。

「実に感激的場面ですなあ。先生。こういうところに来合わせて、光栄です。しかし今まで先生には、お子さんがないということになっていたんで、世間はきっと事情を知りたがると思いますが、そこのところを一つ……」

歌子は大きく手を振って、記者の言葉をさえぎった。

「だからイヤだというのよ。だから日本人はイヤだというのよ。人の私生活を根掘り葉掘りほじくり出して、何が面白いの？　私の美しい思い出と、心の秘密は、永遠に謎にとざされているべきですわ」

——記者たちが目的を達せずにかえると、歌子はようよう正代にむかって口をきいた。

「さあ、御用件をうかがうわ」

正代は気おくれして、広間の一隅の椅子でモジモジしていた。古い扇風機が、首をふるたびに、台ごと震動するので、彼女のスリッパにまで、その震動がつたわった。

三津子は、あけはなした窓から、日ざしにもえ立っている雑草に包まれた庭をながめていた。よその犬らしいのが、カンヅメの空カンをくわえて来て、それをしきりにころがして遊んでいた。

敏夫は敏夫で、写真の一件から、すっかり歌子の内ふところを見透かした気になって、自分の家みたいにのんびり立上ると、扇風機の前に立ちはだかり、ボタンを一つ外したワイシャツに、十分風をはらませた。

「ええ、それがあの……」と正代は、すっかり日本風のつつましさで切り出した。「それがあの……、只今《ただいま》、家が家主から追い立てを迫られているんですの。それで……」

「あら、そんなこと?」と歌子は、軽い口調でさえぎって、良人の写真をテーブルの上へ返しに行きながら、「何でもないじゃありませんの。みなさん、私の家へお移りになればいいじゃないの、明日から。いいえ、今日からでもよくってよ。それに私の家だったら、失礼ですけど、これからは私の生活も楽になるし、部屋代なんかいただかなくていいのよ」

三津子と敏夫はまた顔を見合わせた。

三津子のいたずらっぽい目はこう言っていた。

『なんだか、うますぎる話だわね』

敏夫の明るい目はこう言っていた。

『そうだよ。うかうかだまされるなよ』

しかし、正代の頰はほてり、目はいきいきして、歌子のほうを、崇高なものを仰ぎ見るように、見上げていた。

「まあ、先生って、何ておやさしいんでしょう」

「御用件って、それだけ？」

「それが、申しにくいんですけど、もう一つ」

「なあに？」

「娘の三津子が、私から基礎だけは教えてあるんですけど、どうしてもオペラ歌手になりたいって、言っておりますの」

「まあ、そりゃ結構だわ。おきれいだし。あなた、ソプラノ？　アルト？」

「ソプラノでございます」

「オペラ歌手はやっぱりソプラノじゃなくっちゃね。いいわ、私のお弟子にしてあげる。いずれは世界の舞台へ乗り出すつもりで、勉強しなくちゃダメですよ」

「まあ、先生、ありがとうございます」

敏夫一人が懐疑的な面持だったが、正代と三津子は、夢のような話にぼうっとなっていた。そのときドアがノックされて、

「ただいま」

とさわやかなテノールの声がして、萩原が白の上下の背広の姿で入って来た。

萩原の帰宅を迎えて、歌子はとろけそうな顔をした。あまりの暑さに、蠟燭《ろうそく》の蠟がとろけるような。……しかし、

「おかえりなさい」

というその声の甘ったるさに、敏夫はゾッとして、涼味を満喫した。

『ははあん、この婆さんの年下の恋人だな』

そう思いながらも、敏夫の考えは、別のほうへ流れて、

『一体、何のことだか、俺にはさっぱり呑《の》み込めない。俺たち三人を、間代もとらずに、引取るつもりらしいぞ。その上、さっきは俺のことを息子呼ばわりしておいて、記者がかえってしまうと、もうケロリとしてる。気味のわるいこと、おびただしいや。

一体どういう魂胆なのかな。三千万円ころがり込んだので、この婆ア、頭へ来た

んじゃあるまいな』

——正代が歌子に耳打ちして急に席を立ち、ついで歌子も立って部屋を出て行ったので、部屋にはポカンと兄妹《きょうだい》と萩原が残された。

「暑いですね」

と上着もとらずに、萩原がすまして言った。

「上着は暑いでしょう」

と自分が上着を脱いだ口実に敏夫が言うと、萩原は楽譜カバンをもじもじいじくりながら、

「ええ、でも、こうしていたほうが、かえってシャンとして涼しいようです。それにきれいな御婦人の前ですし」

この一語で敏夫はさっそく萩原を軽蔑《けいべつ》し、その軽蔑はすぐ妹にもつたわって、三津子はクシャミのように、おかしさをこらえて、鼻をクスンと鳴らした。

「お風邪じゃないでしょうね」と、デリケートなテノール歌手は、すぐ口をはさんだ。

「夏場の風邪は厄介ですし、もしこじらせて、『ラ・ボエーム』のミミのように……」

オペラ『ラ・ボエーム』の女主人公ミミは、肺を病む娘である。

「あら、私、肺病に見えまして？」

「いいえ、とんでもない。そんなわけで言ったんじゃあ……」

今度は敏夫が口を出して、

「妹は、大の食いしん坊ですからね。健康の御心配は要らないんです」

「いやね、お兄さん！」

「あ！　お妹さんですか、それで安心しました。実にきれいなお妹さんですね」

敏夫は妹と目まぜをして、又笑いをこらえたが、この兄にとっては、妹の美貌《びぼう》をほめられることは、決してイヤではなかった。

――三人がこんなチグハグな会話を交わしているあいだ、廊下では、正代と歌子が、声をひそめて、感激的場面を演じていた。正代は今日はめてきた指環を、歌子に見せていたのである。

「まあ、あのダイヤを今まで！　とうとうお手離しにならなかったのね」

「これを手離せば楽だったんですけど、どうしてもそういう気になりませんでしたの」

「まあ、苦労なすったんでしょう、本当に。私、今まで、何にもしてあげられなくて……」

「いいんですのよ。苦労はお互い様ですもの。でもこれからは御厄介になりますわ」

「ええ、ええ、いつまでも、御自分のお家《うち》のつもりで居て下さいませよね」

シンとした夏の日は、ペンキの笹くれ立った窓枠にもえていた。

船のかよい路

いよいよあしたは引越しという日、もちろん手つだいをする気なんかサラサラない敏夫は、卵いろのアロハを羽織って、ぶらりと家を出た。

月島からさらに南へゆき、橋をわたると、そこは東京都の南の外れだ。晴海埠頭《はるみふとう》という名の埋立地。そこでこの間まで、国際見本市がひらかれていた。

ゴバンの目の広闊《こうかつ》な鋪装《ほそう》道路、さわやかな街路樹、新らしい歩道、……まったくこれだけのものが銀座のまんなかにあれば、銀座も世界の一流都市の仲間入りができるだろうに、天、二物を与えず、の見本みたいなもので、目抜き通りの歩道はデコボコで歩けず、草蓬々の埋立地のまんなかには、こんなに立派な道路が森閑としている。

空がおどろくほどひろい。その空には、うすい雲がひろがって、空の裾《すそ》のほうが、船や工場の黒煙によごされている。

ほがらかな顔をした混血青年は、口笛を吹き吹き、歩いた。

『あんなことを言ったのは、どの女だったかな』と彼は、何となく思い出した。

『俺は残酷な横顔をしている、って言ったのは』

　それは多分、彼の横顔がととのいすぎているせいだった。それで彼が女を正面から見つめずに、冷たく顔をそむけると、その横顔の線は必要以上にくっきりして、残酷に見えるにすぎなかった。

　この青年は、事実、うしろぐらい生活をしていた。しかし悪の意識にはまるで染まっていなかった。へんな話だが、鏡にうつる自分の顔を見ていると、こんな日本人離れのした顔を、日本の法律が縛れる筈《はず》がない、という気になる。いわんや、日本の風俗、道徳、習慣が……。

　彼は退屈していたから、正業に就かなかった。決してその逆、正業に就かなかったから、退屈していたのではない。なまけもののくせに、スリルが好きだった。彼には正も不正も至極ぼんやりしていて、人殺しや強盗をやらないのは、ただオックウだったからにすぎないらしい。妹のことを考えるときだけ、敏夫には人間らしい気持が湧いた。

『俺はどうしてこう、ものを考えることがキライなんだろう』

　と自分でもあっけにとられることがあった。底抜けに明るく、陽気で、そして人間ぎらいだった。

　国際見本市の建物は日に日にこわされ、そのあとにはゴミだらけの汚ない空地がひろがっていた。坦々《たんたん》たる鋪道《ほどう》をめぐって、一めんに蘆《あし》や雑草が生え、その野の一郭に、米軍宿舎だの、みすぼらしい滑走路だの、土木会社の材料置場だの、飯場だのが、あちこちにちらばっていた。

海風にさやいでいる蘆のかなた、ひろい道路のはてには、幻のように、外国の白い貨物船がそびえていた。

どこかで、カンカン、と鉄板を叩《たた》いている音が間遠《まどお》にきこえた。

「名倉建設岸壁築造工事」

と書いた白い柱が、草っ原のまんなかに立っている。敏夫はそれにもたれて、タバコに火をつけた。

すると、白いシャツ姿の「十八号」が、こちらへ歩いてくるのが見えた。

「十八号」は、人のよさそうな、目や鼻や口もとのひどくシマリのない、大柄な男であった。そして敏夫は「十九号」だった。

三月ほど前、敏夫は遊び人仲間から、この「十八号」に紹介されたのだった。そして敏夫がこんな仕事に足をつっこむ決心をすると、彼は19と書いた札を渡された。

密輸の取引の特徴は、自分たちの親分がどんな男か、どんな顔をしているか、手先たちにはまるでわからないことである。一人一人の手先は、自分のうしろの男と、前の男としか知らない。自分たちをつないでいるクサリの全部は知らないのである。

こんなことでは高価な密輸品が、クサリのどの部分からでも、持ち逃げされそうに思われるが、そこはよくしたもので、素人には、足のつきやすい密輸品の密売などできるものではなく、早速処分に困ることになる。だから一人一人が、手数料だけで満足して、この危険な輪踊りに加わるのだ。

汗っかきの「十八号」は、はだけた胸もとへタオルをつっこんで拭《ふ》きながら、

「何の用だね。おめえにやる金はもうないよ」

とのっけから言った。

親分風を吹かせて、自分の金みたいなことを言っているが、いつも「十八号」が敏夫に手渡す金は、「十七号」から伝達されたものにすぎぬ。

「ふん、金なんか要らないよ」

と威丈高に敏夫は言った。

「十八号」はびっくりして、穴のあくほど敏夫の顔をながめた。

「宝クジでも当ったのか」

「まあ似たようなもんさ。俺ンちも月島から引越すし、当分会えなくなるな。これも返すよ」

と敏夫はポケットから「十九号」の丸い札を出して、「十八号」の掌にのせた。

「十八号」は、相手が「金なんか要らない」というのにおどろいて、反射的に、一種の畏敬《いけい》の念から、金をもらう手つきの手を出していたのである。

「おめえ、それじゃ足を洗うのか」

「それも当分さ。時期を見て、もっと大仕事に手を出すよ。それよりお前も、いい相棒をみつけるんだな。俺みたいなゾロッペエでない十九号を」

「おめえは別にゾロッペエじゃなかったさ。このあいだの時計の取引だって、おめえ」

「ああ、それで思い出した。預ってた割符も返すよ」

敏夫は、西洋封筒から、バラバラと三角の紙を落した。それはみんな古名刺を斜め半分に切ったもので、切れ目に大きな割印がおしてあった。

この間、百貨店の望遠鏡から三津子がのぞいた情景は、敏夫が中国人の下級船員と割符を合わせて、スイス製の腕時計三十個を、うけとったところであった。こちらの割符に該当する割符は、香港《ホンコン》でその船員に、渡されていたのだった。

「十八号」はぼんやりしていた。

船の着いていない晴海埠頭のむこうには、豊洲《とよす》埠頭についている二ハイの黒く汚れた石炭船から、もうもうとあげている黒煙が低迷していた。

ふと頭上を低くかすめるツバメに、「十八号」は首をすくめて、

「へえ、それじゃ俺たちはお別れってわけか」

海から、突然、さわやかな風が押しよせてきた。敏夫の卵いろのアロハは風をはらんだ。汽笛が鳴りひびき、それは格納庫のような国際見本市のなごりの建物に反響した。米軍宿舎のはずれには、数本のポプラが、夏の日照りの空に媚《こ》びるような姿で身を撚《よ》って立っていた。

「そうだ。お別れだな」

と敏夫も言ったが、彼はこんな男を、石ころほどにも思っていなかった。「十八号」のほうで、悪事にたずさわる者同士の、暗い人なつっこさから、別れを惜しんでいたにすぎなかった。

「しかし、まあいいやな」と「十八号」は言った。

「密輸のいいところは、足を洗おうと思えば、好きなときに洗えることだよ。一人一人は何も知らないんだからな。俺も、明日にも足を洗えるとおもうと、ついこれで、ズルズルベッタリになっちまったが……」

敏夫はキビキビした声で、「十八号」の言葉をさえぎった。その言葉をきいてもいず、そのシマリのない目鼻立ちを、見てもいなかった様子だった。

「だけど、一度でも親分の顔を見たかったたな。おまえは見たことがあるんだろう」

「見るもんか、おめえ。そんなおっかない顔を見たくもない」

「親分はおっかない顔をしているのかい」

「さあ、知らないが、多分そうだろう。映画やなんかではさア」

敏夫は海のほうを向いて、煙草を遠くへ投げすてたが、向い風で、煙草は足もとにころがった。沖のほうには、ゴタゴタした帆柱のむこうに、うっとうしい雲が光りを含んで、たれこめていた。

彼はそこに「親分」のイメーヂをえがいた。片目はつぶれ、鼻はみにくくアグラをかき、古革のような肌の色をして、コールマン髭《ひげ》の下に歯並びのわるい口もとを隠し、野蛮な体つきを瀟洒《しょうしゃ》なダブルの背広に包んでいる四十恰好《かっこう》の男。……どうもこんな映像は、子供の読む海賊物語みたいで、バカげている。しかし悪事というものには、本質的に、子供らしさがあるのだ。その首領の肖像画が、こんな子供らしさと照応するものであってもふしぎはない。

敏夫は自分が、まるで自由に、何気なく、悪につながっていたことを誇らしく感じた。悪は彼にピッタリはまり、仕立ておろしの背広みたいに身についていた。努力も要らなければ、良心の苛責《かしゃく》もなかった。

『俺はまたきっと、この居心地のいい悪事にかえって来るだろう』

と彼は思った。実際、密輸から当分足を洗おうなどと考え出した敏夫の気持では、歌子の三千万円は、すでに自分のものになっているような気がしていたのである。

「引越し先を教えろよ。いつか遊びにゆくから」

「ああ」

敏夫はメモを出して、サラサラと地図を書いた。

「玄関払いなんか食わさないだろうな」

「丁寧に奥座敷へ案内するさ。十八号さん、御案内ッ！　ってね」

――混血青年は仲間に別れると、口笛を吹きながら、女との約束へいそいだ。


イタリア亭のマダム房子は、お濠端《ほりばた》のT会館のカクテル・ラウンジで待っていた。冷房があって、昼なお暗くて、お客と云ったら二、三の外人ばかりで、あいびきには持って来いの場所である。中央を四角く囲んだカウンターの中には山なす洋酒の罎《びん》が暗くきらめき、手持無沙汰《てもちぶさた》なバアテンダーの制服の白い胸だけが、闇のなかに浮いてみえる。

重たいドアを肩で押して敏夫が入ってゆくと、室内の冷たい空気が、腕の素肌に快くさわった。房子は隅のボックスで待っていた。赤い爪先《つまさき》に細長いサンゴのシガレット・ホールダアをはさみ、赤いスロウ・ジン・フィッズのグラスを目の前に置いて。

『房子って、いつもだるそうだな』

と敏夫は思った。

房子は話し方も速度があり、やることなすことハキハキしているのに、姿態だけはいつも、ものうげなのである。感情が立って歩いているあいだも、肉体は寝そべっている。心の動きと体の動きにテンポのずれがあり、決して肥《ふと》ってはいないその軽快そうな琥珀《こはく》いろにしまった肉体が、いつも取り残されて、なまけているという印象を与える。

「わりに時間どおりね。……呑《の》み物、何にするの？」

と、あいさつを抜きにして房子が言った。

「スカッチ・ソーダ」

註文《ちゅうもん》をきいた女の子が遠ざかると、

「それはそうと、坊や、おいたはすっかりやめたんでしょうね」

房子は二十三歳の男をつかまえて、「坊や」と呼ぶ趣味があった。

「ああ。きょう、さっぱり足を洗ったよ。ほんとだよ」

——妹とイタリア亭へ行ったあくる日、どこからきいたのか、房子は、敏夫が小遣いかせぎに、密輸の手先になっていることを知って、それだけはどうしてもやめろ、と忠告した。そして彼が密輸でもらう手数料の額をきき出し、それくらいの金ならいつでも私にねだってくれ、と言って敏夫を説き伏せた。女に説き伏せられて、やめるような敏夫ではなかったが、彼は歌子邸の新らしい生活に、何か現実の新鮮な展開を予感して、小さなスリルに憂身をやつす気がしなくなっただけである。

「あんた、何かまともに打込めることをはじめたらどうなの」

「ダメさ。俺のこのバタくさい顔が邪魔するんだ。どこへ行ったって、俺は猫ばっかりの国に犬がまぎれ込んだみたいなものだし、そのくせ俺はニャアニャアって啼《な》くんだけど、ニャアニャア啼く犬なんて、一そう気味わるがられるだけなんだ」

「男ってバカなもんね。女のアイノコなら、その顔を資本にして出世するでしょうにね」

「見世物にはなりたくないよ」

「坊やって、まったく変ってるのね。私、あんたの、その自分をちっとも売り物にしないところが気に入ったのよ。あんたが悪事が好きなのは、悪事をしていると、はじめてまわりの人たちと、とけ合うような気がするからなんだわ、きっと」

「というより、そんなときだけ、安心して、一人ぼっちになれるからなんだ、きっと」

「私がいては、一人ぼっちになれないわけね」

静かな泡を立てて、スカッチ・ソーダがはこばれて来た。

「それはそうと、坊や、高橋ゆめ子さんって人、知っていて？」

「ううん……、待ってくれ、きいたことがあるようだ」

敏夫は冷たいコップを、おまじないのように、自分の額にあてて、考えた。

「むかし、アルトの歌手だった、もう相当な年の人よ」

「ああ、思い出した。歌子の家の間借人なんだ」

「それが追い出されて、私のところへたよって来たの」

「へえ、どうして又……」

「イタリア亭のお客様で、むかしゆめ子さんのファンだった方の紹介なのよ。きいてみたら、可哀想な人だから、イタリア亭の外套置場《クローク》をあずかってもらうことにしたの。それが、あんたにも責任があるのよ。あんたの御家族が同居して来たので、部屋が足りないって追い出されたのが、実は、永いこと貧乏して部屋代がたまっていたので、ていよく追っ払われたらしいのよ。歌子女史も、三千万円入ったっていうのに、案外ケチね」

「おかしいな。俺たち一家からは、全然部屋代もとらないって、歌子ばばアは言ってるんだぜ」

「きっと、それは、あんたに思《おぼ》し召しでもあるんじゃない？」

「よせやい。いるんだよ、ちゃんと、バカみたいなテノール歌手の若いツバメが……」

――テノール歌手萩原達は、銀座の街頭で大きなクシャミをした。クシャミまで美声というわけには行かない。

こんなに暑いのに、クシャミが出る筈《はず》がないと思われたが、彼は万事、こまごまと原因をたずねないタチであった。

銀座の柳は、午後の風に乱れていた。途方もない大きなバスが、暑苦しく、停留所にとまっていた。

Nデパートの前で、萩原は入ろうか入るまいかと思案した。デパートなんかへ、あんまり来たことがない。

入口の受附のところに、案内係の店員が、無感動な美しい微笑をうかべて坐《すわ》っていた。

「靴下売場はどこですか？」

案内係は、白い手を踊りの手のようにもちあげて、

「三階の南側になっております」

萩原は、エスカレータアに乗って三階を目ざしたが、今度は気がせいて、階段を駈《か》け上ったほうがよかったと思った。

やっと靴下売場へたどりつくと、三津子のほうから声をかけてくれるのを待って、

彼はうつむいたまま、一足一足の靴下の柄《がら》を、ためつすがめつ、泰西名画展でも見るように、丹念にしらべて歩いた。

匂いやかな顔が、目の前にかげって来て、

「こちらがお若い方向きになっております」

三津子は、笑いをこらえる声が、かえって事務的な口調になった。

いざとなると萩原には、田舎生れのドスンとした舞台度胸が出て来る。

「今夜はいよいよお引越しですね」

「ええ」

と答えた三津子の返事には、さっきのような正面切った元気のよさがない。相手が私用を切り出すと、もう周囲へ気を兼ねなければならないのである。

萩原は低い声で話すが、さすがに歌手だけあって、よくとおる。

「靴下を買えば、お引越しを手つだわせてもらえますか？」

「ええ、一ダースまとめてお買上げになれば、引越し手伝い優待券をさしあげますわ」

三津子はやっと攻勢に転じた。

萩原はハンカチを出して、ニッコリして、汗を拭《ふ》いた。そのハンカチにたっぷり

香水がしませてあるのをかいだ三津子は、

『まあ、きっと歌子女史の趣味なんだわ』

と反感をもよおした。しかし利口な彼女はこの男に関して反感を起すいわれなど少しもない筈だと反省した。

萩原はたっぷり時間をかけて一ダースの靴下を選《よ》った。その家へ引越しもしないうちから、こうして萩原がものほしそうにやってくるのでは、すでに将来の歌子邸の生活の荒い波風を予想させる。三津子は、もっとしっかりした堅固な生活がほしかった。浮わついたところのないこの美しい娘は、オペラの勉強にも、花やかな夢よりも、生活と音楽との安らかな結びつきを求めていたのである。そのためにはデパートのつとめを、決してやめてはならない。

彼女の表情には実に動きがなかった。明るい派手な顔が、いつも静かに、納まり返っていた。こんな顔つきで、三津子は、男の誘惑や自堕落な生活の危険に抵抗して来たのだ。

三津子が一ダースの靴下を包んでいると、

「お中元？」

と例のオールド・ミスの同僚が寄って来た。

「いいえ、みんな御自分用らしいわ」

「まあ、あの人、ムカデかしら」

三津子は吹き出したので、包み紙の上に、新鮮な唾《つば》が光って散った。それを遠くから見ていた萩原はすこしも汚ない感じがせず、三津子の健康な息吹にふれるような思いがした。しかし彼女はすぐ気がついて、一度包んだものを又ほぐして、新らしい包み紙にとりかえた。前の包み紙をまるめて捨てる小気味のよい紙の音が、三津子のキビキビした起居《たちい》そのものの音のように、萩原の耳を打った。

三津子が月島の家へかえると、家のなかからは、テノールの低い歌声がきこえた。「リゴレット」の「ラ・ドンネ・モビレ」だ。

「風の中の　羽のように

いつも変る　女ごころ……」

萩原はワイシャツの腕まくりをし、汚れた手ぬぐいで口をおおい、正代《まさよ》を手つだって、長持に縄をかけようとしていた。

「もっと何か入れるものはないですか。あんまりガラガラだと、中のものがこわれますよ」

「仕様がない。金ダライと、……そうね、もう何もないわ。ああ、あの紙屑籠《かみくずかご》も入れましょう」

母はナケナシの荷物を長持に詰めながら、萩原の歌にあわせて、鼻歌をうたっていた。萩原は縄をかけ出したが、東京者とちがって、こんなことはバカにうまい。まだ明るい戸外からこんな光景をのぞきながら、『まるで喜歌劇みたい』と三津子は思った。

気取り屋の萩原も、地金を出すと、ほがらかな気持のいい田舎の良家の青年だった。その彼が、上下のそろいの白い背広なんかを着て、放送局へ行って、畑のちがう人の会話にも、オッチョコチョイに調子を合わせ、

「サルトルはあんなに若くて死んで、惜しいことをしましたねえ。生きてればチャーチルぐらいになったでしょうに」

などと言うものだから、フーテン扱いをされるのである。――入ってゆく三津子へ、

「やあ、おかえりなさい」

萩原はタタミに膝《ひざ》をついてお辞儀をした。

三津子は挨拶《あいさつ》に困って、

「どうもすみません。手つだっていただいたりして。私、今やりますから」

下町娘らしい機敏さで、すばやくエプロンを身につけながら、

「お母さん、運送屋は来ないの？」

「まだ来ないんだよ。萩原さんが手つだって下さったんで、おかげさまで、もうす

っかり片附いたのよ」

「そんなこと言って、すましてちゃ悪いわ」

「でもこのピアノだけはね、運送屋にちゃんと荷造りしてもらったほうがいいって、萩原さんもおっしゃるのよ。何もかも運送屋へたのんだら、ソラ、物入りでしょ」

正代は目を細めて、とうとう手ばなさないですんだピアノを撫《な》でた。

「今日も職場の合唱をやりましたか」

「ええ、秋にコンクールがあるんですの」

「曲は何？」

「平凡ですけど、メンデルスゾーンの『歌の翼に』……」

「一緒に歌いましょうか」

「ここで？」

「まあステキ、私がピアノをひくわ。ぜひやって頂戴《ちょうだい》。まあ、私、ここの家にお別れする前に、何か弾きたいと思ってたところなのよ」

と正代はすぐピアノの前に腰かけた。

日が暮れだして、夕風が、あけはなした戸口から、荷造りした荷物でいっぱいな、ゴミだらけの家の中へかようと思うと、戸口の八つ手の葉のざわめきがかすかにきこえた。

「歌の翼に君を送らん
南はるかなるうるわし国に……」

と萩原がうたい出したとき、その声の美しさにおどろいて、三津子は声が出なかった。透明で、若々しく、海風のような声である。

「さあ、ついて！」

正代は序奏をもう一度弾き直した。

——折から前の小公園ではテレビがはじまっており、何か古物の映画をやっていて、子供たちにまじって、正代の家の家主も、むずかしい顔で見物していた。そこへテレビの音にも負けない男女の歌声がひびいて来た。

「何かはじまったよ」

「実演やってるんだ、きっと」

子供たちは山路《やまじ》家へむかって駈《か》け出し、家主一人はテレビの前に残されて、『チェッ、気ちがい一家め、やっと引越すと思ったら、イヤガラセをやって出て行きやがる』と苦虫を嚙《か》みつぶし、さて歌いおわった二人が気がつくと、玄関から窓から、子供の顔が鈴なりになっていた。

「やア、トラックが来たぞ」

子供の叫び声にかこまれて、運送屋が二人、玄関から首をさし入れ、荷物の少なさに一寸《ちよつと》呆《あき》れたような顔をした。

三津子はこんなに下手に歌ったことはなかったような気がした。萩原のテノールの澄んだ甘さは、このゴミゴミした下町の夏の薄暮に、南欧の夏の空気をしばらく運んできたように思われた。

二人は運送屋をほったらかして、歌の話をした。

「何ていいお声かしら。私、自分の声が蛙《かえる》の声みたいな気がして、とても出なかったわ」

「冗談じゃありません。すばらしいお声ですよ。何と云おうか、グラジオラスの花が歌ったら、かくもあらんと云うようなお声ですよ」

グラジオラス問答にしびれを切らして、萩原はまた、白背広のフーテンに逆戻りする。

気取ってお世辞を云う段になると、萩原はまた、白背広のフーテンに逆戻りする。

「もうみんな荷造りはすんでるんですか」

と運送屋がどなった。

「ええ、あとはこのピアノだけなのよ。どうか傷がつかないように、念入りに荷造りして頂戴ね。あら、忘れてた。御近所へまだ挨拶《あいさつ》廻りをすませていないわ」

正代はピアノの荷造りのあいだ、とてもそばを離れていられなかったので、三津子が代りに挨拶に廻ることになった。

となりの「月島あられ製造本舗」へゆくと、オヤジが、

「ほら、御センベツじゃなくて、御センベイ」

とシャレみたいなことを言って、紙袋をとおして手にあたたかみのつたわる、焼きたての「月島あられ」の大きな袋をくれた。

家主の家は感じのわるいおかみさんが留守をしていて、「主人は一寸用事で出かけています」という冷たい口上だったが、かえりがけに、三津子は公園の片隅の、家主のイコジなうしろ姿を、遠くからみとめて、おかしくなった。

引越荷物がトラックに積まれるのを見物している近所の子供の中には、水上小学校附属学寮の子供もいた。

「なあんだ。大したことないんだなア。荷物これっぽちか。金目になるものはピアノだけじゃねえかよ」

とナマイキな悪童の一人が言った。

「すごいなア。沢山荷物があるもんだなア。うちよりずっとずっと多いもんなア」

と言っているのは、水上生活者の子供だった。

「雨じゃなくてよござんしたね。ほんとに、お引越しの時に降られたら、それこそ……」

手つだい一つしないで、お喋《しゃべ》りばかりでつきまとうおかみさんもあった。

――イザ出発となっても萩原はトラックに乗らず、助手台に正代母子を乗せて、あとに残った。運転手が、

「荷物のあいだにまだ乗れますよ」

「いや、よろしいんです」と萩原は三津子の耳に口をよせて、「先生には僕が手つだったなんて言わないで下さい。何かと面倒ですから。……僕はあとから知らん顔をしてかえります」

三津子はこの人はなかなかバカじゃないと思った。

トラックがうごきだす。近所の人たちの中にまじって、萩原も手をふり、公園の外れの鈴懸の葉は、積まれたピアノにひっかかって揺れて、街灯の灯影をみだした。折からひびいたおおどかな汽笛に、もう当分きくこともあるまいと、三津子はなつかしく耳をすました。

さわがしい序曲

渋谷神山町の歌子邸へ移ってからも、敏夫はえんりょなく朝寝坊をした。午《ひる》ごろ目をさますと、枕もとに、三津子が出勤前に書いてはさんでおいたメモが見つかった。

「きょう、退《ひ》けたころの時間に『ロッテ』で待ってて下さい。話があります。みつ坊」

と書いてある。いつも誘い出すのは兄のほうで、こんなことはめずらしい。『ロッテ』は西銀座の、せまい静かな喫茶店である。

――空梅雨にめずらしい雨の日で、打ってかわって涼しかった。

敏夫はおしゃれで傘をささない。多少の雨はズブ濡《ぬ》れで歩くのである。

彼が入ってゆくと、すでに来ていた妹は、

「また濡れネズミね」

と言いながら、自分がまだ手を拭《ふ》かない蒸しタオルで、洗いたてのキャベツのような兄の髪に手をのばして拭いた。三津子は兄の自然にゆるやかに波立った髪が好きだった。敏夫も温和《おとな》しく拭かれながら、こう言った。

「用って何さ」

「ううん、大した事じゃないの。ただ家では話しにくいことだから」

「ふうん……」

三津子は兄の肩のむこうに、雨に濡れた夕方の鋪道《ほどう》のゆきかいを見た。黒い傘が白っぽく光って、すぐ前の小路へ消えた。ネオンサインが雨ににじみだしていた。濡れた紙ににじんだ赤インクのように。

「あのね、私、どうしてもフに落ちないのよ。あそこの家で、二つ返事で、部屋代もとらないで、私たちを引取ってくれたことが……」

「そんなことか。だって願ってもない話じゃないか。きっとおふくろの左巻きと、歌子ババアの左巻きが調子が合ったんだろう」

「だって私たちのために、高橋ゆめ子さんっていう昔のお友達まで追い出したんでしょう。何だか悪いみたい」

「あのゆめ子ってババアは、イタリア亭の房子のところで、外套置場《クローク》をやってるよ」

「あら、そう？　よかったわね。兄さんが口を利いたんでしょう」

三津子は兄の隠れた美徳を発見したよろこびで一杯だったが、敏夫の返事はニベもなかった。

「冗談云うない。房子が誰かの紹介で、物好きで引受けたのさ」

「へえ……。それはいいとして、あの新聞記事が出て、歌子先生のところへ押しかけるとき、お母さん、イヤに自信ありげだったじゃない？」

「そりゃあ三千万円相手だからさ」

「だって、近ごろは親戚《しんせき》だって、たよりにならない御時世よ。それに住宅難のこのごろ、何も昔の友だちの家族まで……」

「うむ。それに歌子とうちのおふくろは恋敵の筈《はず》なんだし……」

何事につけ、ものを考えることのきらいな敏夫は、出来上った結果からは、いいところだけをうけとって、それ以上原因を究明したがらない男だった。そんなことは面倒くさい。しかし妹の可愛い実際的な頭のなかが、今日、すっきりと整理されて、物事をはっきり見ようとしている努力は、敏夫の気に入った。彼は妹につきあって、こんなことを言った。

「おふくろは何か歌子の弱味を握っているのかもしれないぞ」

「そうね、私もそう思うの」と三津子はイキイキした声になった。

「お母さんは私たちには何も言わないけれど、何だか、歌子先生の尻尾《しっぽ》を握ってるみたいだわ。……何でしょう」

「何かな」と敏夫は面倒臭そうに、「何でもいいや。しかしあのおふくろに、ちょっとでも、そういう悪党らしいところがあるとわかったら、俺もおふくろを見直すし、親孝行のひとつもしてやるんだが、もっとさっぱり、打明けてくれりゃいいんだよ」

三津子は、店の前で背の高い男が傘をたたんで、女をいたわりながら入って来るのを見て、その恋人同士らしい一組が、雨に濡れた指をからみあわせて二階へ上ってゆくとき、ふと萩原のことを思い出した。しかしまだ兄に、萩原のことなんか話す必要はなかった。二人で、あんな風に、一緒に喫茶店へ来たことだってないんだから。

三津子は軽いアクビのうかんで来る口を、そろえた細い指先で叩《たた》いた。

「……でもねえ、何だか私、落ちつかないわ。あの家にあのまま呑気《のんき》に住んでいるのが、不自然みたいな気がして仕様がない。ゴタゴタが起るんじゃないかしら」

「起るのを待ってるみたいだな。それも面白いじゃないか。それにしてもあの歌子っていうババアは、まったくわからねえ。人がいいんだかわるいんだか、バカなのか気チガイなのか、それとも一枚上手《うわて》の曲者《くせもの》なのか」

「あら、でも歌子先生はえらい芸術家だわ」

「三津子が尊敬してるんなら、言うことはないさ。まア、せいぜい気に入られるんだな」

「それはそうだけど……。私って貧乏性なのかしら。ああしてお世話になってる以上、お母さんは別として、私たちはやっぱり何かあのお家《うち》で、役に立つ人間にならなくちゃ、と思うのよ。私は、家事なんか、できるだけお手つだいするつもりだし……」

「女中代りか。……まア、それもいいさ」

「兄さんも何か……」

「俺が！」

敏夫は大げさな表情をして、目をむいて、それから笑いだした。

入口からドヤドヤと、四、五人の派手な色のシャツを着た若者が入って来た。ズボンも色とりどりで、タイツのように細く、その下からは派手な靴下がのぞき、この雨に、茶やカバ色のスウェードの靴をはいている。

「ニヤけた野郎どもだな」

「話をそらしちゃダメよ。兄さんも何か信用をつけて頂戴《ちょうだい》よ、見かけだけでもいいから。三千万円にぶらさがって世話になっているというんじゃ、あんまりみじめだし、不安だわ。その三千万円だって、税金でずいぶん持って行かれちゃうでしょうし」

「え？　税金って言ったな」

「ええ」

「ああ、そうか」と敏夫はコブシでテーブルを叩いて、「……そうだ。うちじゃ、税金なんて縁がないから忘れてたが、税金となったら、アイツにたのんでやろう」

「アイツって誰？」

「誰でもいいさ。昔の友だちなんだ。そうだ、そうだ」と一人でうなずきながら、「とにかく最初に信用をつけておけば、あとがトクだからな」

戸外は雨のままに、灯《ひ》が明るく浮き出て、夜になっていた。

歌子邸の門には、「山路《やまじ》」という小さな表札と、「帝国オペラ協会」という大看板が加わった。この協会の命名については、何日も討議が重ねられたが、どうしても「帝国」という名をつけたいという歌子の主張がとおったのである。その根拠は、ヨーロッパに知られた場合、イムペリアルの一語で、どんなに権威を増すか知れない、というのだ。

歌子邸は山路一家を入れ、高橋ゆめ子を追い出すと共に、俄《にわ》かに世間に対して門をとざし、閉鎖的な態度をとるようになった。

これにはやむをえない点もあるので、見も知らぬ人間が金の無心に来る、手紙をよこす。

三津子が手紙の整理をまかせられたが、ある県の中学校の生徒が、たどたどしい字で、

「秋の修学旅行の金をすぐ送ってください。新聞でよんで、あなたのようなお金持なら、僕のような貧乏な家の子供に、すぐ送金すべきだと考えた。ほんの二万円ほどでよいのです。小為替《こがわせ》でも、現金書留でもケッコウ。日限は一週間後と、一応決めておきます」

などと言ってくる。

中にはもっと殺伐なのがあって、

「こんな時代に、オペラ如きに金を費消するような、心ない仕打に涙が出ました。あなたみたいな人は、死んだほうが社会のタメなのです。毒マンジュウを送りましたから、賞味して下さい」

これなどはまだ正気なほうで、

「クタバレ歌子の歌集は万葉集の集中的表現の現実はイサマシイ椎《しい》の実を見る人はキリストの生れかわりなどと言って笑って……」

こんな尻取《しりと》り文句みたいなやつを、ワラ半紙の表裏に、ギッシリうすい鉛筆で書

き込んだ、正真正銘のキチガイの手紙も来る。

はじめは三津子も、いちいち正直に歌子に目をとおさせていたが、そのたびに歌子がヒステリー状態におちいるので、勝手に処分することにしたのである。

「世間は私を理解してくれないんだわ」とすぐ歌子は目に涙をためた。「何が文化国家でしょう。私の芸術なんか、生きる場所もうばわれてしまうんだわ」

こうなると子供とおんなじで、手のつけようがない。

毒マンジュウ一件にいたっては、歌子がすっかり神経質になり、よく知らない人間から送ってくる小包は、みんな山路一家にお払い下げになるので、正代《まさよ》は全国のオペラ・ファンが送ってよこす銘菓を、片っぱしから平らげて、肥《ふと》りだした。

三津子は何よりも、この邸の住人が、朝から晩まで、芸術芸術と言い暮すのにおどろいた。世間のことは、政治問題からハシの上げ下ろしにいたるまで、芸術的であるか、非芸術的であるか、に色わけされてしまう。非ゲイジュツ的な電車に、ちょっとゲイジュツ的なポスターがかかっている下で、非ゲイジュツ的なカバンを下げ、ゲイジュツ的なヒゲを生やした紳士が、いとも非ゲイジュツ的な態度で、座席の隙間《すきま》へお尻で割り込んだ、という調子なのである。

暗いところへとび込んで、しばらくして目がなれて来て、ものの文色《あいろ》がはっきり見えだすように、三津子にも徐々にわかって来た。

『ここの人たちは、永いこと世間から置きざりにされていた、その復讐《ふくしゅう》をたくらんでいるんだわ』

三津子は楽壇の内幕などにくわしくなく、ただ漠然と、オペラに夢をえがいて来ただけだが、だんだんわかったことは、歌子が持ち前の女王的態度から、すっかり世間の反感を買って、いわゆる楽壇からもボイコットされ、オペラの舞台へ上る機会を失ってしまったということであった。

直接の契機は、戦後トスカの上演に当り、コーラスがそろわないと言って、柳眉《りゅうび》を逆立て、コーラス一同に茶碗《ちゃわん》のお茶を引っかけてまわり、オケが音を大きくして歌を妨害すると言って、指揮者と大ゲンカをし、指揮棒をうばいとって、膝《ひざ》でヘシ折ってしまった事件からだそうだ。

こんな話はバリトン歌手の皮肉屋の伊藤が教えてくれたので、伊藤も失意の一人だったが、肥った子沢山のバス歌手大川は、歌子をケシかけて、世間を見返してやるために、いろいろと策謀をめぐらしていた。

「玉置歌劇団と無絃会をブッつぶしてやらなきゃいかん。ああいうのがオペラ界をあやまらせたんですよ」

と大川はログセのように言った。

歌子がまたすぐそれに乗って、

「清井初子さん、あの方の歌声なんか、わるいけれど、ハラミ猫だわ。それから無絃会の、小畑ルリ子さん……おおイヤ！　羊カンにお酢をかけたようなお声。あんなクラスの方は、もっともっと死にものぐるいで勉強なさらなくちゃ、とてもダメ」

もっとも歌子の悪口は女声歌手ばかりで、彼女は全女性を敵にまわしているオモムキがあった。

——しかし何はあれ、三津子にとっては、歌子はかけがえのない大事な先生であった。一週間に一ペン、無料でレッスンをとってくれることになった。

歌の稽古《けいこ》はまず第一が、

「コールユーブンゲン」(合唱教本)

で、ドレミファを歌わされる。次が、

「コンコーネ」

というエチュード集で、何番もあり、

「アー、アー、アー」

と歌わされる。次がこれも練習曲集《エチュード》の

「マルケージ」

ここまでは母から習っている。

歌子は三津子に、ロッシーニやプッチーニのやさしい初歩的な詠唱《アリア》から教えてくれた。

三津子はそのあいまにもよくはたらいた。三千万円入っても非芸術的な電気洗濯機なんか買うお金はない道理で、年とった女中の三倍もの能率で、三津子は木曜の休日に、みんなの洗濯を引受ける。もっとも奥さん持ちの人は、奥さんが洗濯する。

屋根の上の物干へ出て、洗濯物を干しながら、その週習った歌を練習してみるのが、三津子のたのしみである。

「ガルティエル・マルデ
わが想う人の御名と知るさえ心躍る……」

――かなたには旧代々木練兵場、ワシントン・ハイツの赤や茶の屋根、白や薄緑の壁がマッチ箱を並べたようにみえる。芝生をめぐる道を、派手な夏シャツの米人のゆきかい、小さく動く豆粒ほどのテニスの人かげ……。

「歌ってますね。リゴレットを」

萩原が物干の昇り口に笑っていた。

萩原は物干の手すりに手をかけて、

「先生の話じゃ、戦争前はここの物干から、練兵場の観兵式がすっかり見えたそうですよ。そのころは埃《ほこり》がひどくって、干し物がすぐ黄いろくなったそうだが、今じゃあのとおり、いちめんの芝生ですからね」

どうも萩原は、世帯じみたところへ顔を出したがる男で、この前は引越しだったが、今度は、洗濯を手つだいたいのかしら、と三津子は思った。

萩原にしてみると、心の底から尊敬し、偶像視している歌子先生ではあるけれど、歌子の全然現実性を欠いたロマンチシズムには、少々オクビの出かかる心境になっていた。そこへ三津子が現われたのである。

歌子は何かというと永遠という言葉をつかい、自分のことを傷ついた百合《ゆり》の花にたとえ、すぐに死んだときの話をし、死んだらお棺の中をバラの花でいっぱいにしてほしい、それも自分が一輪の白い百合にみえるように真赤なバラばかりで埋めてほしい、などと言って、この田舎青年をオドかすのである。

しかし三千万円で俄《にわ》かに生き返った歌子に、萩原が多少同情を失う心理になったとしても、フシギではない。

洗濯物は、まだしぼり立てで、かなりの風にも、軽快にはためくわけには行かなかったが、白い布という布は、美しく光って、物干には見るからに新鮮な空気があった。

ぼんやり景色を見ている萩原の頬っぺたに、ペタリ、とその一枚が貼りついた。

その干し物を頬からはがした萩原は、

「オヤ、こりゃ僕のシャツだ」

と大発見をした口調で言った。

「オヤ、これもそうだ。これはどうも。あなたが洗って下さったんですか」

「ええ」と三津子は考えて、「でも別に、あなたのだから、特にお洗いしたわけじゃございませんわ。大川さんや伊藤さんのは、奥さんがお洗いになるでしょう。先生とあなたのと、家《うち》の分は、女中さんがお年寄りで可哀想だから、できるだけ私が洗うことにしましたの」

「そうですか。すみませんなあ。どうも、こんな美しい方に、僕のシャツなんかを洗わせて……」

萩原はていねいにお辞儀をしたが、その額に、今度は歌子のシュミーズがペタリと貼りついた。

「でも、引越しとちがって、洗濯は手つだって下さらなくてもいいの」

「ええ、残念ですが、洗濯のほうは、不得手なもんですから」

なるほど、テノール歌手が洗濯をするようなオペラは、あまり見たことがない。

そのとき、屋根の下から、

「アー、アー、アー」

という発声練習の声が洩《も》れ、

「ガラガラガラ」

とうがいの音がつづき、又、「アー、アー、アー」がはじまった。

「あ、先生が練習していらっしゃる。どうもお邪魔しました」

萩原は髪の手入れのゆきとどいた頭で、ヒョイヒョイと洗濯物をよけて歩いて、
それこそ大いそぎで階下へ駈《か》けて行った。とりのこされた三津子は、拍子抜けがして、萩原の歌子への気兼ねぶりに、『どうかと思うわ』という最初の感想を抱かずにはいられなかった。

萩原が歌子の部屋のドアの前まで来たとき、

「アー、アー、アー」

という発声練習がカスれてきこえて、急にススリ泣きの声にかわった。萩原はドアをノックした。廊下をとおりかかった正代も、その泣き声に耳をそば立てて、心配そうに、萩原と顔を見合わせた。

「どなた？」

と半分泣いたままの声が中から答える。

「萩原です」

「正代ですわ」

「……どうぞ」

二人が入ってゆくと、歌子は窓ぎわの机に顔を伏せて泣いていた。その髪には白いレエスの窓かけが、風をはらんで戯れていた。幸いに純白の窓かけの裾《すそ》は、まだ白髪染《しらがぞ》めの黒い粉に汚されてはいなかった。汚れる暇もない筈《はず》で、おそらく歌子は、二人がノックしてから、あわてて悲劇的な姿勢をととのえ、装飾的な構図をねらって、頭へちょっとレエスの窓かけの裾を、引っかけたように思われるのであった。

正代と萩原は、こういうとき、無意識のうちにも調子を合わせることを知っている。

萩原は立ったまま、歌子の肩に手をかけて、やさしく顔をのぞき込んで、

「先生！　先生！」

と呼ぶ。正代は正代で、床《ゆか》にひざまずいて、歌子の膝《ひざ》をゆすぶりながら、

「先生！　どうなすったの。私まで悲しくなっちまうじゃないの。ねえ、しっかりなさって頂戴《ちょうだい》」

と呼び叫ぶうちに、だんだん身が入ってきて、正代まで泣き出してしまう。

人の泣くのを見ると、歌子は冷静になるタチらしく、決然と顔をあげて、深い絶

望の調子で、天井を見上げながら言う。その天井には、むかし豪華なヴェネツィア細工のシャンデリヤがかかっていたのであるが、売り食いの結果なくなって、今ではその空間を、安っぽい笠《かさ》をつけた裸電球が占めている。

「もうダメなの。声が出ないの。ここ一、二ヶ月のあいだにすっかりダメになってしまった。歌手としての私は死んだんだわ。もうウグイスは歌えなくなって、タダの汚ない年とった小鳥になってしまったのよ。折角これから私の新らしい生活がはじまろうとしていたところなのに。ねえ、達さん」と萩原の手をゆすぶって、「どうしてなの。言って頂戴。なぜ、私の声は死んでしまったの。ねえ、なぜなの」

答えようもないことをこんな風に詰問されるたびに、萩原はひたすらドキマギして、進退ここに谷《きわ》まるのだが、うっかり、

「すぐ治りますよ」

と言うと、

「なぜなの？　なぜすぐ治るの？　死んだウグイスがどうして生き返るの？」

と来る。萩原はすっかり額に汗をかいて、

「だって……すぐ治りますよ。きっと急に三千万円入ったんで、声が出なくなっただけなんですから」

と言ってから、シマッタと思ったが、おそかった。

「まあ、あなたったら、そんなに低俗なことを言って。かりにも芸術家が、よくもそんなことを私に向って言えたものね」

歌子の号泣はひどくなった。

もしそこへバス歌手の大川とバリトン歌手の伊藤とが、さわぎをききつけてやって来なかったら、全く手のつけられぬ成行になっていたろう。

二人はかえって来て玄関を入ると、老いた女中のヒソヒソ声で話す報告をきいたのだった。この女中はムジナに似ていて、決して部屋のまんなかを歩かず、何かあるとすぐ自分の穴へかくれてしまうのであるが、永年の経験で、一旦《いったん》女主人のヒステリーがはじまれば、逃げたほうが勝だということを、身にしみて知ったのであった。

大川と伊藤は歌子の部屋へいそいだ。

萩原と正代がもてあましている歌子の体を、大兵肥満《だいひょう》の大川はかるがると抱き上げて、寝椅子の上へはこんだ。

皮肉屋の伊藤は、ちっとも体をうごかさないで、口ばかり、

「先生、しっかり、しっかり」

などと、運動会の声援のようなことをやっていた。

寝椅子によこたわった歌子は、大げさに溜息《ためいき》をついて、

「大川さんったら、まるでサムソンね」

と息もたえだえに言った。オペラ『サムソンとデリラ』に登場するサムソンは、御承知のとおり、怪力の大男である。

こんな独り言で、御機嫌の直りかけたことがわかったので、万事扱いを心得ている大川は、決して心配そうな表情を崩さないで、

「ホラ萩原君、ブドウ酒、ブドウ酒」

と言った。歌子はみんなに介抱されてブドウ酒を呑《の》むのが好きなのである。

歌子の鏡台の前から、ワイン・グラスになみなみと注がれたボルドオの赤葡萄酒《あかぶどうしゅ》が、銀の錆《さ》びた盆にのせられて、萩原の手でしずしずと運ばれた。

美男のテノール歌手が、ブドウ酒をささげながら、

「先生、ごめんなさいね」

と言うと、歌子の御機嫌はすっかり直って、とろけそうな顔になった。

「いいのよ。いいのよ。悪気じゃないんだから。私、ゆるしてあげてよ」

この可愛らしい声が解散の合図だった。

一同は心の中でホッとしながら、おのおの部屋へ引きあげ、歌子は正代と一緒に、食堂兼居間へ、ラヂオをききに下りた。もう十分ほどで、外国から新着のオペ

ラのレコードが、放送されるのである。正代がダイヤルをひねくり廻《まわ》しているとき、玄関があいて、暗い居間には、一条の日光がさし入り、涼しい風がとおった。

「ただいま」

あいかわらず、どこをほっつき歩いていたのかわからぬ敏夫の帰宅である。

彼は入ってくるなり、立ったまま、

「先生、僕がやっとお役に立つことがみつかりました」

「何よ、そんな他人行儀なことを仰言《おっしゃ》って」

「税金ですよ、税金。今度の相続税を、僕がうんと安くしてみせますよ。税務署にいい友だちがいるんです」

「まあ！　ほんとう？」

歌子は思わず喜色をうかべたが、さっきの広言を思い出して平静を装った。

窓外には今年最初のセミが、おずおずと啼《な》き出していた。

敏夫の信用

二年前にある私立大学を中退してから、敏夫はクラス会というものに出たことがなかった。その前だって、決してクラス会の熱心な常連ではなかったが。

未来にも過去にも、この混血児はあまり関心がなかった。過去は第一、いやな思い出ばかりで詰まっていた。小学生のころ、アイノコアイノコと云われて、何度つかみあいのケンカをしたかわからない。敏夫が小学校を卒業したのが、丁度終戦の年であるから、戦争中の思い出は二重に暗い。スパイだと云われるのはいちばん辛《つら》く、同盟国とのアイノコだと威張ってみても、イタリアが降伏してからは、子供たちの間でのスパイ呼ばわりがシツコクなった。

中学に入ったのは終戦のあくる年である。中学の思い出はまだしもたのしかった。今までと逆転して、外人に似ているだけでうらやまれるようになったのである。しかし女の子にモテすぎる結果、恋仇《こいがたき》の上級生からケンカを売られ、「おまえのオフクロはえらいもんだな。今に銅像が立つぞ。外貨獲得の先駆者だからな」とニヤニヤしながら云われた。彼は上級生の前歯を三本折って放校になった。敏夫がオフク口をむごく扱うようになったのは、この時からである。

理窟《りくつ》で考えれば、オフクロを侮辱されて、そのためにケンカをして放校にまでなったのだから、母親思いの筈《はず》の敏夫だが、少年の心理はひどく逆説的で、それ以来、はっきり親不幸になろうと決心したらしい。

さて、一向会費も納めないのに、中学校のクラス会名簿だけは、あいかわらず敏夫の手もとへ送られていた。引越しの時にも、三津子がそれを、本箱ごと持って来るのを忘れなかった。あるとき敏夫はパラパラと頁をめくっていて、仲のよかった同級の悪童が、都心のある税務署員になっているのを知った。三津子や歌子に、彼が確信ありげなことを言い出したのは、この松本という税務署員のことを思いついたからである。

曇って、湿気の高い南風が吹きめぐっている一日、敏夫はぶらりとその税務署を探してあるいた。

手には一冊の、薄い大判のグラフ雑誌を、卒業免状のように巻いて持ち、どうやら変装の趣味のある敏夫は、ヤボな開襟シャツに、ヤボな紺サージのズボンをはいて、どこから見ても実直に見えるように心がけた。

税務署の建物は、古ぼけた汚ない二階建の木筋コンクリートで、外見は一向目立たないが、近くで道をきくと、すぐわかった。おなじ道をきくにも、消防署なら、こう簡単にはわかるまい。

敏夫が入ってゆき、うろうろしていると、むこうから、

「ヤア」

と声をかけてきたのは松本だった。

同じ二十三なのに、イヤに中年肥《ぶと》りをして、かいがいしくワイシャツの腕をまくりあげ、昔ながらの八の字の、泣いたような眉《まゆ》をしている。

「しばらくだなあ」

「どうしてる?」

「イヤア、あいかわらずだ。今はこんなところにいるんだ」

敏夫は窓口にヒジをついて、巻いたグラフ雑誌をスルスルとひろげた。

グラフ雑誌のひらいたページには、一頁全部を使って、歌子と敏夫の大きな写真が出ている。長椅子にかけている二人のあいだには、コルレオーニ氏の額縁に入った肖像写真がニヤリと笑っている。黒い喪服の歌子は、泣いたような笑ったような表情で、ハンカチをしわくちゃに握りしめた手を敏夫の肩にかけている。敏夫はというと、狐につままれたような顔をしている。

「歌子女史に重なる喜び

先ごろイタリア人亡夫の三千万円の遺産を相続したコルレオーニ・歌子女史は、二十年ぶりに令息敏夫君（三）と対面して、重なる喜びにひたった。この対面の裏には、数奇《さつき》な物語が秘められているもようであるが、女史は、時期が来るまで、と固く口をカンして語らなかった。写真は、亡きコ氏の写真をかこんで、悲喜こもごもの涙にくれる歌子女史と敏夫君」

こんな記事が、写真の下に出ている。

松本はつくづく、写真と敏夫の顔を見くらべて、何を言うかと思ったら、

「君も有名になったもんだなあ」

と言った。

「実はこのおふくろのことなんだがね」

と、グラフ雑誌のおかげで、卒業後のぐうたら生活に一言もふれずに、今の、人をうらやましがらせるに足りる境涯を、旧友の頭に印象づけることに成功した敏夫は、用件を切り出したが、そこは松本も察しが早かった。

「わかったよ。三千万円の税金だろ。とにかく昔の友だちが、ひょっこりたずねて来ると、税金の話にきまっているんだ。もっとも金を借りに来るやつは一人もいないがね」

——丁度松本は手が空《す》いていたので、敏夫がさそうと、一緒に税務署を出て、ち

かくの喫茶店へ、冷たいものを呑《の》みに行った。

「何て風だ、こりゃあ」

南風は、大きな焔《ほのお》のように、二人の体を乱暴に巻いて、駈《か》け去った。

かれらのシャツは風をはらみ、本屋の店頭の雑誌の名を書いたたくさんの赤い小旗は、ちぎれそうにひらめいていた。

そこは男の友だちのよいところで、松本は「二十年ぶりの母子《おやこ》の対面」について、妙なセンサクがましい質問をしたりはしなかった。ただ、

「三千万円とは大したもんだなあ」

とつぶやいただけである。

二人は思い出話をしながら歩き、敏夫は松本が、どうしても木馬をこえられなかったのをからかった。

喫茶店で、毒々しいイチゴいろのソーダ水が来ると、松本はガツガツとストローに口をつけて、一息に吸い込んでから、大きなゲップをして、名刺と万年筆をとりだした。

「渋谷神山町って言ったっけな。丁度いいや、あそこの署の資産税係長は、ここの署に前いたんだ。俺も可愛がってもらったし、紹介の名刺を書いてやるよ。あとで電話もかけといてやろう。俺の言うことなら、きいてくれるよ。実にいい人なんだ。

いい人というより、お人よしでね」

松本は旧友にむかって、自分の威力を誇示してみたい衝動にかられているらしかった。

「もしマケてくれたら、旧友のよしみで、うんとおごってくれな」

紹介された先へ行ってみると、三十恰好《かっこう》の温厚そうな資産税係長は、自分の机のかたわらに椅子をすすめて、ニコニコしながら応対した。

「こちらでは、ああいう新聞記事を読みますと、(ああいう記事は、商売柄、うの目たかの目でしらべておりますが)、すぐお宅へ、『相続財産等についてのお尋ね』という書類を、お送りしてある筈ですよ」

「さあ、気がつきませんでした。おふくろは」

と敏夫は歌子をおふくろ呼ばわりをして、

「税というと、コワくて目をつぶってしまうほうですから、そんな書類は焼いてしまったんでしょう」

「それは困りますな。ではもう一枚さし上げましょう」

と係長は書類をわたしてから、のんびりと「新生」を一本のんだ。この税務官吏は、巨額の税の取立てについて、豚をいつかは食べるためにゆっくり肥らせておくように、時間をかけてたのしむ計画のために、柔和なやさしい飼育家の気持になっているらしかった。

突然、敏夫のほうを向いて、こう言った。

「それはそうと、あなたのほうへも、遺産の一部が当然来る筈ですがね」

「それがどうも……」と敏夫は言いよどんだ。

「籍も入っていませんし、いろいろ事情があるので……」

こう言いながら、ふだんは陽気なこの若者が、突然はげしい怒りにとらわれて父のことを考えた。税務署の中庭の、夏のギラギラした日光へ目をやりながら、彼のその目は、人知れぬ怒りに充血した。

『何ていう男だ！　俺を正代《まさよ》という女にはらませておきながら、貧乏ぐらしのうちにほっておいて、死んだあともビタ一文よこさないなんて！　そんな父親の俺は児なんだ。よし！　俺はこの三千万円に、当然の権利があるんだぞ。いつか、歌子の鼻を明かして、俺のものにしてやるから……』

敏夫はこんな怒りから我に返って、額ににじみ出た汗を拭《ふ》いた。

「そうして、一体、どのくらいとられるものでしょうか？　半分ぐらい、千五百万円ぐらいは、とられるんでしょうか？」

「イヤ、そんなことはありますまい。計算してみましょう」

係長は、早見表と照らし合わせて、サラサラと紙に数式を書いた。

「配偶者の控除は、二分の一ですから、千五百万円、さらに五十万円の基礎控除があって、のこりが千四百五十万円、これに百分の五十の税率を掛けて、さらに二百万円控除されますから、約五百万円くらいのもんでしょう」

「へエ、そんなに少ないんですか」

自分の金ではないと思うと、五百万円の税金なんか、ものの数ではない気がした。

――神山の邸へかえって、敏夫は歌子をつかまえて、「相続財産等についてのお尋ね」に記入させた。

「コ氏の職業」とか「相続人の人数」とか……

「ああ、そんな非芸術的なことはとてもダメ。あなた、みんな書いてよ。そうして、税はいくらぐらいとられるの？」

敏夫はせい一杯悲しそうな表情で答えた。

「さア、一千万円は動かないところでしょうね」

「まア、ひどい！　ああ、神様！」と歌子は両手を、技巧的に天のほうへさしのべた。「日本では、芸術家は、国家の手で首をしめられるようにできてるのね。永遠に飢えに泣くようにできてるのね」

「大ゲサですね。何も税金でイジめられるのは芸術家に限りませんよ」

「でも、芸術家から税金をとるなんて、芸術の冒トクだと思わない？」

「まあ、安心していらっしゃい。僕の腕で、何とか安く上げてみせますから」

戦前、歌子は、横浜のイタリア領事館に申請して、本国の政府の許可を待って、良人《おっと》と国際結婚をしたのだった。その遺産は、日本で決定した税額から、すでにイタリアの税金をとられた差額を日本で支払えばよいのだった。

歌子に全権を委《まか》せられた敏夫は、まず一千万円と大ボラを吹いて、歌子をオドかしておいてから、夏の暑い毎日を、申告その他の手続のために、税務署がよいをはじめた。この同じ男が、ついこの間までは、密輸の手先をはたらいていたのである。

敏夫は人を口車にのせる技術には自信があり、例の友だちの紹介にも信頼を置いていたのだが、かようほどに、いくら口をすっぱくしてクドいても、一向利き目がないのでおどろいた。

資産税係長は、典型的な外柔内剛型で、テンデ歯が立たない。おまけに例の松本のうわさをする口吻《こうふん》では、松本の自信たっぷりの紹介とちがって、係長のほうでは、乳くさい小僧ッ子としか考えていない様子である。

『こいつは負けてくれそうもないぞ』

敏夫は思ったが、別にガッカリもしなかった。歌子のほうは、もともと、一千万円でオドかしてあるのである。

スッタモンダのすえ、最初の計算どおり、五百万円の税額に落ちつくと、敏夫は歌子邸の門前までかえって、イザ玄関をはいるときに、欣喜雀躍《きんきじゃくやく》の身振りをした。

大げさな身振りは、イタリア人の血が入っているだけに、歌子にヒケをとらない。

彼は、白ズボンをひらめかせて、踊るような恰好をして、広間へかけこみ、税額を書いた紙片をヒラヒラさせながら、

「バンザイ！　バンザイ！」

と叫んだ。

歌子はピアノの前から立上った。

敏夫はよろよろする歌子の手をとって、部屋じゅうをワルツを一踊りした。

「まあ、何よ！　何よ！」と歌子は息をはずませて、「私、折れてよ！　コワれるわよ！」

「コワレオーニ万歳！」

「コワレオーニじゃない。コルレオーニよ」

「何でもいいや、税金万歳！」

「えッ？　安くなったの？　税金が」

「半額ですよ。たったの五百万円ですよ。どんなもんです、僕の腕は」

「まあ、うれしい。私、幸福だわ。あなたはやっぱり天才ね。税金の天才ね」

歌子はしわだらけの唇で、敏夫のほっぺたに、ところきらわず接吻《せっぷん》した。

「半額なんて！　まあ、私、しみじみと幸福」

「お礼にゴチソウしてくれますか。松本って税務署の友だちがとても骨を折ってくれたんです」

敏夫の魂胆では、松本を招《よ》んで、松本の心証をよくし、歌子にも、税金が本当に半額になったという実感をもたせたいのである。

だから、税額がきまると松本へよそから電話をかけ、

「税金は五百万円さ。ビタ一文も負けてくれなかった。君の紹介はちっとも利き目がなかったな」

松本の電話の声は、正直にショゲていた。

「そうか。そりゃあ気の毒だったな。それじゃあ、君にオゴラせる計画もオジャンか」

「それがさにあらずさ。おふくろには、君のおかげで、半額にまけてもらったように吹き込んであるんだ」

「わるい奴だな」

松本は電話口でクスクス笑った。

「だから、おふくろが、君をよんでゴチソウするそうだ。うまく口占《くちうら》を合わせてくれなくちゃ困るぜ。いいかい。おふくろの前では、君の尽力で、半額になったことになってるんだから」

「オーケー」

「それからな。人数が少ないとさびしいから、君の友だちも一人よびたいな。税務署じゃ工合《ぐあい》がわるいだろうから、税関に友だちがいないかね」

「ああ、いるいる。若い税関吏で、とても気分のいい呑《の》み友だちがいるんだ。富田っていうんだ。そいつを誘ってみよう」

「俺のほうは妹もつれてくぜ。美人だから、おどろくなよ」

——一方、敏夫は歌子と三津子には、こんなふうに因果をふくめた。

「昔の友だちに、僕がブラブラしているっていうのも体裁がわるいから、先生と本当の母子ってことにしてあるんです。そのつもりで口占をあわせて下さいね。みんなの前では、お母さんって呼びますから。それから三津子も、先生のことを、お母さんって呼ばなくちゃいけないよ」

——歌子は、税金が半額になったと思い込んで、俄《にわ》かに気が大きくなり、どんな大御馳走《ごちそう》でもしたい気になっていた。しかし敏夫がまじめな顔つきで濫費をいましめたので、又すぐその気になって、安上りを心がけた。

歌子は人の紹介で、二子玉川べりの鮎《あゆ》料理「珠川」へ電話をかけ、座敷を予約した。

さて当日になると、久々に自分の主宰するパーティーだというので、興奮の極に達した歌子は、おめかしに四時間もかかり、洋服を七着も着かえてみて、五着目にカンシャクを起して、泣きだした。正代は息子の功績が誇らしく、いつもよりは威厳のある態度で、歌子をなだめた。

「ダメだわ。もう私には明るい色は似合わないの」

「そんなことはありませんわよ、先生。そんなにお若いのに」

歌子は、七五三まいりの女の子みたいに、泣きベソの頬を正代に拭《ふ》かれて、丹念にお化粧を直された。そして最後に、唐傘ほどもある大きな優雅な帽子をかぶった。

「車がもう来て、待っていますわ」

そのハイヤーは、歌子と敏夫を乗せて出発し、一旦《いったん》都心へ出て、三津子と松本と富田をそれぞれ拾ってから、玉川べりへ向うことになっていた。

はげしい夏の日ざしは衰え、一台のハイヤーに乗った一行が、郊外へ走るころは、夕風が涼しかった。町の屋根屋根はギラギラした反射を納め、木立の多い郊外の住宅地には、青い暮色がひろがった。まだ雲の燃えている空だけに、夏の暑苦しい色があった。

歌子のおしゃべりに、車中の人たちは黙りがちだった。敏夫兄妹《きょうだい》が助手台に掛け、歌子と松本と富田がうしろに掛けていたが、敏夫と三津子はときどき肱《ひじ》でつっつき合い、しかめっ面《つら》を見交わして、吹き出しそうになった。

「まあ涼しいドライヴ！　これがオープンの車でしたら、どんなに。……私、亡くなった良人《おっと》と一緒に、フランスの紺碧《こんぺき》海岸からローマまで、国境をこえて自動車旅行をしたときを思い出しますわ。そりゃあロマンチックな旅でしたわ。松本さんも富田さんもまだお若いし、ヨーロッパへいらしたら、ぜひあのコースでドライヴをなさったらよろしいわ」

松本と富田は、鼻のムズムズするような表情をうかべていた。税務官吏や税関吏が、オイソレと外遊ができるものではない。

三津子の目の前のバック・ミラアには、丁度富田の顔が映っていた。

富田は大柄な、情熱的な目をした、寡黙な青年で、税関吏の制服がよく似合いそうであった。笑うと、大きなまっ白な歯の列が、朴訥《ぼくとつ》な、気持のよい印象を与えた。

バック・ミラアに映ったその目は、何気なく三津子の顔に、焦点の定まるときがあった。三津子がちょっとした悪戯気《いたずらぎ》から、合った視線を外さずにいると、たちまちその顔は真赤になって、視線をモチから引き離すように、強引な努力で、暮れてゆく郊外の森のけしきへ、目を移したりした。

歌子が言い出した。

「富田さんは、それで、お住居《すまい》は？」

「はあ、芝浦の独身寮におります」

「独身寮に。そりゃあお淋しゅうございましょうねえ。私も永いこと、独身寮ぐらしみたいなものですから、お気持がわかりますわ。でも、芸術家は孤独であるべきなのよ。そこがあなた方におわかりにならないところだと思いますけど」

「はあ、そうですね」

と富田は困って、トンチンカンな返事をした。

ハイヤーは玉川線ぞいに、用賀をぬけて、ひろい国道を、二子玉川へむかって走った。眺めは突然ひらけ、ところどころに森をひかえた青田や、学校や、カヤブキの農家が、高まった道の左右にひろがった。青田は風になびき、車の窓から押し入って来る風には、川風の匂いがあった。

「おお、涼しい」

と歌子はあくまで感情を誇張する。こんな叫びは妙なもので、折角涼しいと思っていたまわりの人を、何となく涼しくなくさせる作用がある。

二子玉川の駅のちかくから、夏草におおわれた堤を抜け、すっかり涸《か》れた多摩川が、しらじらと夕空を映している川水を、ひろい河原のそこかしこに光らせているのが、眺められるあたりへ来ると、軒にくっきりと赤い提灯《ちょうちん》をつらねた料亭の明るい灯《ひ》が見えた。

それが鮎料理「珠川」であった。

歌子と三津子をのぞいて、男三人がフロに入り、ユカタに着かえて出て来たころには、日は暮れはてて、多摩川の河原ばかりが、闇の中にしらじらとうかんでいる。川風はパタリと落ち、軒につらねた赤い提灯は小ゆるぎもしない。その赤さが、重ったるく、暑っ苦しい。

ビールの泡立ちが、さわやかにコップの内側にしりぞいた。

小皿に鮒《ふな》ずしが、朱いろの卵の粒をぎっしりと密集させ、すずしく氷を盛った鉢には、バラの花びらのような工合に、半透明な鯉のアライが技巧的に盛り付けられている。

やがて鮎の塩焼が、みずみずしい笹の葉の上に、目にしみるような塩の白さを、際立たせて、運ばれて来た。

「まあ、おいしい!」

と自分が主人役のくせに、歌子は一口たべるごとに主張するのだが、歌子のつもりでは、フランス語で「ボン！　ボン！」とか、英語で「グーッド！」とかいうのを、翻訳《ほんやく》しているにすぎないらしい。

酒がまわるにつれて、松本は、歌子に気がねをせずに、敏夫と大っぴらに話し、三津子はまた、無口な富田の気を引き立てようと話すうちに、車中とは逆に、いつか歌子はのけものになり、仕方がないので、一人で、

「まあ、おいしい！」

をくりかえしていた。

富田はしじゅうニコニコしていたが、おそろしく無口で、おしゃべりの松本が、「面白い呑み友だち」と紹介した意味がわからなかった。おそらく松本にしてみれば、富田はいつも忠実な聴役で、それが酒席で気の合うゆえんだったのだろう。

「どんなお仕事ですの？」

と三津子がやむなく、富田の仕事をきいた。

富田は言下に、

「密輸の取締です。この密輸というものは……」

と御講釈をはじめた。

「大体、東京港は川筋が多いので、取締がしにくいんです。東京港に入る韓国船や、香港《ホンコン》経由の船は、要注意船になっております。香港経由のノルウェー船や英国船は

ですね、士官はあちらの人でも、下級船員はみな中国人で、満足な船員名簿もないんですからね。フンドシの中に、百や二百の腕時計をかくしている奴もあるんです。もっとも終戦直後にくらべると、このごろはですね、すべてが智能犯的になって来ましたが……」

敏夫はしごくケロリとして、こんな話をきいていた。松本が横から口を出した。

「俺たちよりよっぽど面白い仕事だな」

「うらやましいような仕事ですね」と敏夫。

「こわいわね。密輸なんて、こわいこと！」

と歌子は言ったが、ひとり三津子は持ち前の平静な表情で、無邪気に夢みるように、

「密輸なんてロマンチックだわ。私、そんなことをしてみたいな」

——その晩おそく帰宅すると、歌子は敏夫に言うのだった。

「きょうはありがとう。あなたの手腕には敬服したわ。帝国オペラ協会の会計は、これからみんなあなたにやってもらえないかしら？」

「さあ、僕にできますか」

敏夫は心の中で舌を出して、そう答えた。

羽の生えた恋人

イタリア亭は十一時がカンバンであった。まだグズグズしている客があっても、まわりのテーブルは容赦なく片附けられ、赤い格子のテーブル掛けは片っぱしからはぎとられ、時には椅子までが、脚を天井に向けて重ねられ、室内の灯火もあらかた消されて、客は出てゆけがしに扱われる。

もっともその最後の客も、マダムの房子の、ひどく色っぽい、ていねいな挨拶《あいさつ》は受けてかえる。

「どうもありがとうございます。おやすみなさいまし。又どうぞ」

調理場の片附けもほとんど終っている。ステンレスの配膳《はいぜん》台はきれいにみがかれ、皿もコーヒー茶碗《ぢゃわん》も、納まるべきところに納まっている。あとにあいびきの約束でもあるのか、若いコックはすでにリュウとした背広に着かえている。かれらは下宿へかえる途中、ゆきつけの呑屋《のみや》で、今度は客になって女の子をからかい、結構銀座青年でとおって、モテるのである。

「電車がなくなるわよ。早くおかえりなさい。どうも御苦労さま」

房子の使用人たちに対する毎晩の挨拶も同じである。給仕女たちには、これに、

「かえりを気をつけてね」

という註釈《ちゆうしやく》が加わる。

あとにいつも残るのは、房子と高橋ゆめ子の二人であった。

ゆめ子はその年配と、実直な働きぶりが買われ、つとめて間もなく、クロークから会計に出世していた。閉店後、房子と二人で伝票をしらべ、同じタクシーで房子の家へかえる。ゆめ子はそこに同居しているのである。

最後の客のテーブルが、大てい伝票しらべと、それを帳簿につけるための事務机になる。この地下室のたった一つ残された電灯の下では、銀座の町の夜の深まりがひとしお感じられる。

「千八百円なり、二千五百円なり……」

ゆめ子のソロバンはなかなか達者だった。この永いこと貧乏したアルト歌手は、歌がダメになった代りに、ソロバンがうまくなったらしかった。

房子はアクビの口を、赤く塗った爪先《つまさき》をそろえて押えた。疲労が彼女の顔に、彫刻的な、やや重々しい風情を添えていた。

「夏場はやっぱりお客が少ないわね」

と、ソロバンに熱中しているゆめ子の返事を期待せずに、房子は言った。

「お客が少ないと、かえって疲れるわ。こうして毎日見ていると、よくもおんなじものばかり、飽きもせずに食べに来ると思って、こっちがおどろくわね」

そうして自分のスカアトを引っぱってみて、

「きょうもキアンチ（イタリア葡萄酒《ぶどうしゅ》）のしみをつけられちゃった。新らしい服の仮縫は、又一日おくれるし、いやになっちまう」

房子は大事な自分の店の会計というのに、大した関心を示さない。

ゆめ子が、灰いろの小さくしまった顔にホッとした色をうかべて帳簿を閉じたとき、

コツコツ

という靴音が、小宴会に使う特別室の中にきこえた。

「お客様がもう見えたわ。行きましょうか」

房子はゆめ子を促して立上った。

ゆめ子は店の会計の他に、もう一つ、ぞっとするような会計にたずさわっていた。

房子とゆめ子は、広間のあかりを消して、特別室のドアをあけた。

二人の客が待っていた。一人は裕福そうな第三国人で、一人はひどくやせた商人風の中年男だった。

そのドアの外側にいたときと内側に入ったときで、房子はまるで魔法の鏡をとおったように、別人の相貌《そうぼう》を呈した。藤いろのスーツに、サファイアのイアリングを下げたこの人工的な女には、見るからに威厳がそなわった。二人の客はだまって頭を下げ、窓一つない小さな密室の沈黙の中で、壁にとりつけた冷房装置のしめやかな音だけがひびいた。

ゆめ子はドアに鍵《かぎ》をかけ、房子はレコード入れの引出しの鍵をあけた。引出しの一段一段は相当重い。房子は、丁度家庭の主婦が天火から料理を引出すようなものなれた調子で、白いなめらかな腕のうえに、慎重にその一段一段をのせてテーブルへ運んだ。

おおいの綿をとる。

スイス製の見事な腕時計がぎっしり詰まって、きらきらと文字盤を光らせながら、あらわれた。

やせた中年男は膝《ひざ》を乗り出した。

福々しく肥《ふと》った第三国人は、椅子にゆったりもたれて、手の指を組み合わせて、満足そうな笑みをふくみながら、

「フム、フム」

と言った。

やせた男は、横山町の大きな問屋の主人だった。不景気でちっとも儲《もう》からない繊維問屋をおもてむきの看板にしながら、房子やその腹心の張と結びついたのである。

「銘柄の目録はもうお手もとにお届けしてありますわね」

「へえ、ここにもっております」

問屋は、片手の紙片とてらしあわせて、指でひとつひとつ時計を押え、百個の腕時計をゆっくり数えた。

房子がしびれを切らして、

「品物にも数にも、インチキなんかしませんわ」

「へえ、そりゃあよくわかっております。いつも、こちらのお品はたしかですから」

「フム、フム」

と張がまた満足そうに鼻を鳴らした。

「現金で持って来て下さいまして？」

「へえ、ここに。一個二万円で二百万円もってまいりました。おしらべ下さい」

「本当は二万五千円はいただきたいところなんですけどね。税をとられれば、六、七万で売れる品なんですからね」

「それをおっしゃられちゃあ」

「フム、フム」

――読者は敏夫が、自分がそのほんの末端にたずさわっている密輪の親分を、こんな風に想像したことを、おぼえていられるだろうか？

片目はつぶれ、鼻はみにくくアグラをかき、古革のような肌の色をして、コールマン髭《ひげ》の下に歯並びのわるい口もとを隠し、野蛮な体つきを瀟洒《しょうしゃ》なダブルの背広に包んでいる四十恰好《かっこう》の男。……

ところで本物の親分は、だるそうな身のこなしの、藤いろのスーツを着、サファイアのイヤリングをゆらめかせた、三十恰好の美女だったのである。

密輪の組織や儲け方についてのくわしい説明は、あんまり金の話がつづいたから、ここでは省こう。あとでゆっくり触れる機会がある。

房子がこうなった経緯《いきさつ》については、今述べておく必要がある。敗戦まで、まだ二十いくつの若い男爵夫人であった房子は、間もなく良人《おっと》に死なれ、財産税に苦しめられ、ワラをもつかむ思いで、当時GHQの要路の人であった或《あ》るアメリカ人と知り合った。この男が今日までの房子のかくれた良人ハワードである。こんな結びつきは少しも珍らしくなく、当時財産税の嵐におぼれかかった美しい上流夫人の前には、大ていの場合、中年の、富有な、物腰の紳士的な、アメリカ人のワラが現われた。

しかしハワードはなかなか一筋ナワ、ではない、一筋ワラでは行かない男だった。ハワードの炯眼《けいがん》は、敗戦の痛手に途方に暮れているこのおっとりしたお姫様のうちに、悪の能力をみとめたのだった。甘いウヌボレなんかの持合せのない、堂々たる恰幅《かっぷく》の冷静なハワードは、ウソみたいに簡単に自分に身を任せた若い貴婦人の絶望感を、正確に見てとった。はじめから、こう言って、からかった。

「あなた、こんなことができるなら、もう世の中にコワイものはありません。私についていらっしゃい。コワイものを、洗いざらい、見せてあげます」

ハワードは、房子の冷静さと、育ちのよさから来る物おじしない大胆さとを——つまり彼女が子供のころふんだんに持っていた驕慢《きょうまん》な性格を——、すっかりよみがえらせて、それを育てた。房子もまた、「世間しらずの上流夫人」と自分を思い込んでいた夢からさめた。

二人は体から心へ、心からいつか、信用し合える共同経営者の関係へ進んだ。廃墟《はいきょ》に化した日本から、手に入れるだけのものを手に入れた如才のないハワードは、占領政治がおわると、イタリア亭を房子へ置土産にして、さっさと日本を去って、香港《ホンコン》へ行った。

腹心の張をのこしておいて、房子の補佐役にする。香港におけるハワード氏の密輸事業は、房子を取引の相手にして、はじめられたのである。

……………………。

横山町の問屋の旦那《だんな》が、重い鞄《かばん》をかかえてかえると、房子は体をムチのようにしならせて、ノビをした。

「このごろは何かと不景気だわね。こんな危い橋をわたりながら、これだけの儲けしかないなんて」

「フム、フム」と張は、微笑しながら、流暢《りゅうちょう》な日本語で、はじめて口を切った。

「このごろの情報では、税関の要注意船は、クラークフィールド会社の船に集中してるようです。あの会社の船は避けたほうがいいですね」

「そうね、さっそく香港へそう言ってやりましょう」

「水上警察のほうでも、朝の五時ごろ、職務質問をするようになったそうです。今まではその時刻はいちばん安全だったのにね」

「ねえ、ゆめ子さん」と房子は話をさえぎって、「もうそろそろ坊やの来ている時刻だわね」

房子はかげでも、敏夫のことを坊やと呼んだ。

銀座から牛込の家へかえるタクシーのなかで、房子は自宅にハワードが設計した厳重な金庫へ納める札束をふところにしながら、ひどく浮かぬ顔つきをしていた。

「気分でもわるいの?」

とゆめ子は心安立てにきいた。

「いいえね、坊やのことなのよ」

深夜の町にはネオンはあらかた消え、車が宮城前広場へ出ると、蛍光灯の街灯の青いつらなりが涼しげにみえた。ヘッドライトが照らす松の木かげのあちこちに、恋人たちの白いシャツが、ひらめいて、消えた。

房子は運転手をはばかって、密輸のことを、「例の仕事」と言った。

「坊やがね、例の仕事をよしたでしょう」

「ええ、でも敏夫さんがあれをやってたことが、どうしてマダムにわかったの?」

「丁度あの人が妹から、栈橋でうけとった四角いフロシキ包みのことを詰問されているところを、廊下の窓から私が小耳にはさんだのよ。それだけでピンと来たから、坊やに泥を吐かせて、やめさせたの」

「御自分は汚れても、敏夫さんは汚したくないって気持?」

「ええ、そう。でも逆効果だったわ。あれをやめてから、精力のはけ口がなくなったんでしょう。このごろ耳に入るのは、坊やの女の噂ばかりなのよ」

ゆめ子はこんな話をきいて、うそ寒く、口をすぼめた。折角房子に博した絶大な信用を、下手な相槌《あいづち》を打ったりして、ぶちこわしたくなかった。

ゆめ子に密輸の仕事まで打明けた房子の太ッ腹は、ちょっとゆめ子には理解できぬところがあった。自分より二十も年下の女のこの気ッぷに惚《ほ》れて、ゆめ子は今では、房子に身命をささげる気になっていた。

「あなたの気持もわかるけど」とゆめ子は、「そんならむしろ、もう一度、敏夫さんを、例の仕事に呼び戻して、あなたの片腕にしたらいいと思うわ。おまけに目の前に、歌子女史の三千万円がころがってるんでしょう。何とか敏夫さんにあのお金を持ち逃げさせて、あなたの資金にすれば、一挙両得でしょう」

ゆめ子は、名前どおりの夢見るような目つきで夜の静まった町並をながめた。

歌子に復讐《ふくしゅう》することが、ゆめ子の一生ののぞみだった。世話にもなり、これと云った実害もうけていないのに、ゆめ子にとっては、歌子は不倶戴天《ふぐたいてん》の敵であった。

『あの気取りよう！　あの威張り方！　あのわがまま！　あの鼻持ちならない芸術家気取！　あれを私は何十年たえしのんだことだろう。いつかあれをコッパミジンにしてやりたい！』

……房子はシートの背に頭をもたせて、目をとじたまま、こう言った。

「そのためには、私が例の仕事の張本人だってことを、坊やに打明けなくちゃならないわね」

「そうよ。そうしたら、あなたの魅力が今よりも、もっともっと、百倍にもなって、敏夫さんは決してあなたを離れないわ」

「いや！　いや！」——房子は急に身を起して、ゆめ子をにらんだ。「それだけはいや。もし坊やに秘密を洩《も》らしたら、私あなたを殺してよ」

ハワードの設計に成る牛込の家は、小ぢんまりした、しかし金のかかった鉄筋建築で、居間は暗いエンジ色の壁にあわせて、エンジ色の笠《かさ》のスタンド・ランプが置かれ、二階の寝室は、足がフカフカと埋まるほどの白い絨毯《じゅうたん》に、黒と白と金の室内装飾が、渋くてしかも豪奢《ごうしゃ》な雰囲気を出している。

その二階の寝室の窓が、ほんのりと明るんでいる。

タクシーが坂をのぼるにつれて見えてきたそのあかりに、房子がほっとした表情をうかべるのを、ゆめ子は見た。

敏夫は勝手に好きな部屋へ行って、待っているのが常だった。

房子は、家へ入ると、

「おそいわよ。おやすみなさい」

と、ゆめ子と女中をさっさと寝かせ、自分は金を金庫へしまってから、二階へ上った。

房子は寝室のドアをあける。

敏夫はブリーフ一枚の裸で、枕もとの扇風機をかけ、勝手にあけたウイスキーをチビチビやりながら、ベッドに大の字になって、何か下らない雑誌を読んでいる。

「ただいま」

と房子が入って行っても、雑誌を顔の上から離さず、

「うう」

と不明瞭《ふめいりよう》な返事をするだけである。

VAT69の首の長いウイスキーの濃緑の罎《びん》が、スタンドのあかりにきらめき、部屋は、扇風機になまぬるい空気をかきまわされるだけで、バルコニーへ通じる網戸は、風ひとつ通さずに、むっつりと立ちふさがっている。

「暑いこと。夜になると、なお暑い。私、シャワーを浴びてくるわ」

やがて隣りの浴室で、シャワーの景気のよい水音が静まって、ずいぶんしてから、房子はシュミーズ一枚でかえってきた。上に着ていた藤色よりも、やや濃い藤いろのシックなシュミーズの、左肩の肩紐《ひも》が外れている。

いつのまにか身を起して、こちらを向いて笑っている敏夫は、いじわるく訊《き》く。

「なぜ肩紐を外してるの？」

「肩を見せるためだわ。それだけよ」

「肩ならもう見えてるよ」

房子の自慢の肩は、肉づきの厚からず薄からず、実に優雅な、なだらかな曲線をえがいていた。

敏夫は、日本人とはちがう、南の果物のような強い体臭をもっていた。房子はそれが半ば好き、半ばきらいで、対抗上自分のシュミーズには、いつもたっぷりすぎるほど、愛用の香水「夜間飛行」を浸《し》ましていた。

房子は立ち、敏夫は寝ころがったまま、いつもしばらく、こういうにらみ合いの時間がつづくのである。

……網戸にうるさくぶつかる蛾の羽音をききながら、

「毒蛾じゃないかしら」

と房子が言った。敏夫は笑って、

「ここにもいるね。網戸の内側にも」

「あなたって誰も愛さないのね」

と房子はいつも急に決まり文句を言う。

「そうだ。たった一人をのぞいてね」

「たった一人って、だれ？」

「妹さ」

主役になるには

さて、みんなの生活はおのおの処を得た。正代《まさよ》は楽隠居にちかい身分になり、帝国オペラ協会の第一回公演に、楽屋番をつとめることをたのしみにし、敏夫は大勉強で、オペラ協会の会計一切を受持ち、小づかいは房子にねだっていた。三津子は暑い最中《さなか》を歌の稽古《けいこ》にせいを出し、いずれはオペラのプリマ・ドンナになる日を夢みていた。

九月のはじめに、帝国オペラ協会の第一回公演の演目が発表されてみると、世間はひどくガッカリした。配役こそ明記されていなかったが、歌子、萩原、大川、伊藤などの出演で、古色蒼然《こしょくそうぜん》たるイタリア・オペラ、ヴェルディの「椿姫」三幕が、その出し物であった。

「歌子女史があの声で椿姫をやるんだよ、きっと」

「おどろいたな。枯れススキじゃなくて、枯れツバキだな」

前評判はこんな工合《ぐあい》で、辛辣《しんらつ》な予想屋は、意気揚々と失敗を予言した。

歌子邸の階段の壁に貼り出された配役表には、（これはまだ世間には秘密にされていたが）歌子の椿姫ヴィオレッタ・ヴァレリイ、萩原の椿姫の恋人アルフレッド、大川のグランヴィル博士、伊藤のアルフレッドの父、という配役で、三津子はせめて椿姫の親友フローラの役をのぞんでいたが、三津子の名はどこにもなかった。

配役会議で、萩原がちょっと三津子の椿姫を主張すると、歌子は世にもやさしい口調で、こう言ったのである。

「そりゃ三津子さんは才能がおありになるわ。私が教えているんですもの、これだけはまちがいがありません。でも、物には順序というものがあるし、才能のある新人をうぬぼれさせることは危険じゃなくって？　もしデビューで三津子さんが失敗したら、どうなさる？　デビューは念には念を入れて、もうこれで大丈夫というところで、やらなくちゃ。三津子さんは未来の星ですわ。十年先に世界にかがやく星なのよ。粗末に扱ってはいけませんわ」

その実、この配役にいちばん気をもんでいるのは、世間よりも、萩原たちだった。歌子の専横で、出し物も配役も決められ、もうろくすっぽ声の出ない老女が、あでやかな浮かれ女《め》を演じようというのである。

何となく元気のない三津子を、敏夫は明るくほがらかになぐさめた。

「何とかなるよ。俺に任せてくれ」

その上、大川と伊藤と萩原が、こっそり敏夫に、

「困ったもんだな。何とか先生をあきらめさせる工夫はないもんだろうか。まるきり声が出ないんだからね」

「三津子が代りに主役をやるというのに、皆さんが賛成なら、何か手を打ってもいいですがね」

「それは賛成だよ。大賛成だよ」

とみんなは口々に言った。

敏夫はすぐ歌子の部屋をたずねて、大げさに額の汗をふいてみせた。

「先生、ゆうべ実はイヤな夢を見ちゃったんです。コルレオーニ氏が出て来て、先生の声が心配だから、三津子に代りにやらしたほうがいい。そうしないと、何か怖ろしいことが起るって夢のお告げなんです」

「そう？」――歌子はきこえないふりをした。


二日のちの夜、歌子はいつものとおり、自室でひとりで寝ていた。

九月に入ると匆々《そうそう》、雑草だらけの庭は、虫の住みよい住家《すみか》になって、夜は家じゅうが、おびただしい虫の音《ね》に包まれた。廊下や階段で啼《な》くコオロギもあって、まだ住みなれない正代は、どこかでコオロギを踏みつけやしまいかと思って、おっかなびっくり家の中を歩くのであった。

こころよい夜気を入れるために、二階の歌子の寝室の窓は、ほんのすこしあけてあった。月光を透かしたカーテンが風にまくれて、机の上の紙をサヤサヤ言わせたりした。

歌子は何かおそろしい夢にウナされた。

何かわからない大きな重いものが、夢の中をのたうちまわって、それがときどき歌子の体に触れるのである。

「ウーム、ウーム」

とうなっているのは、夢を見ている歌子ではなくて、その大きな重いものが、うなっているらしいのである。

歌子は夢から身を引きはなすように目をさまして、あたりを見まわした。何事もない。カーテンを洩《も》れる月の光りの下に、いつもの古い家具が静まり返っている。

そのとき、夢の中のウナリ声が、実は夢の中のものではなかったことに気づいた。

「ウーム、ウーム」

たしかに人のうめき声のようなものが、部屋のどこからかきこえるのである。

歌子は脊筋《せすじ》の寒くなる思いと一緒に、頬にペタリと冷たいものが貼りついたので、声も出ずに、とび上った。

歌子は辛うじて枕もとのあかりをつけた。

すると冷たいものは、コルレオーニ氏の写真立のガラスであった。

何の気なしに写真立をとりあげて、

『オヤ、どうしてここにあるんだろう。たしか食堂にあった筈《はず》だが……』

と思いながら、スタンドのあかりに、写真をながめた歌子は、総毛立った。

今まで笑っていたコ氏の写真は、歯をむきだしたまま、怖ろしい悪魔の表情に変って、目を吊《つ》り上げて、歌子をにらんでいた。

「キャーッ」

と叫ぶなり、歌子は写真立をほうり出して、部屋をとび出して、むかいの敏夫の部屋へとび込んだ。

「大変よ！　コルレオーニの写真が！」

「何です。何事です」

敏夫も三津子も正代も起き出した。

「何ですって？　写真の相好が変った？　そんなバカな」

「だって、本当に変ったんですもの」

「写真立はどこにあります」

「私の部屋よ。放り出しちゃったの」

出て行った敏夫が、やがて写真立をもって部屋へかえって来たときには、家中が山路《やまじ》一家の部屋に集まってワイワイ言っていた。

「おかしいな。ちっとも変ってないですよ」

敏夫の示す写真は、いつもの柔和なコ氏の笑顔に戻っている。

「まあ、さっきはたしかに変ってたのに」

「気のせいですよ」

「オペラで気が立ってらっしゃるんですよ」

みんなが口々に歌子をなぐさめているとき、階段のほうから、又「キャーッ」と悲鳴が起った。


「何だろう」

二度目の悲鳴のあとは、森閑として何もきこえず、山路一家の部屋に今までさわいでいた人たちは、口をつぐんで、顔を見合わせた。

「何かあったんだ」

「誰か見に行ったらいい」

と傍観者の伊藤は、ダブダブのパジャマの腕をえらそうに腕組みしたまま言った。その実、この腕組みは、体のふるえを止めるためだった。

「私が行きましょう」

大兵《だいひょう》肥満の大川が、自分の柄を承知していて、やむなく豪傑役を買って出た。

「そうだわ。どうしたってそれはバスの役だわ」

と歌子が、怖さにふるえながらも、配役を決めた。

しかし大川が先に立って廊下へ出ると、怖いもの見たさに、大川夫人も、その子供たちも、敏夫も、三津子も、正代までが、ぞろぞろと忍び足で廊下へ出た。廊下の壁の暗い影絵は複雑にうごいた。

部屋には萩原につかまって、唇の色を失っている白い寝間着の歌子と、伊藤夫婦だけになった。あたりを見まわした伊藤は、むこうの大ぜい組についたほうが怖くないと判断して、

「僕も見に行く」

と、勇気リンリンと宣言して部屋を出た。伊藤夫婦をおしのけるようにして、歌子も、萩原の手を引っぱって、廊下へ出た。誰も、部屋へのこされるのはイヤだった。

階段の踊り場の電気はアカアカとついていた。人が階段にのしかかって倒れていた。

大川がミシミシ降りて、助け起した。

それは老いた女中で、助け起されると、直ぐ息を吹き返した。

「どうした」

と、柔道の柔の字も知らない大川が、もう息を吹きかえした相手に、活を入れるような身ぶりをした。

大川の子供たちは、大人にかこまれて階段のいちばん上で、目をかがやかせて、オヤジの武勇伝を見下ろしていた。

「どうしたんだ」

「あれです。あれです」

女中のかぼそい指のさし示す壁面には、「椿姫」の配役表が貼られている。「椿姫ヴィオレッタ……コルレオーニ・歌子」と大書した墨の字の上に、ベットリと血の手型がついていたのである。

血の手型を見ると、歌子はまた気を失いかけ、今度は言われないさきに、萩原がとんで行って、ブドウ酒をもってきた。

歌子が一杯のみ、正代が気をきかせて湯呑茶碗《ゆのみぢゃわん》をもってきて、女中にも少し呑ませた。

「警察沙汰《ざた》はイヤよ。これから初公演という矢先に警察沙汰はイヤよ」

と、やっとおちつくと、歌子は言った。

「それはやめましょう。何事もソッとしておくほうがいいんですよ」

と伊藤が大アクビをしながら言った。

「どうもこんな神秘的な事件は、警察にもわからないでしょう。何かこの世には、霊魂というものがあるらしい」

と大川は意味深長にいう。

「そうなのよ。どうも私もそんな気がする」

「何かコルレオーニ先生の霊魂が怒っていらっしゃるんじゃないでしょうか」

と正代がなぐさめるそばから、歌子はもう一度、考え深そうに、

「ねえ、敏夫さん、この間の夢のお話ね。あれをもう一度話して下さらない？」

敏夫は歌子のその愚かな目つきを見て、自分の思う壺《つぼ》にはまったと思った。

その晩、歌子は一人で寝るのを怖がって、萩原が同じ部屋に寝ることになった。

歌子はダブルベッドに一人で寝ているのに、みんなの前で、ことさらに言いわけをして、

「はずかしいわ。紳士と同じ寝室に寝るなんて。萩原さん、わるいけど、あなたのベッドはあの長椅子よ。何か変事が起らない限り、私のベッドにけっして近寄らないと約束して頂戴《ちょうだい》」

そうして、みんなの目の前で、酸っぱい顔をした萩原と指切りをしてみせた。

女中が萩原の羽根蒲団《ぶとん》をその長椅子にはこび、事件も一段落ついて、それぞれの家族が寝しずまると、歌子邸はまた、おびただしい虫の音に包まれた。

——あくる日は、また夏が戻って来たような暑い日だった。

敏夫は上着を腕にかけて、歌子邸を出て、都心に向った。

かちどき橋を渡る手前の右側に、大きな碑が立っている。そのうしろがすこし低くなって、かちどき橋変電所の白レンガの建物が川にのぞんでいる。

待ち人がなかなか現われないので、敏夫はつれづれに、読みにくいその碑銘を読んだ。

「勝鬨橋《かちどきばし》之記

明治三十七八年の戦役に於《おい》て皇軍大捷《たいしょう》す。京橋区民は之《これ》が戦勝を記念し、此処《ここ》に渡船場を設け、勝鬨の渡と名付け、東京市に寄附す……」

そこまで読んだとき、

「やあ」

と敏夫の肩を叩《たた》いたのは、密輸仲間の「十八号」であった。「十八号」は人のよさそうな、目や鼻や口もとのシマリのないところは、数ヶ月前と変りがないが、服装は目立ってひどくなり、垢《あか》じみたTシャツを着て、右手にはホウタイを厚く巻いていた。

「待たすな。どうしたんだ、その手は」

「良心的な仕事をすると、こんなもんさ。ちゃんと自分の手に傷をつけてやったのさ。その痛かったことと云ったら、おめえ」

「バカだな。絵具でいいと云ったのに」

「とにかくおどろいたよ」と大柄の「十八号」は目を丸くして、「いつかお前んちを訪ねるつもりだったが、あんな訪ね方をさせられるとは思わなかったよ。まア、とにかく云われたとおり、庭から入って、階段を昇ったさ。それから掌にナイフで傷をつけて、(おお！　その痛かったこと！)、それで例の歌子の字の上にうまくペタリと手型をつけて、御持参のペニシリン軟膏《なんこう》とホウタイで、即席治療さ。あとで血がついたら困るからな。

　それからよ、虫がヤケに啼《な》きやがるあの庭へ又出てさ、(広いには広いが、草蓬々のひどい庭だな、え？　せまくても、俺の行く風呂屋《ふろや》の庭のほうがよっぽど風流さ)、二階へよじのぼって、窓からのぞいてみた。ポケットには、おめえからあずかった写真が入ってたから、ガラスが割れやしまいかと、そればっかり気になってな。

　見ると、歌子っていうのか、あのババア、御大層な顔をして、イビキをかいてやがるじゃねえか。

俺は窓をあけて、しのび込んで、写真立を枕に立てかけてよ、それから又窓のそとへ出て、おめえに言われたとおり、できるだけ気味のわるい声で、

ウー、ウー、

うなったんだよ。

そのまたババアが、なかなか目をさまさねえこと。まったくよく寝るババアだな。さて、目がさめてみたら、そのおどろいた目つき、写真を見たときのおっかない顔つき、ものすごい悲鳴、……こっちのほうが、おっかなくなっちまった。もっともあの写真は昼間見ても薄ッ気味がわるいや。

それで、ババアが写真をほっぽり出して逃げてっちまったから、俺も役目がすんで、窓からとび下りて、一目散さ。

こんな妙な仕事ははじめてだな。それで、万事うまく行ったのか」

「うん、うまく行ったよ」

と敏夫はニコリともしないで答えた。

「そいつあ、よかったな」

気の弱い「十八号」は、謝礼の話を切り出しかねている様子だったが、悪党の仁義で、あんな一芝居が何の目的かを一言もきかないのは気持がよかった。

「痛むか」

と敏夫は「十八号」のホウタイを巻いた掌にさわった。

「ウー、痛え」

「十八号」はぼんやりした目鼻立ちを引きしめて痛がった。二人は話しながら、人目を憚《はばか》って、碑のうしろの椎《しい》の木立のかげへ来ていた。初秋の木洩《こも》れ日《び》が、二人のシャツにこまかい光りのまだらを散らした。

「こんなに傷までつけてやった仕事だ、二千円増してくれよ。三千円じゃなんぼなんでも」

「痛むか」

「痛えと云ってるじゃないか」

「十八号」が大仰に肩をすくめると、敏夫の飛出しナイフの切先が、いつのまにかホウタイと掌の間へ辷《すべ》り入って、ホウタイはまっ二つに切られていた。日ざしの下には、傷あと一つない荒れた肌の大きな掌が現われた。

「あッ」

「小細工はやめろよ。ハイ三千円」

敏夫は「十八号」の胸のポケットへ、三枚の紙幣をつっこんで、立去った。

かちどき橋のかえり、敏夫は、築地の小さな写真屋へ金を払いに行った。その店は、以前、安っぽい恋人ができるごとに、記念写真をとりに連れて行った店である。敏夫にもそんな時代があった。

そのうち写真屋と懇意になり、敏夫もだんだん不良化して来ると、写真屋と敏夫の間にはひそかな契約が結ばれた。まず敏夫のとびきり上等の肖像写真を引伸ばして、埃《ほこり》だらけの小さなショウ・ウインドウに出しておく。やがてカモが引っかかる。とおりがかりの娘が、用ありげに写真をとりに来て、かえりがけに、

「あのショウ・ウインドウの男の人だあれ？　アメリカの映画俳優なの？」

などと、さりげなく質問する。

「日本人ですよ。私の友人です」

「あら、紹介してくれる？」

バカな話だが、こんなカモが週平均二人は引っかかり、敏夫はカモと遊ぶ金を写真屋に出させ、要らなくなったカモは、写真屋にまわしてやっていたのである。

……こんな仲だから、今度の仕事にも使いやすく、敏夫は食堂の写真を、歌子の留守のあいだに大いそぎで持ち出して、この店へもって来て、複製を作らせ、複製のほうには悪魔の顔のような怖ろしい修正を施してもらって、写真立も、本物とよく似たのを探して買った。あとで何食わぬ顔で、本物は食堂へ返しておき、怖い表

情をしたニセ物のほうを「十八号」に渡し、……さて、歌子がほうり出した写真をとりにゆくときに、敏夫がスリかえただけのことであった。

「また何か企《たく》らんでるな」

「今度は善行賞ものでね」

「わかるもんか。しかしあの悪魔の顔はよくできたろう」

こんな会話があってから、敏夫はまた、かちどき橋を渡って、月島の倉庫のあいだを歩いた。

倉庫にも季節がある。その古びたコンクリートの外壁を斜めに切る日ざしが、真夏のカッとした太陽で、倉庫のあいだにきらめく川の色に夏の潮のかがやきがあるのと、それが冬の弱日《よろび》であって、川のおもてが冬風に笹くれ立っているのとでは、大いにちがう。

今の初秋の日光は、ザラザラのコンクリートの灰色の壁や、黒い鉄の扉に、何とはなしに哀色を帯びさせはじめている。ほとんど暑いような、こんなに明るい日ざしなのに！

敏夫は倉庫のはずれの人っ子ひとりいない桟橋に立つと、上着のポケットから、写真立に入れたままの悪魔のようなコ氏の写真をとりだした。じっと眺めた。

『このほうが、きっと、本物のオヤジにずっとよく似ているんだろう』

彼はそれを桟橋の上に落し、ガラスがわれる音を小気味よくききながら、靴の爪《つま》先《さき》に力を入れて、思い切り川へ蹴《け》とばした。

重い金属製の写真立は、たちまち波に呑《の》まれ、その波紋も静まらぬうちに、数ハイの伝馬船を引いたポンポン蒸気が、川水を蹴立てて、海のほうから進んできた。

……

――数日のち。

歌子は考えに考えた末、配役会議をもう一度招集した。彼女はすっかりおじけづいていた。

「私は椿姫はやりません。代りに三津子さんにやっていただきます」

歌子がルルと説明する口調に、みんなは多少気の毒になった。

「私はコルレオーニに、ゆうべ夢の中で会いました。コルレオーニはこう言うんです。

『この間はおどかしてすまなかった。でもすべて、お前のためを思ってしたことだから、ゆるしておくれ。お前が舞台で声が出なくて、お客や批評家に笑われることを考えると、私は天国にいても、身を切られるようだ』

って。私、それからずいぶん悩みました。声を失ったウグイス、何て悲しいんでしょう。何て美しい、そうしてまた優雅な悲劇でしょう」

演説の途中で歌子はハナをすすり、萩原もうつむいてハナをすすった。

「でも今はさっぱりしました。後進のために、道をひらきましょう。未来の捨石になりましょう。それが芸術家たるものの、孤独な宿命なんですわね。ですから私、三津子さんに役をゆずる以上、三津子さんを世に出すために、全力をあげます。デパートもやめてもらって、あの人の生活の面倒は、これからみんな私が見ますわ」

弟子どもはしめやかな拍手をして、内心ホッとした。

――階段のところの貼紙は書きかえられ、三津子が椿姫ヴィオレッタを演じ、これを補佐して、歌子が親友フローラを演ずるという配役は、新聞にも発表された。遠慮のない世間は、これでどうやらホッとして、未知の新人で、美声で美人だという三津子への期待のために、前評判もメキメキ上った。

三津子は天にものぼる心地だったが、やはりスッキリしない気持もあった。

階段の貼紙を見ながら、通りかかった兄に小声で言うのであった。

「どうもおかしいわ。この間の怪事件、兄さんがプロデュースしたんじゃなくて？」

「ふふん」

敏夫はニヤニヤ笑いながら、返事もしないで二階へ上って行った。

――歌子の勧告で、三津子はデパートへ辞表を出し、その午後はデパートじゅうへ、挨拶《あいさつ》にまわった。どこの売場にも、職場合唱団のメムバアがいて、あと一ヶ月のちにせまる職場合唱団のコンクールのために、こんな優秀な指導者を失うことを残念がった。

各階をまわってかえってくると、エスカレータアのむこう、お客の雑沓《ざっとう》のかなたに、なつかしい靴下売場が見えてくる。

ショウ・ケースの上には、足首から下だけの爪先だった足型がたくさん並んでいる。一方のケースの上には、腿《もも》から下のストッキングをはいた女の足型が、ニョッキリ立っている。男物のほうには、秋のやや落ちついた色合が、こうして遠くから眺めても、総括的にはっきりわかる。

そのとき、うつむいて靴下を選《よ》っている男の客の、背広の背中に見おぼえがあった。いつもきれいにしている髪のポマードのかがやきにも見おぼえがあった。

三津子は近づいた。

「やあ、最後の買物に来ましたよ」

とふりむいて萩原が言った。

オールド・ミスの同僚は二人の顔を見くらべて、ズケズケと、

「山路さん、いいわね。やめたらすぐ、こちらと御結婚？」

三津子はショウ・ケースのあいだから売場へすべり込んで、

「何になさいます？」

「そうですね。あの縞《しま》がいいかな、青の」

「こちらの無地のほうがお似合いになりません」

こんなママゴトのようなやりとりを、オールド・ミスの同僚は遠くから、ほとんど生理的嫌悪を感じるような目つきで眺めていたが、三津子がそれを意識しながらいい気持になっていたとすれば、萩原が少なくとも見かけからは、人に見せ栄えのする男だったからだろうか。萩原が売場へ来たのはこれが二度目だった。一度目との比較で、三津子にも、萩原との距離がずっと近くなったのが感じられた。

だから二人並んでデパートを出て、

「ああ、これで肩の荷が下りたわ。何だかさびしいような、ポーッとしたような気持」

と三津子が、都会の空にひろがるイワシ雲を見上げて言うと、

「いいお天気だな。どこか静かなところを散歩しませんか」

と萩原が言い出すのに、三津子には勿体《もったい》ぶって拒絶する理由がまったくなかった。

宮城外苑《がいえん》も月並すぎるから、二人は浜松町へ出て、駅ぎわの芝離宮恩賜公園の門

を入った。それは潮の匂いがたちこめながら、海へは出られない公園だった。

入ってすぐ池が見え、池のおもてには、空いちめんのイワシ雲が映っていた。

池に面した藤棚の下のベンチにかけると、右方の丘の木立のあいだに、黒いクレーンの突先と船の黒煙が見え、左方に㋜と書いた竹芝桟橋の冷蔵倉庫の屋根が見えた。

三津子は何かマジメな話をしだすとき、ながいマツゲの下の黒い森閑としたヒトミは、ふだんよりもイキイキとうごき、それが表情のしずかな丸顔と対比されて、一そうみずみずしく見えるのである。

「私ね」と三津子は話しだした。「椿姫をやらしていただくのは、天にものぼる心地だけど、何となく不安な、割り切れない気持なの」

「そりゃあ、はじめてのときは誰だって……」

「でも割り切れないのは、それだけじゃないのよ。私、歌子先生のお家《うち》へうかがうまでは、芸術で何もかも救われるような気がしていたの。職場合唱の時なんかはそうだったわ。歌をうたっているあいだだけ、自分が別人になって、救われると思ったもんだわ。もし全生活で芸術家になったら、どんなにたのしいだろうと思った。でも今は……」

「今は？」

「そうね、ゲンメツね。御恩になっている歌子先生にはわるいけど、芸術の世界も、やっぱり救われない人間の世界なのね」

萩原はしばらく考えていて、ベンチの上に子供がおいて行ったらしい小石を、いきおいをつけて池へほうった。小石は秋の水を切って、水の中へ走って、沈んだ。

「だって、そりゃそうですよ。芸術家の世界だって人間の世界ですもの」

「男の方って、そういうふうに、はっきり二つにわけられるから、うらやましいの。私はまたどうしても一つにしたがるからムリなのね」

そのとき藤棚のうしろに、二人の姿を見てつと身をかくした人影があったが、萩原も三津子も気がつかなかった。

藤棚のかげから二人の姿を見ていたのは、高橋ゆめ子だった。

あいかわらず女教員じみた身なりで、世をすねた女だと一目でわかるが、目立たないことにかけても、こんな服装にまさるものはなかった。

ゆめ子はその日、竹芝桟橋ちかくの目立たない聯絡《れんらく》場所を、房子が香港《ホンコン》へしらせてやるために、この公園の下見に来たのだった。何か大きな松のかげとか、中之島へ通ずる橋のタモトとか、わかりやすい待合せ場所を探しているうちに、二人の姿をみとめたのであった。

ゆめ子は身をかくして、若い二人のうしろすがたをしげしげと見た。それが歌子についての思い出を、ゆめ子の心にくっきりと思い出させ、ために、その小さな灰色の顔はこわばった。

『歌子さんはいつも私をドレイ扱いにした。私をいたわるようなフリをしながら、ずっと手もとへ引きよせておいて、私を笑っているのがあの人の道楽だった。そりゃあ才能のほうはあの人が上かもしれない。そう思ってじっと我慢しつづけて来た私。その私が、今では憎らしい。

永い友だちづきあいの最後の返報は何だったろう。部屋代を払え、払え、という矢の催促。私がちょっと口答えをして、あなたって芸術家になるより高利貸になるほうがよかったのね、とたった一言言ったばかりに、追い出された。そのあとには、山路一家を、タダで引取ったなんて、何というひどいアテツケでしょう。

いいわ。見ていらっしゃい。いつか一泡吹かせてやるから』

ゆめ子は房子にたのまれた仕事もそっちのけにして、見えつかくれつ、若い二人のあとをつけはじめた。

話が大いにモテていて、二人はたえず喋《しゃべ》りながら、公園の散歩道を歩いた。

『いつまでやってるつもりだろう。日が暮れてしまう』

とゆめ子はイライラした。

藤棚のあとには離宮址《あと》の礎石があり、白い砂利を敷いた舟着には、壮大な石灯籠《いしどうろう》もあって、帝王の遊楽のあとをしのばせる一方、池をめぐってうねうねと上り下りする散歩道からは、

「池の魚をとってはいけません、東京都」

などという無風流な立札も池中に見えた。

美しい中之島へも渡れず、その橋口を、鉄条網を張った矢来がふさいでいた。いたるところ赤トンボだらけで、それを追いまわしている子供のほかに人かげはなく、午後の公園は森閑として、海にちかいイワシ雲の空へ、子供たちの叫びが時折けたたましく昇った。

まだ穂ののびかけていないススキの小高い丘が、松に包まれて、人目をさえぎっている。

さっきから、萩原と三津子はそこに坐《すわ》って話している。ゆめ子は池ぞいの松のかげからそっと見上げている。

話が止んだ。永い沈黙。萩原が三津子の髪をいじっていた。

……やがて二人は、顔をよせ合って、ごく軽い接吻《せっぷん》をした。

『これだ、これだ』とゆめ子は復讐《ふくしゅう》の目安がついて悦に入った。

初日まで

オペラ「椿姫」は、帝国オペラ協会第一回公演と銘打って、近ごろできたS会館の大舞台で、五日間打つことになった。

会場費は一日十二万で、舞台装置、衣裳《いしよう》代、よそからたのんだ歌手やコーラスへの謝礼、オーケストラの演奏料、広告費その他仕込一切を入れると、五百万円ぐらいかかりそうであった。上演の実際に当るのは、専門のマネージャアであったが、会計となると、敏夫が歌子の印をあずかって、ガッチリ押えていた。

オペラや純音楽の入場税は、二割である。そして発行予定枚数の六割にあたるぶんの切符の税金は、前納しなければならぬという規則がある。敏夫はまたガラにない税務署がよいをはじめた。

三津子は夜も昼も、夢のなかにいるかと思えば、急によびさまされてドキリとするような思いで、まるきり落着きを失くしてしまった。オペラの最中に、「椿姫」の有名なアリア、「ああ、そはかの人か」の歌詞をわすれて、棒立ちになった夢を見て、冷汗をビッショリかいたりした。

第一幕で、「乾杯の歌」がおわって、アルフレッドの求愛をしりぞけて帰してから、一人残るヴィオレッタは、ふしぎにも彼が忘られぬ思いに、恋を知るのである。その歌が、「ああ、そはかの人か」だ。

「……いつか人知れず切なる恋を
切なる恋を
わが胸のうちにいだく
その時ありと思いき
その人は彼か
われにやさしくも恋を語りて
いたわるはや……」

そしてヴィオレッタは、はじめて知る恋の悩みにはむかって、いかにも浮かれ女《め》らしく、悩みを忘れて快楽に身をまかせ、「快楽の蜜《みつ》を杯にみたそう」と思うのである。

『まるでチンプンカンプンだわ』と三津子は思った。『私は遊女じゃないし、快楽なんて、兄貴のたまにしてくれるゴチソウのほかには知らないし、恋をしたこともないんだし……』

仕方なしに、三津子は、当の相手役のアルフレッドに扮《ふん》する萩原を、恋人のおもかげに仕立ててみる。

『あの人とは、もののはずみで、生れてはじめてのキスをしてしまったけれど、別に、小説に書いてあるようなカッと火のついたような気持にもならなかった。あの人のキスが下手なせいかしら』

しかし、萩原のことを思ってこの歌を勉強するのは、そんなに不自然ではなかったし、そんなにコッケイでもなかった。

三津子が練習しているそばでは、母の正代《まさよ》が、何度でも娘のいうままに、くりかえして伴奏のピアノを弾いた。

「このピアノが又役に立ってうれしいね」

と一日に何度言うか知れなかった。

「オーイ、三津坊」

窓の下から、敏夫が呼んでいた。

「何よ。今、練習だからダメ」

「運動不足になるぞ。散歩に行こう」

「あと五、六分ですむわ。門のところで待ってて」

兄が急に散歩に誘うなんて、何事だろうと思うと、三津子の練習は捗《はかど》らなくなった。

渋谷神山町の歌子邸のあたりは戦災を免かれ、屋敷町らしく高い塀がつづいて、ところどころに小国の公使館などがあった。それがまた南米や近東の、そんな国があったかと思われるような公使館で、めずらしい外国切手のような、華美な国旗が屋根にはためいている。そうかと思うと、売られた邸宅が連れ込みホテルになり、古びた立派な塀の中から、突然、嬌声《きょうせい》と共に、パンパン嬢がＧＩの腕にぶら下って出て来るのに会う。

しかしふだんはごく静かな一郭で、道いっぱいの秋の日ざしを、塀内にそそり立つヒマラヤ杉の影が区切っていたりして、散歩によかった。よく品のよいおシャレな老夫婦が、威儀を正して、夕方の散歩をしているのに会うことがある。それが一昔前の外務大臣の夫妻であったりする。

三津子は何の用事かうすきみわるく思いながらも、兄と散歩をすると思うと、たのしかった。この場合、萩原に誘われても、こんなにうれしくはなかったろう。彼女は練習もそこそこに、足どり軽く門へ走った。

兄は足もとの小石を蹴《け》ころがしながら、口笛を吹いて待っていた。

外人をのせた高級車をやりすごして、二人は歩きだした。

「誰にも言わないでおこうと思ったんだが……」

「何よ」

「三津坊にだけは言おうと決心したんだ。君なら口も固いしな」

「何よ。言いなさいよ、誰にも言やしないから」

「三津坊はこれから先も、ずっとオペラに出たいか？」

「そうね。それはちょっと重大問題ね」と三津子は、別に重大問題らしい口ぶりでもなく、いつものくせで、木かげのさやいでいる道の遠くをまっすぐに見ながら言った。「今、私、考慮中なの。とても荷が重くて、これから先こんなことをつづけられるか、自信がなくなったの。それに芸術の世界の裏側も、案外汚ないことがわかったし……」

「そりゃあいいや。そんなら俺と一緒に商売をしないか。俺の片棒をかつがないか？」

三津子はとっさに、永らく忘れていたあの桟橋のフロシキ包みのやりとりを思い出した。彼女は動かない表情に笑いをにじませて、大きなイタズラっぽい目つきで兄をみつめた。

「あんなフロシキ包みなんかイヤよ」

「バカだな。あんなこと」と敏夫は一寸《ちょっと》まぶしそうな、てれた表情をした。「そんなことじゃなくて、もっとマトモな、たのしい商売さ」

「何よ」

三津子は想像がつかなかった。

「船を買うんだよ、船を。俺、前から月島に住んでいて、自分の船をほしいと思ってたんだ。俺たちの船を買おうよ。二百トンぐらいの、パリパリのやつ。機帆船でな。船の名前までもう考えてるんだ。『幸福号』っていうのはどうだい?」

「その船で何をするの」

「マトモなことさ。ただの輸送船さ。積荷を商売にするんだよ。俺が船長でね」

「だってそんなお金……」

兄の返事は、三津子をギョッとさせた。

「だからそこが相談なんだ。今度のオペラの売上げを失敬すれば、丁度一艘《そう》買えるんだ」

「まあ、そんなこと」

三津子はあいた口がふさがらなかった。

兄のこの突拍子もない一言で、母や自分たちの一応安定した生活が、一瞬のうちにガラガラと音を立てて崩れるような気がした。

彼女は悲しげな表情で兄を見上げた。

兄は整った横顔を妹のほうへむけていた。

『こんなに怖ろしいことを言いだす兄さんの残酷な表情が、私の目に美しく見えるなんて、何ということでしょう。私の本当に好きなのは、こういう瞬間の兄さんなんだわ。でもそんなことを口に出したら、私の負けだ』

三津子は年に似合わず、理性的に怒ることを知っていた。つまり、ここで怒るべきだというところで怒ることができたのである。

彼女の長いマツゲは、日ざしにうるんで、ほとんど金いろに見えた。

「そんなこと！」ともう一度言った。「それはいけないわ。歌子先生には私たち、どれだけ御恩になってると思って？」――彼女は賢明に言い直した。「まあ御恩になってるのは、私だけのことにしてもいいわ。尊敬していた先生にここまでしていただいて、私、どうやって御恩返しをしていいか、わからないくらいなのよ。それをそんな……。ああ、私、いっそ兄さんから何もきかなければよかったんだわ」

「そうだよ」と敏夫は冷淡に言い放った。「俺も、もう今じゃ、言っちまったことを後悔してるよ。ただ三津坊にだけにはな、何となく打明けたかったんだ。だから、イヤだったら、何もきかなかったことにしてくれればいい」

「そうは行かないわ。もうきいちゃった以上」

「ふん、そんならどうしろと云うんだ」

三津子は兄の腕に手をかけた。

「やめてよ！　おねがいだから、持逃げなんて、そんなこと。ね、船がほしかったら、私キャバレエにでも何にでも出て歌って、お金を作るわ」

敏夫は妹の手をふりほどいた。

そうして少し遠くから、奇妙にやさしい微笑で妹の顔をさしのぞいた。その微笑はあまりやさしかったので、三津子は思わず、顔をそむけたほどである。

「ふうん、俺にやめろって言うのかい。これほど口を酸っぱくして、マトモな仕事だと云ってるのに、それでもやめろというのかい」

「持逃げはマトモな仕事じゃないわ」

「持逃げ？　そうじゃないよ、三津坊。よく考えてごらん。コルレオーニは俺のおやじだよ。そのおやじが、俺をほったらかして、さんざん貧乏ぐらしをさせて、アイノコ面《づら》で肩身のせまい思いをさせつづけて、さて、三千万円の遺産を、そっくり歌子にやっちまったんだぜ。マトモじゃないのは、コルレオーニのほうじゃないか。あん畜生め！」——彼は秋空へむかって、コブシを固めた。「だから、俺はどうしても俺の分け前をとってやるんだ。正当な要求なんだ。歌子なんかにゴッソリもって行かれるいわれはないんだ」

乳母車を押したピンクの洋服の、よく肥《ふと》った若い女が、不審そうに二人を見てすぎた。

「だって兄さん、それだけはいけないわ、それだけは」

敏夫はもう一度やさしい微笑をもらした。

「ほう? それじゃ君が主役をとったのは、誰のおかげだと思ってるんだ」

「それじゃ、私を主役にしてくれたあの怪事件はやっぱり兄さんの打ったお芝居だったのね」

「今ごろ気がついたのか」

三津子はウッカリ、

「大体感づいてはいたけど」

「そら見ろ。何とかかんとか云って、君はもう俺の片棒をかついでるんだ。そんなに歌子思いの君なら、歌子のせめてもの冥途《めいど》の土産に、主役をやらしてやったらいいじゃないか」

三津子はハタと言句に詰った。自分のエゴイズムを思い知らされたのだ。

そうなると、日ごろ冷静な彼女も思わずカッとして、言葉はしどろもどろになり、咽喉《のど》もとに熱いものがこみあげてくる。

「ひどいのね、兄さん。私をゆするのね」

「そりゃあそうさ。俺が歌子に御注進にかけつければ、君の主役はたちまちオジャンだ」

「ひどいわ」

「だからさ。俺も君も、お互いに口をぬぐっていたほうがトクだってことさ」――やさしく妹の肩に手をかけて、「なあ、そうだろう?」

今度は三津子の肩が、兄の手をふりほどく番だった。

それから二人は、永いこと黙りこくって歩いた。

敏夫はというと、自分の意志と、妹思いとの板バサミになって、単純な気持で持逃げの計画を、妹に打明けたばっかりに、こんな険悪な沈黙の生じたことを悔やんでいた。打明けたのは、単に妹への愛からだった。ほかに不純な理由はなかった。

それが行きがかりでユスリみたいなことになってしまった……。

三津子は三津子で、ふしぎなほど仲のよい兄妹《きょうだい》のあいだに、はじめて起ったこの口喧嘩《くちげんか》を悲しんでいた。

二人は、別れを前にした恋人同士のような、世にもセンチメンタルな気持で、おのおの前に長くのびている自分の影をみつめながら、人どおりの少ない道を歩いた。

夕日が、二人の影を、途方もなく長くした。

夕日のなかで、街灯がともっていた。色あせた桃いろをして。

犬の散歩の時刻で、乙にすました高級な犬が先に立って歩くあとを、哀れな犬ボオイが引きずられて歩いているのに、何人も会った。

「とにかく、私、兄さんと当分口をきかないわ」

と三津子がとうとうキッパリと言った。

「俺もだ。君がその気になるまではな」

「その気って？」

「義理だの、御恩だのをさらりと捨てて、俺たちの『幸福号』に乗り込む気になるまでは、ってことさ」

「幸福なんて、どこにもありはしないわ」

「いつからそんな心境になったんだ」

「だってあたし……」

二人はいつか帰路を辿《たど》っていて、夕日をうけた三津子のうるんだ目はキラリと光った。

「私、兄さんがそんなら、誰かほかの人に、身体をあずけてしまうかもしれないわ」

「え？」

敏夫は正直、ドキッとした顔つきになった。

そのとき、途方もなくのどかな声で、

「やあ、お散歩ですか」

と声をかけたのは、萩原だった。

敏夫はこの萩原という男が、何となく虫が好かない。

殊に今、妹が、彼のキモを冷やすようなことを言ったあとで、萩原にいきなり出っくわして、

「めずらしいでしょう。兄妹でアベックの散歩なのよ」

などと、日頃の三津子に似合わない媚態《びたい》を呈するような笑い方をするのを見ると、その媚態が兄へのアテツケだと知らない敏夫は、一そう居るに居られない気持になるのである。

『この勝負は俺の負けだな』

とトッサに思った敏夫は、

「俺、ちょっと急ぐからな」

とわけのわからない言訳をのこして、さっさと二人をのこして、速足で横町を曲ってしまった。そのまま家へかえる気もしなかったので、街へ出かけるつもりだっ

た。

　あとにのこった萩原はキョトンとして、

「どうしたんでしょう。兄さん」

「何でもないのよ。ほっとけばいいのよ」

「そうですか」

「きっとあなたがきらいなんでしょう」

　三津子はさっきの媚態の埋め合せのようなことを言った。

　オペラの二枚目は立止って、しばらく深刻に考えていた。その結論はたった一言、

「ふうん」

だった。

　三津子は気が立っていたせいもあって、急にこの男の優柔不断というか、ズルサにふれたような気がした。

『もっとズバズバ青年らしく、兄さんのヤキモチかな、ぐらい言えばいいのよ。そうすれば、私の体はともかく、心はすぐさまこの人に温かく抱かれた筈《はず》だわ。今こそチャンスだったのに！　さっき兄さんに、反抗的な気持から、誰かに体をやってしまう、と言ったのは萩原さんのことだったのに！　この人ったら、きっと今も、歌子先生のことが、ふと頭をかすめたんだわね』

そこでこの一組の散歩も、黙りがちな、陰気なものになった。

しかし三津子の断定は早すぎた。萩原の優柔不断は恋だったのである。夕日の道を、楽譜カバンをかかえて、三津子と一緒に歩きながら、彼はぼうっとして、幸福な気持で、このあいだの接吻《せっぷん》のことを考えていた。

「ねえ、三津子さん」

と彼がつきつめたような声で言った。

三津子は答えなかった。

そのとき萩原は、実際、

『僕と結婚してくれませんか』

と言うつもりだったのである。しかし何かが、強くこの発言を引き止めた。代りにこう言った。

「あしたでも、一緒に映画を見ませんか」

このひどく間の抜けた誘いに、三津子は急に心がほぐれて、やさしくなった。彼女は少しずつ夕かげの濃くなる道で、風にちらほらする髪を手でおさえたまま、上目づかいに、萩原を見上げて笑った。この笑顔は、萩原の目に、びっくりするほど挑発的に見えた。

「ええ、いいわ。……でも」

「え？　何です」

「歌子先生には絶対内証にでしょ」

こんなイジメ方は、すでに三津子がわれしらず、敏夫の相棒になっていることを示していた。


オペラ「椿姫」の初日は、十一月十五日であった。歌子の古い友だちの後援もあり、三津子のつとめていたデパートの合唱団の総見もあって、切符の前売は、思ったよりも、よかった。

いよいよ十一月十四日の舞台稽古《げいこ》の日になった。

その朝の歌子邸の大さわぎを察してもらいたい。敏夫は妹と口をきかない約束なので、朝からさっさと会館のほうへ行ってしまっていたが、正代は三津子につききりだった。

正代は三津子に生卵を呑《の》ませたり、ヴィタミン剤を十粒も呑まそうとしたりする。

「ダメよ、お母さん、そんなにやたらに呑ませたって、ききやしないわ」

「そんなら代りに私が呑もうか」

正代は自分の夢が、娘の上に実現されることに気もそぞろであった。

「舞台稽古のときは、どうしても好い調子が出ないもんですよ。でもガッカリしてはダメよ。初日にはきっとうまく行くんだから」

「そんなものかしら。もう私、死んじゃいたいような気持だわ」

「死ぬなんて、そんなこと言わないでおくれ。おまえが死んだら、私も死ぬ」

正代はオペラ式に大げさなことを言った。

その日は小春日和のまことによい日だった。邸の窓々のガラスは、なごやかな日ざしにうるんでいた。落葉に埋まった庭は、みんながオペラにかまけて、掃除をする者がなかった。しかしまわりの木々の葉があらかた落ちたので、庭は明るくなって、古い食堂のなかにまで光りがみちた。

稽古は午後三時からだった。そこでコルレオーニ氏の写真を前にして、みんなそろって午食《ひるしょく》をとってから、S会館へ出かけることになった。

「やっと舞台稽古までこぎつけたわね」

と歌子は言ったが、彼女の頭は、きょう楽屋へとどく筈のフローラ役の衣裳《いしょう》のことで、いっぱいになっていた。三津子の椿姫は貸衣裳で間に合わせ、自分のフローラの衣裳はとびきり金をかけて新調した歌子は、イタリア仕込みの舞台化粧と新調の衣裳と本物の宝石とで、舞台で、哀れなオドオドしている新人の椿姫を、食ってしまおうとたくらんでいた。

そんなこととは知らない三津子は、

「先生、助けて下さいませね。今朝起きてから、もう胸がドキドキしていますの」

「そんなに心臓の弱いことではいけません」

と、だれよりも早くお皿をカラにしてしまう肥《ふと》った大川が、たべながら言った。

「心臓も先生を見習わなくちゃいけないよ」

とバリトンの皮肉屋の伊藤が言うのに、

「なに？」

と歌子がききとがめた。

「いいえね、先生のような美しい心臓になりなさい、と言ったんです」

「アラ、あなたって案外詩人なのね」

食事がおわると匆々《そうそう》、たのんであったハイヤーに、一同はゾロゾロと乗り込んだ。

正代はきゅうくつそうに助手台に乗った。

……こうして誰一人、今日一日のうちに、とんだ異変の起ることを予測した者はなかった。


舞台稽古は、英語でドレス・リハーサルというとおり、はじめて舞台衣裳をつけ、本式に化粧もし、舞台装置から照明から、すべて明日の初日どおりにととのえて行われる最後の稽古である。学生にとっての試験の前日のようなもので、泣いてもわめいても、もう追っつかぬ。初日になればいっそ度胸がつくが、舞台稽古にのぞむときの気持は並大抵ではない。

都心へむかう自動車のなかで、みんなはさすがに一言も口をきかなかった。

窓のそとには、小春日和のあたたかい日ざしに包まれた街並が流れてゆくのに、みんなの胸はオモシを乗っけられたようであった。

新らしいS会館の前に車はつき、ひろい階段を上ってゆくとき、萩原は歌子に腕を貸した。

「楽屋へ行く前に舞台を見て行きましょう」

という歌子の言葉に従って、みんなは重いドアを押して、ホールの客席へ入った。

中はまっくらだった。

第一幕、ヴィオレッタの客間の道具が半分飾られた舞台だけがあかあかと輝やいていた。まだ家具は運ばれず、正面の、露台へ出る大きなドアと、その両がわの太い大理石の柱が固定されていた。

客席の闇のなかで、舞台のほうを向いて立っている舞台装置家の白髪だけがライトの反映を浴びて光っていた。彼が何か合図すると、舞台上の助手が大声で叫び、それに答えるように、上手《かみて》（舞台にむかって右側）の大きな壁面のバックが、天井からゆるゆると下りてきた。

事実その壁面は、ピンクの大理石の斑《まだら》と灰色に、金線の入った、いかにも豪華な浮かれ女の客間らしいものであった。

　三津子はやっとおちついてきて、闇に馴《な》れた目で客席を見廻《みまわ》した。人のいない椅子の背が、規則正しくつづいていた。そして人のいない劇場特有の、ひんやりとした倉庫のなかのような匂いがした。

　歌子が装置家にお愛想をふりまこうとして、通路を舞台のほうへ歩いてゆくとき、彼女はいちいち椅子の背につかまって、床《ゆか》の小さな明りで、高いハイヒールの足もとを照らして歩いた。

　そのとき一つの椅子から、小さな灰いろの顔が立上った。

「歌子先生、お久しぶり」

　その顔がかわいい声を出した。

「あら、どなた？」

「お忘れになっちゃいやですわ。高橋ゆめ子ですわ。きょう、どうしてもおなつかしくて、稽古を拝見に上りましたの」

「あら、そうだったの」――こうなると歌子は、自分の過去の仕打なんぞケロリと忘れて、相手の友情に感激してしまう美点をもっている。「うれしいわ。おしまいまで見て、キタンなく批評して下さらなくちゃいやよ。でも、あなた、久しぶりにお目にかかると、とてもお元気そう。お仕事もうまく行ってるのね。いいわね。みんな幸福になったのね」

ゆめ子はちょっと眉《まゆ》をひそめたが、

「でも、先生が椿姫をなさらないんじゃ……」

「シィッ。私はもうダメ。新人の世の中よ」

「三津子さんがやるんですって？」

ゆめ子は、うしろの客席の闇に、ほの白くうかんでいる三津子の顔のほうへ目をやった。

ここの楽屋は、ホールの楽屋にありがちな大部屋だけではなく、たくさんの小部屋に分れていて、歌子を喜ばせた。歌子は弟子の衣裳係を引連れて、もちろん一等いい部屋をとった。大川と伊藤の衣裳係は細君、三津子の衣裳係は正代であった。

椿姫の第一幕の衣裳は、真紅の夜会服に、胸に白い大輪の椿をつけたものだった。ガラス製の真珠の首飾や指環《ゆびわ》や扇といっしょに、それを正代が腕いっぱいに抱え込んで、楽屋へ入ってきた。三津子は化粧にかかりながら、

「オケはまだ？」

「ちらほら来ていますよ。演出の先生も見えて、今歌子先生の楽屋でお話中」

「コーラスは？」

「もうみんな来ていてよ。でもうるさいからね、あの人たちは。今も通りすがりに、あなたの悪口を言っているのをきいたわ」

三津子はだまって、ヒジまである白い夜会用の手袋をはめたりぬいだりしていた。

「もうちょっと思い切ってアイシャドウを利かせなくちゃ、舞台で引立ちませんよ。顔をうんと立体的に見せなくちゃ」

三津子は顔をつくっているうちに、だんだん体中がほてって来て、この初舞台は楽壇の競争者をみんな敵にまわすことだと思うと、闘志がみなぎって来るのを感じた。

「さあ、衣裳！」

コルセットをキリリと締め、裳裾《もすそ》を大きくふくらますペチコートを、スタンドの笠《かさ》をかぶるようにかぶり下ろして、三津子は真紅の夜会服を身につけた。ブドウの房のようなフレンチ・カールのカツラをつけて、鏡の前に坐《すわ》った三津子の艶姿《あですがた》は、体がいいので、まるで日本人に見えないほどだ。

「つけボクロを描《か》いたほうがいいわね」

母がマユズミで、目の下に小さな星を描いた。ガラスの首飾でも、首にかけると、ゆたかな胸の重々しさを引立たせて、立派だった。

「ステキだわ。ステキ、ステキ」

正代は娘の姿を見て、女学生のように、手を組み合わせて、頰にあてた。

「これでいいかしら」

三津子は、やっと椿姫その人になれた思いで、小部屋のなかをゆったり歩いた。大きくひろがったスカアトは、すぐ壁にぶつかってサヤサヤと音を立てた。三津子が立上って歩きだすと、鏡の中は真紅の一色《ひといろ》になった。

「一寸《ちょっと》舞台の様子を見てくるわね」

出て行った正代と入れ代りに、十九世紀の伊達男《だておとこ》がスラリと風のように入ってきた。

アルフレッドに扮《ふん》した萩原である。

「やあ、しっかりやろうね」

「ガンバルわ」

三津子は、きょうの萩原を、世にもたのもしい人だと眺めた。衣裳《いしょう》をつけた萩原は、彼女が舞台の上でたよれる唯一の男なのだ。

「僕はもうドキドキだ」と、しかし萩原は誇張して胸に手をあてて、「舞台に出る前に、気つけグスリをくれませんか？」

「ダメよ、今は」と三津子はすぐ察した。「口紅が落ちたら、またやり直しが大へん」

「それじゃ第一幕がおわったらね」

「ええ、そのとき。今は握手だけ」

二人はこんな会話が、高橋ゆめ子に、ドアの外からぬすみぎきされていることに気づかなかった。

二人が廊下へ出たときは、ゆめ子はすでに影も形もなく、代りに新聞社のカメラマンが、フラッシュ・ランプを二人へ向けた。

「そう、萩原さん、山路《やまじ》さんの肩へ手をかけて、笑って下さい、そう」

閃光《せんこう》がパッと三津子に目つぶしを食わせた。

廊下は、かけ足で行ったり来たりする人で、いちいち衣裳をいたわって、身をよけて歩かなければ歩けない。

舞台のほうからは、オーケストラの音色を合わしている音がざわめいて来た。

演出助手が弾丸のようにとんで来て、三津子にぶつかりそうになりながら、

「稽古《けいこ》の前に、一寸舞台へ出て下さい。演出の先生が、衣裳を見たいそうですから」

舞台裏にはそこらじゅうに電気のコードが這《は》いまわっているので、三津子は暗がりを、さぐり足で歩いた。

真横から見ると短冊形にみえる舞台は、そこだけ真昼のように明るく、道具もすっかり出来上っていた。十九世紀のパリの豪奢《ごうしゃ》なサロンは、金と灰色と桃いろにいろどられ、窓べに置かれた美しいソファに、もたれている真紅の衣裳の女。それこそは椿姫……

「オヤ？」

と三津子は目をこすった。三津子がその椿姫である。椿姫が二人いる筈《はず》がない！

よく見るとそれは、白粉《おしろい》を一センチも厚く塗り立てた歌子であった。胸に椿をつけていないから椿姫ではないというだけのことで、衣裳の色も同じ真紅なら、その真紅にはいちめんに金のぬいとりがあり、首飾もひときわ立派で、どう見ても、椿姫以上である。

『どうせこんなことだと思った』と三津子は唇をかんだ。『御自分だけ新調のパリパリの衣裳で、いちばんお金をかけて、しかも私と同じ色にして、わき役のフローラが、舞台で主役の椿姫を圧倒してしまおうというつもりなんだわ。それを演出家もだまって見ているなんて！』

こう思うことで、かえって三津子には、勇気が湧き、自信がついた。貸衣裳がどれほどみすぼらしく見えようと、こちらには若さがある。生地《きじ》の美しさがある。声がある。……

彼女は十分胸を張り、扇を半ばひらいて、舞台の上へするすると進み出た。

気の弱そうな演出家は暗い客席から、

「いいでしょう。結構です」

と声をかけた。それをしおに歌子も立上って、

「三津子さん、本当におきれいよ。本当に御立派。立ってらっしゃるだけで椿姫だわ。しっかりやって頂戴《ちょうだい》ね」

「ありがとうございます。よろしくおねがいします」

三津子の返事もさすがにそらぞらしかった。

——一旦《いったん》楽屋へかえって間もなく、「イタツキ（舞台に出て開幕を待つこと）五分前」という死刑の宣告のような声が、ドアのそとからかかる。……そして五分たった。

三津子は友人フローラや侯爵、男爵などと舞台のソファに腰かけて、開幕を待っている。今さら胸がとどろいてくる。

厚いドンチョウ幕のむこうで、ピタとオーケストラのしずまったけはいがすると間もなく、オペラ「椿姫」の美しい前奏曲がはじまった。……

幕があいているあいだ、三津子は自分が何をしているのかまるでわからないという気持と、一つ一つの行為を意識してうまく歌っているという気持とが、いつも重なり合っているように思えた。しかし最後の一人舞台で、「ああ、そはかの人か」を歌いだしたときには、はじめて、

『ああ、今私は舞台を支配している』

という意識をはっきり持った。

舞台裏から、喨々《りようりよう》たる萩原のテノールがひびいてくる。椿姫はその声に恋情をそそられて、ますます高らかに恋の歌をうたう。また萩原のテノールがひびいてくる。……三津子は自分の声と萩原の声とが、美しくひびき合うのに魅せられて、いつかヴィオレッタになった自分が、本当にアルフレッドの萩原を恋していると感じたのである。

幕が下りた。

すぐまた幕が上って、演出家が注意を与える。

「けっこうです。次の幕もその調子で」

というきりである。三津子は、

『まあダラシのない演出家！』

と思ったが、そのまま、衣《きぬ》ずれの音もさわやかに楽屋へ走った。

すぐあとから、萩原が入ってきて、

「大成功だ。すばらしかったよ、三津子さん。僕は幕だまりで、ほとんど目に涙をうかべてきいていましたよ。あのアリアはまるで神品だった」

「ありがとう。でも大げさね」

「それはそうと約束の気附薬を下さい」

三津子は星の形の描きボクロの上から、ちょっとニランで、

「いいわ。お母さん、外へ出ていてね」

おふくろは一言もなく楽屋の外へ出た。

——一方、歌子の楽屋では、高橋ゆめ子が御追従のタラタラの最中だった。

「先生、そのお若さで、そのおキレイさで、椿姫をなさらないなんて本当に勿体《もったい》ないわ」

「でもね、世間がみんなあなたのように考えて下さるとは限らないわ」

「でも先生、舞台と実生活とは別ですわ。いくら三津子さんが若くてきれいだって、舞台の上では、先生のほうがずっとお若くて、きれいで、その上貫禄《かんろく》もダンチですし。……実生活はね、そりゃあ、若い人たち同士、よろしくやればいいですけど、舞台でまでねえ、何も……」

「それ、何のこと？」

歌子はけわしい顔で鏡からふりむいた。

「アラ、御存じないんですか。私、もう先生がすっかりお許しになってるんだとばかり」

「何のことよ、ゆめ子さん」

「萩原さんもね、三津子さんの楽屋へ入りびたりで……」

言いかけたとき、歌子はもう駈《か》け出していた。ゆめ子はわざと引止める恰好《かっこう》をして、

「先生、衣裳《いしょう》がやぶけたら大へん！」

三津子の楽屋のドアの前に立ちふさがったゆめ子は、歌子の髪をととのえてやる形をとって、歌子の目を鍵穴《かぎあな》のところへおしつけた。

……中では、十九世紀の衣裳の若い美しい恋人同士が、鏡の反映を浴びながら、とめどもない接吻《せっぷん》をつづけていた。

――歌子が決然とドアをあけたとき、ゆめ子はもう姿をくらましてしまっていた。

三津子は戸口の歌子を見たまま、萩原から身を離さなかった。身を離して立上ったのは、萩原のほうである。

『この人はきっと今、歌子先生にはっきり宣言するんだわ！』

萩原を見上げた三津子は、そんな感動的な瞬間を予想した。萩原という男が、これほどりりしく、たのもしく、三津子の目に映ったことはなかった。

しかし三津子の予想は、チト甘すぎたというべきである。

次の瞬間、萩原の表情には、えもいわれぬ変化があらわれた。この美貌《びぼう》の青年は、それが歌子にとっていちばんキキ目があると知っている、とっておきの表情をしてみせた。すこし首をかしげて、並びのよい白い歯をあらわして、甘ったるい微笑をうかべたのである。

「ねえ、先生……」

「何？」

「すみません。……でも、ほんの出来心で、別に深い意味はなかったんです」

三津子はアッケにとられて、もう一度萩原を見上げたが、彼は三津子のほうをふりむかなかった。

歌子は萩原に下手《したで》に出られると、今までの虚脱状態からさめて、たちまちおそるべき威厳を回復した。

「あやまってもダメ。あなたは私を裏切ったんですからね」

「裏切ったなんて、そんな……」

「どうしてこんなことをしてくれたの」

「こんなことって、これだけですよ」

「ああ、あなたったら、高い神聖な愛情を土足で踏みにじってしまったのね。芸術への愛と私への愛が一致しているとき、あなたは天国の住人だったんだわ。それがこんなに堕落して、とうとう地獄へ落ちて……」

歌子の声涙共に下る大演説は、一度失った声がまたよみがえったかのように、声量ゆたかなソプラノでひびきわたり、その上ドアはあけっぱなしだったので、たちまち廊下には人がたかった。かえってきた正代はおろおろして、人ごみをわける力もなかった。

歌子は人が見ているとなると、自在に涙の出てくる才能があった。

ハンカチを目にあてて、萩原を責めつづけているあいだ、まったく無視されている三津子のほうは身の置き場もなく、どうともなれというふてくされた気持になった。とうとう歌子は結論に達したらしかった。

「そう、とにかくあなたが愛しているのは私なのね。それにまちがいないわね。わかったわ。それじゃあ、あなたは私のアルフレッドになったのね」

「え？」

「私がこれから、ヴィオレッタの役をやりますわ」

「そんなムチャな。三津子さんには何の罪もありません」

萩原のおくればせの弁護は何の役にも立たなかった。歌子ははじめて三津子に冷たい一瞥《いちべつ》を投げた。

「その白い椿を頂戴《ちょうだい》」

三津子がさし出す白い椿を自分の胸につけると、歌子は戸口の群衆のほうへ向き直って、オペラ風に手をひろげた。

「皆さん。配役が変りました。ヴィオレッタは私がやります。フローラの配役はあとで考えて発表します」


ゆめ子の復讐《ふくしゅう》は効を奏したろうか？　それは薬がききすぎた。というよりも、ゆめ子は誤算していた。歌子には泣きどころがなかったのである。このエゴイズムでこりかたまった女は、自分の涙なんか征服して、しゃにむに勝利を博するように生れついていたのである。

正代が涙ながらにうったえても、歌子はソッポを向いていた。大川や伊藤は、さわらぬ神にたたりなしで、自分の楽屋に引込んでヒッソリしていた。

三津子はあまりのことに涙も出なかった。萩原がなぐさめに来て、「あんな結果をおそれて懐柔策に出たのがかえっていけなかった」などと弁解したが、三津子はもうこの男と口をきくのもイヤであった。

まことに決断力に富んだ歌子は、五分後にフローラの配役を発表した。コーラスの中から古顔の一人のメッツォ・ソプラノが抜擢《ばってき》された。

マネージャアがとんで行って、今さらプログラムの訂正も間に合わないから、何とか飜意《ほんい》してくれるように、平身低頭したが、

「当日、スピーカアで、三津子さんが急病だって発表なされぱいいでしょう。よくあることですもの。私も飼犬に手をかまれたようなものですけど、可哀想にあの方も、大役のデビューで頭が変になっていたのかもしれませんわね。だから急病ですわ、一種の。……とにかく今日の稽古《けいこ》も、第一幕からやりなおして、私が椿姫をやります」

こうして上を下への大さわぎのうちに、三津子は決定的に要らない人間になってしまった。

歌子主演の第一幕は、一時間後に幕があいた。

三津子は正代のなぐさめもうるさく、今さら舞台をのぞく気にもなれなかった。着がえをすますと、一人でそっと姿を消した。

エレヴェータアに乗る。S会館の屋上へ出る。デパートづとめのころから、屋上だけが三津子のいこいの場所だった。

いくら小春日和と云っても、十一月の風の強い屋上には人影がない。

三津子は自分一人の靴音をしみじみときいた。やっと少しばかり落ちついた気持になった。屋上の一角に身をもたせ、五時ちかい都会の夕空を眺めると、新聞社の鳩が、夕日をうけて、黒いゴマをふりまいたように、円周運動をくりかえしていた。ビル街の煙突からは、うすい煙がわきあがっては、次第にうすずみ色を深めている空に吸われた。

三津子ははじめて涙が出た。

「一寸《ちよつと》待て。飛込む前に一寸待て」

あたたかい手が肩にかかった。ふりむくと兄の笑顔があった。かちどき橋での夏の朝の出会いを思い出した三津子は、今いちばん会いたかったのは兄だったのだと思った。

「兄さん。……どこへ行ってたの」

「銀行さ。あのテンマツを見て、すぐ銀行へかけつけて預金を引き出したのさ。切符の売上げじゃ、まるで足りないからな。ホラ、さわってみろ」と敏夫は妹の手を、自分の内ポケットにさわらせて、「五百万円だよ。君と一しょに今こそ駈落《かけお》ちするチャンスだと思ってさ」

今度は三津子も、おどろいた顔一つしなかったので、兄は勢い込んで言いつづけた。

「これこそ本当のオペラなんだぜ、三津坊。舞台の上の、ニセモノの、うすっぺらなオペラじゃなくて、俺たちで本物のオペラの生活をはじめようよ。大丈夫、歌子は世間態《せけんてい》をおそれて、決して警察なんかへ届けやしないよ」

ビルの中の「椿姫」の音楽は、もちろん屋上からはきこえなかった。その代りに、暮れてゆく初冬の街からは、種々さまざまな音がわき立って、三津子の耳を打った。自動車のクラクションが、両側のビルに反響して、空高くのぼってくる音。となりのビルの建築場の潜函《せんかん》工事の音。駅からとも、港からとも、工場からともしれぬ、まざり合った長い物悲しい汽笛。……

三津子にはそれが、まだ知らないオペラの序曲のように思われた。兄の暗示している、善も悪もない自由な世界への夢が、三津子の胸にもひろがって来た。「椿姫」の初日が明日であるように、このオペラの初日も明日なのだ。

「どうだ。ずらからないか」

「そうね。でもお母さんが……」

「お母さんなんか、ほっておくさ。それに俺たちの仕事がうまく行ったら、こっそり呼び寄せてやってもいいんだしな。今の段階じゃ足手まといになるだけだよ」

「でも、私たちが死んでると思わないかな。捜索願なんか出すと厄介よ」

「そんなら書置でも書くか。安心させるために」

――正代はまた三津子がそそくさと楽屋へかえってきて、

「ちょっとお友だちに会ったの。よそで晩ごはんをたべて、家へかえるわ」

「そうおし。そうおし。少しでも気分をカラッとさせたほうがいいんだよ」

それなり三津子は出て行った。

楽屋の片附物がおわると、正代はもう用がなかった。

『どうしたらいいんだろう』と正代はぼんやり考えた。『今晩もう一度、歌子先生をクドいてみようかしら。でも今更気を取り直す先生じゃなし……』

考え事をすると、正代はお腹《なか》の空《す》くタチだった。楽屋番にたのんで、ざるそばをとってもらって、ひとりでボソボソ食べた。鏡にとりつけた電灯は、まばゆく反射して、かがみ込んでそばをすっている正代のわびしい後ろ姿に当った。

――その晩、みんなが家へかえったとき、敏夫も三津子もまだかえっていなかった。

「会計係がこんなことじゃ仕様がないわね」

と歌子はちょっと眉《まゆ》をひそめたが、大川や伊藤を相手に、久々に椿姫を演じた昂《こう》奮《ふん》をぶちまけて、しゃべり立てた。

「やっぱりそりゃあ先生の椿姫は立派だね。年配から言っても、若さから言っても」

と伊藤が妙なお世辞を言った。

萩原一人は口をきかず、ユウウツな顔つきだった。

そのとき煖炉《だんろ》のそばで談笑しているみんなのところへ、正代が部屋から下りて来て、一枚の紙片を示した。その顔は涙に濡《ぬ》れていた。

「みなさん、敏夫と三津子が、一しょに家出をしてしまいました」

紙片をうけとった歌子は、ビーズの金いろがキラキラと光るオペラバッグから、あわててメガネをとりだして、スタンド・ランプの光りの下へ向けた紙片を大声で読んだ。

「俺と三津子は家出します。どこかで元気で暮していますから、心配しないで下さい。それから歌子先生から五百万円いただいて行きますから、先生にくれぐれもよろしく。但しこの金のことは、三津子とは何の関係もありません。――敏夫。

お母さん。ごめんなさい。でもお母さんに話すと、とめられると思ったし、とめられても、今までと同じ生活をつづけることは、私にはとてもできません。どうか、私の気持を察して、不孝をおゆるし下さい。――三津子」

……歌子が読んでいるあいだ、みんなは首をすくめていた。またヒステリーのカミナリが落ちると思ったのである。

しかし読みおわった歌子はじっとしていた。長い沈黙があった。煖炉のなかで、まだ生木のマキから、ジュッという音がして、樹液が泡になって煮え立った。一つの燃えつきたマキが崩れ落ちると、火勢が弱まった。

突然、萩原が立上った。

「僕、三津子さんを探しに行きます」

「お待ちなさい」

とはじめて歌子は口を切った。彼女はさわがなかった。こんな場合にこんなに静かな歌子を、はじめて見る一同は、かえって気味がわるくなった。

「それで正代さん、どうだったの？　この手紙がどこに置いてあったの？」

「私の部屋の机の上に置いてありましたの。皆さんより一足お先にかえったら、すっかり部屋の中が整理されて、敏夫や三津子の身のまわりのものが、トランクと一しょに消えていました。……私、もう、どうやってお詫《わ》びしたらいいんだか……。これもみんな私の目が届かなかったせいなんですわ。私の教育が悪かったんですわ」

正代は泣き疲れた目に、また涙をにじませた。

「もう泣くのはお止《よ》しなさい」と歌子はむしろ毅然《きぜん》としていた。「取り返しのつかないことはクヨクヨしないこと！」

大川と伊藤はアッケにとられ、こんなお説教を歌子の口からきこうとは思わなかったという面持で顔をあげた。

「私考えましたの」と正代は、「少しでもツグナイにと思って、この指環《ゆびわ》を」

歌子は正代の手から、昔風の切り方をした、テーブルがせまく腰の高い大きなダイヤの、プラチナのセットをした指環をうけとった。

「これで少しでも埋め合せをしていただいたらと思いますわ。たしか5カラットある筈《はず》ですの」と正代が言った。

「そう。……例の指環ね」

歌子が指にはめると、ダイヤは煖炉の焔《ほのお》をうけて真紅にきらめいた。

「そういうお気持なら、おあずかりしておくわ。そのほうがお気がすむなら」

「ええ、そうしていただければ助かるんです」

その指環に見入りながら、歌子は一同には謎のようにきこえる独り言を言った。

「敏夫さんも、こんなことをしなくたって、五百万円ぐらい、いつかあげるつもりでいたんだのに……」

……さて敏夫と三津子の、現実生活のオペラははじまった。

最初の一週間を二人は敏夫の馴染《なじみ》の「さかさクラゲ」のホテルですごした。敏夫がそんなホテルしか知らなかったからである。

そればかりではない。敏夫は妙な虚栄心をはたらかして、世間の目には、三津子が彼の女と見えるままにまかせていた。顔がこんなにちがえば、まさか兄妹《きょうだい》だとは思われない。三津子が公然と「兄さん」と呼んだところで、「義理の深いお兄《あに》いさん」としか見られなかった。

敏夫と懇意な女支配人が、こんなことを言って彼の背中を叩《たた》くのをきいては、さすがの三津子もいささかゾッとした。

「今度の子は永つづきしそうね。いい子じゃないの。せいぜい可愛がっておやんなさいよ」

敏夫はニヤニヤして黙っていた。

三津子も女房気取で兄の身のまわりの世話をやくのが、うれしくないこともなかった。ふだんからこの妹は、兄の上着についた小さな糸クズや、兄のシャツの小さなホコロビなどが、誰よりもよく目につくタチだった。彼女は小イキな悪党の女房になったジプシー女に自分をたとえた。

「大体、君は椿姫ってガラじゃなかったな。やっぱり顔から見たって、カルメンっていうところだよ」

と兄も言うのを、もっともに思った。

二人の部屋は四畳半の和室で、電気火燵《ごたつ》に、バカバカしく派手な友禅の火燵ぶとんの、少し汚れたのがかかり、壁には楕円《だえん》形の額ぶちに入った歌麿《うたまろ》の複製があった。兄はときどき行先を告げずに出かけ、妹は映画などを見て時間をつぶして先にかえり、火燵に当って兄の帰宅を待った。

こんな時間は、ただ一つ母のいないことをのぞいては、三津子にとって、たとえようもない平和なたのしい時間だった。

『まるでつきものが落ちたようだわ』

……彼女は夜の町のにぎわいに耳をすましたり、廊下をバタンバタンと壁にぶつかりながら歩いてくるアメリカ兵とパンパンの会話を、おもしろくきいたりした。

「ツーマッチ、ドリンクよ、ジャニイ」

「たくさん、たくさんね」

「オー、ツーマッチよ」

……そんな時刻に、兄が酒気を帯びて、蒼白《あおじろ》くさえかえった顔でかえってくる。手には必ず、妹の好きそうな菓子やちょっとしたアクセサリイのみやげものを下げている。

「ねえ、兄さん」

と外套《がいとう》をぬがしてやりながら、

「兄さん、こんなこと言ってもいい？」

「何だい？」

「女のお友だちに会うんだったら、ここでもいいのよ。その間、私、そとで時間をつぶしていたっていいんだから」

「バカ」と兄はイタリア人特有の大きな黒い鋭い目で妹をにらんだ。「そんなこと、二度と言っちゃいかん。君と俺との家は、女なんかにシキイをまたがせないんだ」

「だって……不経済じゃない？」

「バカにするな。五百万円の金持だぞ」

敏夫は思わず大声で言って、口をおさえた。

――毎晩女中がくっつけすぎて敷く二つの床を、兄妹は毎晩笑いながら引き離して、清浄なみちたりた眠りを眠った。

こんなママゴトじみた生活のあいだに、新聞には「椿姫」のオペラ評が一せいに出た。X紙のPという音楽評論家の評は、「うすら寒い椿姫」という見出しで、歌子の主役から、相手役から、ワキ役から、オーケストラから、演出から、装置から、衣裳《いしよう》から、もののみごとにケナシつけていた。射的で、的の泥人形を全部射落した男の無邪気な得意さが、その文章の一行一行におどっていた。

かと思うと、L紙のV氏は、奥歯にもののはさまったような口調で、「格調の高い椿姫」の見出しのもとに、もっぱら歌子をほめそやしていた。

「これじゃ何のことやらわかりゃしないわ。Vはきっと歌子女史にゴチソウになったのね」

「世間ってそんなものさ」

とスネ者の兄貴は相ヅチを打った。

——ある風のないあたたかい午後、どこかへ出かけていた兄は、夕方かえってきて、いきなり、

「さア、引越しだ。引越しだ」

と足もとから鳥の飛びたつようなことを言い出した。

二人はトランクを下げて、タクシーに乗った。

「これならまああってアパートが見つかったんだ」

「どこ？」

「清洲橋の橋のタモトだ。権利金四万で、六畳で、月四千っていうと、中級の下かな。とにかく当分は目立たないクラシをするに限るんだから、ガマンしてくれよな」

　タクシーを清洲橋の橋詰で下りると、町なかは風のない夜なのに、川風がかなりきびしく、十一月末のしんとした満月の下に、優雅な形の清洲橋がそびえていた。

「この橋のリベットが、夕日にひとつひとつ影を作ると、とてもきれいなんだぜ」

と兄が説明した。月の下でも、その橋は美しかった。自動車のゆききも少なく、点々とともる街灯にふちどられて、橋は女らしいなだらかな曲線をさしのべていた。下流に黒くうかぶ永代橋の、男性的な単純な形と、それが佳い対照をなしていた。永代橋をわたる遠い自動車の灯《ひ》は、冷たそうな川づらに、音もなくしたたって流れていた。

　東洋アパートは橋のタモトにあった。どこかの会社の事務所であったらしい殺風景な建物で、中へ入ると、小学校の玄関みたいなところに、住人の自転車がひとかたまりに寄せてあった。

　管理人からカギをうけとって、敏夫が先に立って三階のその部屋をあけた。

三津子はうれしい顔つきで歩み入った。

「まあ、兄さんにしちゃ気がきいてるわ」

敏夫は妹をおどろかせるために、部屋のカーテンから家具からスタンドから、いささか色の配合はわるいが、のこらず新調して、そろえていて、部屋のまんなかには、チョコナンと小さな火燵もあった。

二人は窓ごしに対岸のあかりを眺めた。

「気に入ったかい」

「ステキね。私たちの新家庭ね」

「ここでも新婚夫婦というフレ込みなんだ」

「イやな兄さん」

「それより明日はいよいよ、俺たちの『幸福号』を買いに出かけるんだぜ」

中洲町は清洲橋の下を流れる隅田川と、二つの運河によって、三角洲《さんかくす》の形に孤立した、いわば小さな島であった。アパートは清洲橋のタモトで隅田川に面しているが、裏のほうを流れる小名木川は、江戸時代からの運河だった。

部屋におちついてから、三津子はアパートの中を見てあるいたが、一階の廊下のつきあたりのドアをあけると、いきなり川ぞいの物干場に出たりして、すべてこうした水のながめが、月島そだちの三津子にはうれしかった。

渋谷神山町の、ワシントン・ハイツが見わたされる歌子邸の物干場を思い出した。

「こっちのほうがずっといいわ」

三津子はコンクリートの手すり一つで川にのぞんだ、この殺風景な物干場が好きになった。

しかし渋谷の物干場の屋根の下で、きっと涙に暮れているだろう母親のことを思うと、心が暗くなった。

「さア、もう寝ようか。あしたは朝の九時に、船の前の持主と会うことになってるんだ」

「感心ね。家出してから、兄さんったら、家を明けたことがないじゃないの。前は外泊ばっかりしてたくせに」

敏夫はフフンと云ってだまっていたが、それが妹思いのやさしい気持から来ていることが、三津子の心にふれた。

——あくる朝、二人は浜町中ノ橋から都電に乗り、築地湊町の船だまりを目ざして、新富町で電車を降りた。

きょうもよく晴れた、しかしヒヤリと肌のひきしまる朝だった。沿線の花屋の窓は、色とりどりの菊にあふれていた。

「どういうツテで船を買うの」

「うん、友だちの紹介でね」

敏夫は「十八号」に金をつかませ、東京港の荷役に使うための機帆船を、「十八号」のまた友だちの船員上りを介して、探させたことは言わなかった。

そのくせ敏夫は、船が好きなくせに、船のことなんか何も知らないのである。子供のころから、かちどき橋際の桟橋に腰を下ろし、船を見ていることがむしょうに好きだった。そのうちにこの孤独な混血児の空想は、いつかイキなマストを立てた白い船を、自分のものにする空想につのって行った。

「どんな船？」

「百五十トンっていうから、大して大きくないな。しかしきっと君も気に入るよ。きっとシャれたスマートな船なんだ」

三津子も兄の空想に誘われて、小型の、白い玩具みたいなイキな「幸福号」を空想した。

……入船町をぬけて、湊町へ来ると、軒のあいだに澄んだ冬空と、河口ちかい隅田川の色が見えてくる。

佃《つくだ》の渡しからやや上流の、回漕《かいそう》店のわきに空地があって、そこの岸が船だまりになっている。

四五ハイの汚ないハシケが、船材をきしませて、のんびりとつながれている。

「幸福号」らしい船はどこにもいない。敏夫は時計を見て、

「もう九時だ。チクショウ、あいつ俺を一杯くわせるつもりなら、只《ただ》じゃおかねえぞ」

そのとき海運局の角から、大きな図体《ずうたい》の「十八号」が、ブラブラ歩いてきた。

「十八号」はノホホンとやって来たが、こっちをにらんでいる敏夫の鋭い目つきを見て、両手でジャンパアの襟をおさえた。この新品のジャンパアは、三津子に紹介するときにあまり貧相な恰好《かっこう》ではいけないというので、わざわざ敏夫が買ってくれたものだったから、怒っている敏夫に、取り返されては大へんだと思って、おさえたのである。

敏夫はしかし紹介もしないで、自分が先に、その空地につみ重ねてある材木に腰かけて、

「おい坐《すわ》れ」

と言った。

「十八号」は坐りかけたが、どうやら彼のほうが兄より重そうで、材木がシーソーみたいにはねかえることをおそれた三津子は、濃い緑いろの外套《がいとう》の腰を、あわてて

反対の端にかけた。

「オイ、俺の買う船はどこにあるんだ」

「あそこにあるじゃないか。深川丸って船が」

「十八号」の指さすところ、つながれた古ぼけたハシケの一つの、ヘサキのところにぼんやりと読める深川丸の文字があった。

「バカにしやがると、こいつ！　ありゃあ、ただのハシケじゃないか」

「だってエンジンがついて、自分で走れるんだぜ。曳船《ひきふね》じゃないよ」

「俺のほしいのは機帆船だ」

「だから、あれが機帆船だよ」

「何を！　マストも煙突もないじゃないか」

「そう怒るなよ。それでもあれア、機帆船だよ。だっておめえは荷役の商売をやるんだろう」

二人のこんなわけのわからぬ口論のあいだ、三津子はぼんやり対岸をながめていた。

『やっぱり幸福号なんて、どこにもありはしないんだわ』

対岸にはコゲ茶色の古い三井倉庫が立ち並び、その一つ一つの暗い入口に、明るい荷箱の木の色がのぞいてみえた。左手には二三のオイルタンクや、石川島造船所の並び立つクレーンが見え、工場地帯のうすい煙は、初冬の空の裾《すそ》をよごしていた。

突然、客を満載した水上バスがあらわれて、佃の渡し場のほうへヘサキを向けた。

……

敏夫がだんだんおちついてきいてみると、「十八号」はウソをついているのではなかった。

機帆船は本来小型の貨物船の名称であるが、いつかエンジンをつけた独航バシケも、機帆船の名で呼ばれるようになったのだった。そして敏夫の考えている港内の荷役のためには、和船仕立のこの木造船、ただ大きな船艙《せんそう》を木で作って水にうかべたようなこの野暮な独航バシケが、最適のものなのだった。主として沿岸輸送に使われる機帆船などを持っても、素人の手には扱いかねるのである。

「ふうん、そんなものかな」

「だから怒ることないって云ったじゃないか。あんな船じゃイヤだっていうなら、買わなけりゃいい」

敏夫はスッカリ幻滅して、

「三津子、あれが『幸福号』だとよ」

と自嘲《じちょう》するように言った。

船長兼船主の前の持主を、ともかく呼んでくれ、と敏夫が言ったので、「十八号」は、深川丸へ向って大声でその名を呼んだ。

「オー」

船の上にはジャンパアを着たブショウひげのおやじが現われた。

船をよく見て、返事を保留して、アパートにかえってから、敏夫が数日しきりと勉強をはじめたのが、三津子にはおかしかった。

「本当のドロナワ勉強ね」

とからかったりした。

深川丸の船長は、貯金でやっと買ったその船を、不景気で手ばなさなければならなくなって、船長もろとも買ってくれる男を探していたのだった。敏夫には、この老練な船長が変り者の独身だということも気に入ったし、機関手ももとのままで面倒がなかったし、戦前に建造されたセコハンながら、容積トン百五十トンで、六十馬力の焼玉エンジンと装備をつけて、二百万円という値段も気に入った。

しかしいちばん気に入ったのは、船長の、どこか暗いところのある、底知れぬたのもしい人柄だった。

「買って下さるなら、あんたに命もあずけますよ。私と機関手には、固定給と歩合を下さればいいが、あんたのやりたいことは、この船で何でもやって下さい。地獄へ行けというなら、地獄へも行きますよ。どうせこんな世の中には、見切りをつけているんですから」

敏夫はふしぎな共感を、この船長にも、暗い目をした機関手の若者にも持った。

船長は荷役の便のために、ある大きな運送会社の、下請の船にすることを、敏夫にすすめた。敏夫はいろんな手続の一つとして、船長と一しょに、海運局へ登記に行った。そこでは木の札に、

『幸福号』

と船名を書き、焼印を捺《お》してくれた。

「ハイカラな名前ですな」

と、係員は一風変ったこの船名を、ひどく素人くさい名前だという顔つきで、読みかえした。

いよいよ深川丸の船名が、幸福号と塗りかえられる日、晴れてはいるが風のきびしい川岸へ、三津子も外套のエリを立てて見に行った。

「幸福号」と三津子は口のなかでつぶやいて、

「やっぱりいい名ね」

「そりゃあ俺が考えたんだもの」

兄妹は自分たちの夢をしぼませてしまったその船にも、いつか愛着を抱いていた。

敏夫は材木に腰かけた船長にタバコをすすめながら、こう言った。

「俺もこの船に乗り込んで、はたらくわけに行かんかなあ」

三津子は兄のイタリア風の横顔を見上げた。高い鼻が、風にさらされて、すこし赤くなっていた。何か兄が、まるでよそ者のように何もせずに生きてきた陸上の社会から、水の上へ、力のはけ口を探している気持がよくわかった。

「そりゃあ、いい道楽だな。もっとも素人さんにろくな事も出来めえがな」

「何でもするから、教えてくれ」

「そうさなア。健《けん》が、機関長と第一油差を兼ねてるんだが、油差なら出来るだろう。第一のナンバーワンを略して、『なんばん』っていう役目だがね。なア、健よ。『なんばん』ならできるな、この旦那《だんな》にも」

船の上から、若い機関手ははにかんだような微笑をこちらへ向けた。

「しかし船主の旦那が『なんばん』じゃ、きつい口もきかれんが……」

誘惑

イタリア亭の房子は、このごろゴキゲンななめであった。

クリスマスが近づいて、何かといそがしかったが、一向商売に身が入らなかった。

「敏夫さんと妹さんが、例の椿姫事件のあくる日から、どこかへ姿を消してしまったらしいんですよ」

とゆめ子の報告があってから、房子は家出した敏夫がまずたよって来るのは自分のところと見当をつけて、待ち暮していた。しかし敏夫はパッタリ消息を絶った。

スパイのゆめ子は、正代《まさよ》を呼び出して、五百万円の持逃げの情報を得て、房子に報告したので、房子の不幸は深められた。

房子は自分の美しさにも自信を抱き、はじめは敏夫をただの小僧ッ子のつもりで愛していたのが、いつかしら地位が逆転した。

『やっぱりあの人はお金目当てで私と附合っていたんだわ。お金がたっぷり入ったら、私みたいに年上の恋人なんか、見向きもしなくなったんだわ』

房子につっつかれて、ゆめ子は灰いろの小さな顔を緊張させ、東京じゅうをかけずりまわったが、兄妹《きょうだい》のゆくえは知れなかった。

……ある寒い朝、煖房《だんぼう》のよくきいた寝室で房子は目をさました。むかしのお姫様時代の夢を見ていたのである。お供の老嬢の家庭教師をつれて、どこかわからない川岸を歩いている。川にはどんよりと冬の曇り日が漂っている。桟橋がある。桟橋に立って、お供のさし出す望遠鏡を房子は目にあてる。……すると、若い混血児が、非常階段をすばやく下りて来ながら、ニコリと笑う顔がみえた。階段はひどく傾斜している。危ない！　と房子が思ったとき、目がさめた。……

シュミーズの胸もとのレエスは、汗のために白い胸に貼りついていた。一度も子供を生んだことのない乳房は、クチナシ色をして、しっとりと冷たく汗ばんで、息苦しい起伏を、シュミーズの胸に与えた。

房子の頭に、一条の光線のような考えがひらめくまま、彼女はナイトテーブルの上の、真珠いろの卓上電話の受話器をとった。

「もしもし、張さん？」と、補佐役の第三国人を呼び出して、「ちょっとお願いがあるんだけど」

「フム、フム。何ですか、朝っぱらから」

寝起きの張はますます鼻が詰って、顔じゅう鼻のような声を出していた。

「あのね、……そう、今年の六月の中旬ごろだわ。うちの仕事をしていた人で、多分月島あたりの桟橋で買人《かいにん》をやっていたんだけど、二十三四の人を知らないかしら？」

「さあ、末端のほうはなかなかわかりませんね。番号がたとえわかっても、しょっちゅう人がかわるからね、フム、フム」

「とにかくそのアイノコはもうやめてるんだけど、そのアイノコとしょっちゅう取引をしていた人を探してほしいのよ」

「そりゃあ探しますが、あなた会うの？」

「ええ」

「いけないですね。この仕事は、われわれが末端の人に顔を知られるのを、いちばん気をつけなくちゃいけないんです」

「そこは何とかうまくやるわ」

房子は、敏夫がもし房子の密輸団の一員だったとしたら、きっと手づるがつかめると思った。

ゆめ子は、こんなイキサツをきくと、房子が身の危険も冒して、密輸ルートの末端の人間に会うという決心を引きとどめ、自分が代りに会おうと云ったが、房子はきかなかった。

張が探し出して、呼び出した男と、目立たない喫茶店で房子があうことになると、忠実なゆめ子はお供について行った。

ゆめ子は歌子に対する復讐《ふくしゅう》が、とんだところへ波及して、房子を不幸にしたことに気がついた。今度は自分の力で何とかして、敏夫を房子の手もとへ呼び返す責任がある。

……一方「十八号」は、聯絡《れんらく》場所になっている呑《の》み屋《や》で、明日午後一時に、築地本願寺前の「ケルト」という喫茶店へ行け、という指令をうけた。

『俺に女が会いたい？　そんなことってあるもんだろうか。おまけにその女になら、何でもベラベラしゃべっていいなんて』

……行ってみると、美しい豪勢な女が、自分を待っているのにビックリした。

「十八号」は敏夫にもらったジャンパアに、古ぼけたマフラーをして、ヒゲだけはめずらしく剃《そ》っていた。

「へえ、何の御用で」

大きな体が、ボックスのはじっこに、小さく掛けた。

「タバコはいかが」

宝石のついたシガレット・ケースから、英国タバコがすすめられた。

「へえ、へえ」

と「十八号」はひたすら恐縮したが、何を言われるかと思ってビクビクしていた。

「あなたの知ってるアイノコの人ね……」

話が切り出されてみると、敏夫のことだったので安心した。

早速湊町の船だまりへ案内する話になって、やっといつもの花やかな顔に戻った房子は、ゆめ子をかえりみた。

「よかったわね。もう居場所をつきとめたのもおんなじだわ」

ゆめ子は房子の耳に口をよせて、

「でもこの男に顔を見られたのはまずかったわ。それに仕事の話が入れば、私たちが一味だってことはわかっちまうし」

「いいのよ。そんなこと」

と房子はゆめ子のしなびた太モモを陽気に叩《たた》いた。

「もしかして、あの男がお仕置にでもなるんじゃないでしょうね」

と「十八号」は古風な言葉を使った。房子とゆめ子は顔を見合わせて微笑したが、この微笑が却《かえ》って「十八号」をおじけづかせたらしかった。

「俺が知らせたってことは、あの男には内証にしてもらいましょう。あれも古い友だちだし、何かと工合《ぐあい》がわるいからね」

さすがに房子は、私たちと会ったことは他の人に黙っていてくれ、などとは言わずに、ハンドバッグから礼金をとり出した。

「あの人に会えたら、もっとあげるわ」

――しかし一同が車で湊町の船だまりへゆくと、幸福号の姿は見えなかった。

「幸福号かい？　品川沖へ荷役に行ってるよ」

と一つの機帆船の上で、日向《ひなた》ぼっこをしているおかみさんが答えた。

対岸の倉庫の空には、冬のきびしい青空がひろがっていた。房子は恋しさに、冷たい川風を胸いっぱいに吸った。

「さあ、すぐ品川へ行きましょう」


やがて品川埠頭《ふとう》という大桟橋のできる、御台場の埋立地。

空は曇ってきて、枯蘆《かれあし》が冷たい海風に伏している。港のあちこちには、船がさむざむと不機嫌な姿でつながれている。

瀟洒《しょうしゃ》な仕立のよい外套《がいとう》と、髪を包んだスカーフを冬風になびかせて、立っている房子は雄々しく見えた。その身にそなわる威厳、その命令的な態度に、「十八号」はだんだん畏敬《いけい》の念をおぼえて来て、只《ただ》ものではないと思ったらしかった。そして何かとこの女にとり入れば、損はないと目算を立てた。

ゆめ子の手から双眼鏡をうけとると、房子はカシミヤの手袋の指で調節しながら、

「十八号」の指さすほうへそれを向けた。

アンズいろの帆柱とクレーンを持った千トンあまりの、内国航路の貨物船がとまっていた。そのまわりには四五ハイの機帆船の荷役のハシケがひしめいていた。ひとつの独航バシケ、いわゆる機帆船の船首が、ほかの舟からつき出ていて、あざやかな白ペンキの船名が読まれた。

『幸福号』

船首には黒い革ジャンパアの男が立ち、本船にむかって、口に両手でラッパを作って、何かドナっていた。

彼はやがてこちらを向き、舷側《げんそく》づたいに、船尾のほうへ歩いてきた。遠くからも、その迫った眉《まゆ》や、一ト目で日本人とちがう立体的な顔立ちがみえる。

「坊やがいた！　坊やが」

房子はけたたましく叫んで、ゆめ子の腕をとった。

房子はこの瞬間、生れてからこれほど強い恋心を抱いたことがなかったような気がした。だるそうな挙止の底に、人知れぬ情熱をかくしていた女は、はじめて本当の彼女自身になったのである。

「敏ちゃーん！」

しかし房子の叫びは、冬の海風に吹きちぎられた。

「あの小ちゃな舟はいつまでもあそこにいるかしら?」

「まだ荷役の最中らしいですね」

「それなら間に合うわ。モオタア・ボートを一艘《そう》やとって来て頂戴《ちょうだい》」

房子は「十八号」の顔も見ずに、ハンドバッグから紙幣をつかんでわたした。

「十八号」は自分の手にうけとった十枚以上の千円札におどろいた。

「でも、湊町の船だまりで待っていればつかまることはたしかなんですが……」

「待てないのよ。今すぐあそこへ行きたいの。モオタア・ボートをはやく!」

「十八号」は忠犬のように一目散にかけ出した。

……やがて不景気な顔をした船頭が、古ぼけたボートを房子の足もとにつけた。黄いろのペンキがあらかたはげたポンポン蒸気である。

一しょに乗って来た「十八号」は岸にとび上り、代りに二人の女に手を貸して乗せた。

「はい。私はここで失礼。又用があったら、呼んで下さい」

ボートが破裂しそうな音を立てて動き出す。房子は岸で手を振る「十八号」をふりむきもせず、立ったまま双眼鏡を目から離さなかった。

……曇った海の上の、敏夫の顔は次第に大きく、くっきりと見えた。

敏夫のほうも近づいてくるボートの房子の姿を目にとめたらしかった。おかしかったのは、彼があわてて身を伏せかけたことである。しかし、次の瞬間には自分が双眼鏡の的になっていることに観念して、ふてぶてしく身を起して、黒い革ジャンパアの腕を組んだ。

房子のボートは幸福号に横付けになった。

敏夫がさし出す手につかまって、房子は幸福号の舷側に足をかけた。あとからゆめ子も、大した放れ業を演ずるような真剣な表情で、敏夫の手につかまって乗り移った。

「御苦労さま。かえって頂戴」

房子は桜紙に包んだ金を、ボートの船頭へ投げてやりながら、そう言った。

「ボートをかえしてしまってどうするのさ」

と敏夫は下を向いて、ブックサ言う調子で言った。こんなふてくされた物言いが、房子をうっとりさせた。

「あなたの船でかえるのよ。もう荷役はおわったんでしょ」

「おわったにはおわったけど、こいつを倉庫へ上げなくちゃならないんだ」

敏夫がアゴでさす船艙《せんそう》には、四百個ちかいドラム缶が二段にギッシリ積まれていた。

「何なの、これ」

「珪酸《けいさん》ソーダさ」

「だってあなた、あの貨物船は内航船扱いなんでしょ。そんなら、私が乗っていたって、税関の面倒はなし、ちっともかまわないじゃないの」

「ヘエ、えらいことを知ってんだなあ」

敏夫は目を丸くした。房子は、彼女の本業を知らない敏夫に、マズイことを言ったと思ったが、敏夫のほうは何も気づかず、ただ圧倒されただけらしかった。

ボートは、こんな対話を何かのイザコザとにらんで、まだ幸福号の舷側を離れなかった。それに力を得て敏夫は、

「とにかく困るんだ。ここんところは一旦《いったん》かえっておくれよ。今晩きっと俺のほうから訪ねるから」

「そんなこと言って逃げようったってダメよ。そんならどうして今まで音沙汰《おとさた》なしだったの」

房子は二つのドラム缶の上へ足をつっぱって、外套をはねのけ、カシミヤの手袋の両手を腰のところへあてていた。船尾のケビンの屋根から、船長と機関手は、敏夫に気ガネして、チラリチラリと横目で成行を観察していたが、貨物船のほうは大っぴらで、高い上甲板の手すりには、もう四五人の船員帽が、この勇ましい女の乗

り込みを、ワイワイ言いながら見下ろしていた。

元男爵夫人は、他人の目なんかにひるまなかった。彼女は愛する男との、久々の対面の挨拶《あいさつ》も忘れた、こんな花々しい押問答のたのしさに酔っていた。

「とにかくかえってくれ」

船主の威厳を見せて敏夫がドナった。

「そんなにドナったりしていいの？　坊や」

房子はドラム缶の上を敏夫に近づいた。その耳もとで二言三言いうと、若い混血児は顔いろを変えた。

「かえっていいよ」と敏夫は力なくボートへ叫んだ。

「お客さんは俺の船で送るから」

遠ざかるボートを見送りながら、ゆめ子が房子の口へ耳を寄せると、

「五百万円のこと密告してもいいの？　ってきいたのよ」と、房子はうれしそうにささやいた。


敏夫が懇願したので、荷揚げがすむまで、房子とゆめ子は、船尾のタタミ二畳の船室に、身を隠していることになった。窓の下に小さな洗面所をつけ、目白押しに、ヒキダシや押入れをはめこんだこの小さなケビンは、幸福な房子の目に映って、世

にもたのしい秘密の小部屋に見えた。

舟の窓には夕かげがさしはじめ、幸福号が東京港から隅田川をさかのぼるにつれ、橋の影が大きく部屋をかげらし、川波の舟ばたをなめる音が身近にした。

「マダムの情熱って美しいわ」

ゆめ子は女学生のような溜息《ためいき》をついた。

房子は寒さのますストッキングの膝《ひざ》を外套の裾《すそ》で包み、あでやかに、横坐《よこずわ》りに坐っていた。そして窓の夕あかりへ、手鏡をさし出して、化粧を直した。

「坊やもこれで、すこしは女のおそろしさがわかったでしょうよ」

幸福号は荷揚げをすべき倉庫の桟橋へついたとみえて、杭《くい》へトモヅナを投げる敏夫の手ぶりを、

「うまくなったぞ！」

とほめそやす船長のダミ声がきこえた。

——湊町の舟だまりへかえったのは、暮れはてて対岸のあかりが、川面にゆらめく六時であった。

ここでまた房子と敏夫の押問答がはじまった。

「さあ、ここからどこへでも、君の行きたいところへ行こう」

「あなたの家へ行きたい」

「それは困る。どこかナイトクラブでも、君の家へでも行こうよ」

「イヤ。あなたの家へ行きたい。それとも来られて困る人がいるの？　妹さんのほかに誰か……」

「妹だけさ」

「そんならいいじゃないの」

「だからイヤなんだ」

「そう、そんならいいわ。あなたのあとをつけてゆくだけだから」

敏夫は降参して、房子のとめるタクシーにゆめ子と共に乗り込んだ。

房子はタクシーのシートの上で、そっと敏夫のほうへ、手袋を脱いだ手をすべらした。敏夫の革手袋の指さきにそれが触れた。すると青年は、すぐさま手袋をぬいで、房子の指さきをそっと握った。これで和解が成立した。

しかし敏夫は、妹と二人きりの隠れ家に、房子を案内することに故しれぬ不安を感じた。そこは彼のただ一つの安住の場所だった。情熱や不安のおびやかしに来ない部屋だったのだ。

車が清洲橋の橋詰でとまると、下り立った房子は、夜になって晴れた冬の星空を背にして、そびえ立っている清洲橋のなだらかな橋梁《きようりよう》を見上げた。

すべてが美しく、すべてが新鮮だった。

三人がアパートの部屋へ入ってゆく。銘仙の羽織を着て、髪に黒いリボンを結んだ三津子は、火燵《こたつ》にあたったまま、よんでいた雑誌から顔をあげた。

その顔からは、はじめてここへ越して来たときの快活さは消え、何かトゲトゲしたさびしさが脂《あぶら》っこく浮んでいた。

『たしかに妹ね』『妹ですわ』——房子とゆめ子の見交わした目は、そう言い合った。

金に困りもせず、いざこざもない生活ながら、三津子ははや一ヶ月で、生活に疲れてしまっていた。兄が現実生活のオペラだと云っているのも、自己陶酔か自己弁護に思われた。

『悪事ってこんなに肩身をせまくするものかしら』

彼女は兄の留守に、映画を見に行く習慣をも失った。むしろ家出の当座は勇気もあり、世間に挑戦する張り合いもあった。悪はじっくりと、気がつかないほどゆっくりした速度で、だんだんに身をしめつけた。少しずつ、世間がこわくなって来ていた。世界は少しずつせばまった。まるで結核菌が身を犯すように、徐々に悪事は身を犯すのだった。

三津子は兄と、兄の快活さを愛していたから、兄のまえでは、せい一杯ほがらかに振舞っていた。しかしそれもいつしか苦痛になり、以前の百貨店の売子生活や母との生活へ立ち戻る代りに、何かもっと広いところへ、たとえ悪事であっても、危険に我を忘れさせてくれるようなところへ、のがれ出たいと思うのであった。……こんな三津子の表情を、カンのいい房子は、最初の印象で感じとったのである。

房子はゆめ子を引張って、赤い格子の洋服地の火燵蒲団にもぐり込むと、

「まるで新婚家庭ね」

「兄もそう言いますの」

「まあ、本当にあなた方、兄妹なの？」

房子はまるで冗談で言ったのだが、言った房子自身がハッとするようななまめかしさがその部屋にあった。房子は自分の妙な妄想を叱った。

「例の椿姫事件、本当にお気の毒でしたわね。でも歌子さんも、主役でミソをつけたから、もう公演はできませんわよ」

とゆめ子は気のきかぬ慰め方をした。

一座はシンとした。

房子は陽気に腕時計を見てこう言った。

「これで敏夫さんの本拠もつきとめたし、さあこれからみんなで、御馳走《ごちそう》をたべて、

ナイトクラブへ踊りに行きましょうよ。なにも世間をせまく暮すことはないわ。私に任せておきなさいったら」

三津子は元気づいて、その生れつき明るい顔立ちに、灯がともったような笑顔になった。

「いつも遊びに行こうと言っても、三津子が出たがらなかったもんでね」

「大丈夫よ。三津子さん、さあ、お召更へ。敏夫さんもシャれた背広を着てね」

……兄の作ってくれたアンズ色のカクテル・ドレスを着て、姿見の前に立った三津子は、兄がタクシーを呼びに行ったのを幸い、房子のほうへ一寸《ちょっと》目くばせした。

「今度いつかイタリア亭へ一人で食事にうかがいますわ」

クリスマスちかいにぎやかな街中で、久々にとる夕食が三津子を幸福な気持にした。房子はゆめ子を代理にイタリア亭へ帰し、自分は店を休んでしまった。

かれらはいきなりナイトクラブへ行って、そこで夕食をしたのだった。それは有名な舞踊家が自分の名をつけて経営しているクラブで、入口にはいかめしく、

「ノー・ネクタイの方は御入場をお断わり申上げます」

と書いてあった。三人は壁ぎわのテーブルに坐った。時刻が早いので、客はまばらである。バンドの切れ目を、ピアノ・ソロがつないでいる。

三人はシャトオブリアンをとり、舌平目のピラフや、レタス・サラダをとった。

食後の酒を呑《の》みながら、房子はバンドの演奏する「セレソ・ローサ」をしみじみと聴いた。

場内にはだんだん客が増してきて、ほのぐらい照明の下に、ひとつひとつ白い飛石のようにうかんでいるテーブルへ、お客を案内してくるボオイの白い制服が近づいた。どのテーブルにも、蠟燭《ろうそく》の火が、磨硝子《すりガラス》の火屋《ほや》の中でゆらめいていた。それらのむこうには、緑の繻子《しゅす》張りの壁をくりぬいた酒場の、かずかずの酒罎《さかびん》のきしめきがあった。音楽はこの仄暗《ほのぐら》さのすみずみに、強烈な早い曲でさえ、一種のけだるい感じで漂っていた。

……フロアでは、たった一組だけ、外人の老夫婦が踊っていた。

敏夫がだまっているので、房子は三津子に、

「どうなの？　このごろのお兄さんの行状は」

「とても優等生みたいなのよ」と三津子は、「一二時間で、すっかり房子に打ちとけて、「一度も家を明けたことがないんですの。私がさびしがるからって。……私、そんなに子供に見えまして？」

「子供っていうのは、敏夫さんみたいのを言うのよ」

言ってしまってから、房子はまた少し疑念にかられた。この無邪気そうな美しい娘は、私に一本釘《くぎ》をさしたのじゃないかしら？

彼女は敏夫のほうへはっきり向いて、殺風景な仕事の話をしだした。

「それで幸福号はよほどもうかるの？」

「だめだね、不景気で」——こう言って顔をしかめる敏夫は、その実、まんざらでもない面持だった。今まで世話にばかりなっていた女に、今度は仕事を持った男の表情で答えることがうれしかったのである。「競争がはげしいから、公定を割っちまうんだ。月に五航海もとてもむずかしいだろうな。最初の仕事は、スクラップだったんだけど、積荷に十日間もかかっちゃった。船長と機関手に月給を払うのがせいぜいなんだ。下請船だって、油代はこっちもちだし、その油がまた高くなったと来ていやがる」

房子は上の空できいていた。敏夫がしゃべっているのが快く、話などどうでもよかった。

プリテンドの曲がはじまった。房子が黙って立上ったので、敏夫も立上って、踊りの人数が五六組にふえたフローアへ辷《すべ》り出た。

踊りだすとすぐ房子は敏夫のウナジへ指をかけた。何かささやいた。敏夫の返事は、甘い音楽にそぐわぬ、ニベもないものだった。

「ダメだな。家は明けないことにしているんだ。妹が可哀想だから」

「あんたは一体妹さんの何なの？」

房子の声はすこし酔にかられて怒っていた。

「兄貴さ。それはそうと、君は俺の何なの？」

「いい加減におしなさい」

房子は急にステップを止めた。

しかし敏夫が、悠容せまらず、ステップを踏んだまま、房子の胴を強く抱き上げて、踊りの流れに乗せると、彼女は抵抗力を失った。敏夫のダンスは巧《うま》かった。敏夫も自分の頰を、久々にこの香りの高い髪がなぶるのに任せ、おくれ毛が目尻《めじり》をくすぐるのに任せたが、房子も彼の濃いヒゲの剃《そ》りあとが、人なつっこく頰を刺すのに任せた。……房子の目はうるんで来た。

――新調のカクテル・ドレスを着て、テーブルに一人待っている三津子は、さっきの幸福感もどこへやら、重い孤独の感情に押された。

食後の強いリキュールのお代りをして、又それをすぐ空にした。

「お待遠様。お兄さんを永いこと拝借してごめんなさいね」

こう言って席へかえってくる房子は、顔じゅうで笑っているのだが、言葉のはしに、何かしらトゲがあった。

次の曲で兄と踊りながら三津子は、

「ねえ、あのマダム、どうも私と兄さんが兄妹じゃないと疑ってかかっているらしいわ」

「面白いじゃないか。もっともっと疑わせてやろう」

「いやだわ。損をするのは私ですもの。それにこんなに見かけがちがっていては、証明する工夫もないしね。デパートにいたころだって、つまらない苦労をしちゃった」

「親をうらむさ。コルレオーニを」と酔のまわった敏夫は陽気に、「もっとも今じゃあ、あいつも遺産をよこしたし、いいオヤジだよ」

――夜の十一時、ナイトクラブを出た三人は、冷たい空っ風に身をすくませた。ドア・ボオイが車を呼びに行っているあいだ、三人は靴を小刻みに、氷のような鋪道《ほどう》に踏み鳴らし、外套《がいとう》のエリを立てて、黙っていた。今夜は誰がどこへ泊るともわからなかったし、何か言えば、その問題に触れざるをえなかったからである。

――車に乗ると、房子はイタリア亭へ行くように命じた。そしてゆめ子を呼び出して、今夜一晩三津子のアパートに泊ることを命令し、ゆめ子をそのタクシーに乗せて、自分は敏夫を促して下りてしまった。

「うめえな。やられた」

敏夫は妹にウインクして、房子のあとについてゆっくり車を下りた。

　タクシーは清洲橋へむかって走った。

　酔った三津子は、旧知のゆめ子が心安さに、急にこの老嬢の、灰いろのスカアトに顔を伏せて、上ずった声でうったえた。

「おばさま。私、何だか今の生活がたよりなくって仕方がないの。不自然で、一人ぼっちで、何もかも崩れて行きそうな気がするのよ。何かスリルと興奮で、毎日毎日がすぎるような生活がしたい。何でもいい。どんな悪いことでも」

　ゆめ子は灰いろにしまった小さな顔を、まっすぐ前に向けて、三津子の髪を撫《な》でていた。彼女にとってひどく善意の企《たく》らみが生れた。

「いいわ。二三日うちにお店へ遊びにいらっしゃい。マダムにもよく話しておくから」

危険な空想

　その晩、ゆめ子と二人で風呂《ふろ》に入って、火燵《こたつ》にあたたまって、ゆっくり、寝る前のお喋《しゃべ》りをしていた三津子は、ふと不覚の涙を、指の中にひらいたミカンの房にポトリと落した。

「どうしたの？」

　とゆめ子がやさしくきく。

「お母さんのことを思い出したのよ。おばさまの鬢《びん》の白髪《しらが》を見ていたら」

　老嬢は苦笑して自分のコメカミに手をやった。そして探りを入れるように、

「そんならお母さんのところへかえったらいいじゃないの。あなたには罪があるわけじゃなし……」

「それはできないわ」と三津子は、ミカンの酸味のにじむ唇を噛《か》んだ。夜になって出た風のために、川に面した窓が小刻みな音を立てている。

「どうして？」

「だってお兄さんを置いていけないもの。お兄さんは私をたよりにしているんだし、

「……」

「そんならお母さんはなおそうじゃない？」

「ええ、……でも……。お兄さんは悪いことをして、世間をせまく暮している人だわ。……それに、私、何だか、どうしてもお兄さんのそばを離れることができないの」

「あなたたち兄妹《きょうだい》って、まるで恋愛ね」

「でも嫉妬《しっと》のない恋愛なのよ。今夜だって、私、マダムにちっともイヤな気持なんかもたなかったわ。兄さんを好いてくれる女の人はみんな好きなのよ、私」

「妙ね。私なんぞにはまるでわからない」

ゆめ子は色気も若さもない、大あくびをした。この小さな暗い、うそ寒い口腔《こうこう》から、かつてカルメンのハバネラがひびきわたったとは信じられなかった。敏夫の男ものの丹前にくるまって、なおさらその顔は小さく見えた。そそくさとミカンの皮を片づけながら、

「さあ、もう寝ましょうよ」

床をとりながら三津子が、

「今ごろお兄さんまだ起きてるかしら」

「ソラやっぱり気になるじゃないの」

「ううん。お兄さんって、寝不足の時の顔のほうがステキなんだもの」

ゆめ子はあきれた顔つきで、尺取虫のような体の動かし方をして、うつむけに床へもぐりこんだ。

——あくる日、ゆめ子は、敏夫が夕方になってかえって来たのと入れちがいに店へ出た。

「一寸《ちょっと》マダム、お話があるんだけど、そとでお茶を呑《の》みません」

ゆめ子と房子は、もう大きなクリスマス・ツリーを店のまんなかに、うっとうしく押し立てている喫茶店でコーヒーを呑んだ。

「どう？　敏夫さんを完全にキャッチして？」

「正直のところ、あの人って、どこまで行ったら本当につかまえたことになるのか、わからなくなったのよ」

「いつまでも手もとに引きつけておくには、色恋だけではダメですわ。ねえマダム、あの人は船も持ってるんだし、思い切って、仕事に引張りこむのが第一だと思うわ」

「どうかしら？　今は一応カタギのつもりでいるらしいからね、坊やも」

「それには妹さんを先に引張り込むことよ。将を射んとすればまず馬よ。妹さんは、あしたの二時にお店へ来ますわ」

あくる日の二時に、三津子がイタリア亭へゆくと、ツイードのスーツを着た房子が、すばらしいシャム猫を抱いて現われた。

「そとは雪が降りそうなお天気よ」

「そう？　この地下室にいると、お天気のことなんか、つい忘れてしまう。ああ、こっちへいらっしゃい。特別室があいてるから」

「でも……」

「いいのよ。昼間はお客なんか来ないから」

三津子は目をみはった。五坪ばかりの密室は、室内装飾も美しく、間接照明のなかにブロンズの彫像がうかび、壁ぎわには作りつけの緋《ひ》いろの長椅子があった。猫は音もなく、房子の腕をすりぬけて、その長椅子のはじにうずくまった。

「ここで何でも呑めるのよ。カクテルはいかが？」

と房子は一隅のバアのカウンターへ歩み寄った。

二人はピンク・レイディを呑んだ。

「このカクテルの名は、私にはふさわしいけど、あなたにはお気の毒ね」と房子。

「私もはやくピンク・レイディになりたいわ」

「おやおや。すみにおけないのね。おとといはお兄様をお借りして、ごめんなさいね」

「いいえ、そんなこと」

と三津子はタライを貸したような挨拶《あいさつ》をした。

「さあ、何でもうかがうわ」と言われて、三津子は切り出しにくかったが、少し酔がまわると能弁になった。


兄は満足しているが、自分には今の生活が耐えがたいこと。しかし兄をどうしても一人で置けないこと。昼間だけでも、働きたいこと。しかし世間に名をあげるのぞみはなし、さりとて地道な仕事もこんな境遇が知れれば崩れやすいし、バアの女は夜の仕事だし……。

「お気持はよくわかるわ。でもむつかしい註文《ちゅうもん》ね。今どきそんな口があるもんですか。……ただね、お兄さんの船を借りられれば、ちょっとあなたにも興味のある仕事ができるんだけど、どう？　あなた秘密を守れて？」

三津子が固く約束すると、房子はシャム猫を膝《ひざ》に抱きあげて、

「どう？　いい猫でしょう」

猫は、信じられないほど柔らかな毛並に、全身の薄茶いろが四つ肢《あし》だけ焦茶に染まり、目は深いブドウ色にかがやいて、ユウウツそうに、房子のスカアトの上に前肢をそろえていた。三津子が見ると、ツンと顔をそむけた。

「あんまり立派で猫じゃないみたい」

「それはそうよ。血統書があるんですもの。一週間ほど前、船が着いて、もってきてくれた人があるの。血統書つきの猫をもらったのははじめてだわ。見せましょうか、血統書」

三津子は仕事の話が急に猫の話になったのに面喰《めんくら》ったが、ええ、と言った。

飾棚のヒキダシをあけて房子のもってきた血統書は、大きな厚い洋紙に、アメリカの愛猫協会のマークがついて、父母、祖父母、曾祖父母《そうそふぼ》という工合《ぐあい》に、その所有者の名と猫の生年月日が英語で書いてあった。

「まあ、おどろいた。人間だって、ここまでわからない人がほとんどなのに」

「ねえ、よく見てごらんなさい」と房子の声は奇妙にやさしく、「所有者の名前が、何だか人間の名前にしちゃ、変じゃなくて?」

「え?」

と三津子は何だかゾッとして、所有者名と猫の生年月日だけがタイプで打たれている、そのタイプの英字へ目を近づけた。

『ミスター・ノースカロライナ　一九一七年十二月二十八日』

『ミス・ブリティッシュローズ　一九二〇年一月七日』

『ミセス・ホワイトキャッスル　一九二二年一月二十日』

「人の名じゃない、って言うと？」

「さあ、何の名でしょう」

房子はカクテル・グラスのうすい硝子《ガラス》を、唇のはじにつけて、笑っていた。

「わからないわ。それに、今気がついたけれど、猫って、十二月や一月に生れるもんでしょうか？」

「えらい。三津子さんはやっぱり頭がいいわ。それじゃ名前も何の名だかわかるでしょう」

「——船の名だわ！」

三津子はとっさに、さっき房子が、敏夫の船を借りたい仕事がある、と言ったのを思い出して、こう言った。房子はうなずいて、黙って笑っている。……それを見ると、あの椿姫の舞台へ出る前のように、三津子の膝頭《ひざがしら》はかるくふるえてきた。

シャム猫は、部屋の中央のテーブルの上へ飛び移り、さしのべた前肢をなめて、お化粧をはじめた。房子が立って行ったと思うと、ドーナツ盤のレコードがかけられ、やわらかなスロウのダンス曲が室内にただよった。

「はっきり言いましょうね」と房子は、「いつか小耳にはさんだんだけど、あなたがデパートの屋上から見た桟橋のお兄様は、それと知らずに私の仕事を、ごく末端のほうで手つだっていたんですよ。私は断然お兄様にそんな仕事をやめてもらったんだけど、まだ多分お兄様は、それが私のやっていた仕事だなんて、夢にも御存じないの。今度はあなたとお兄様に、改めて、仕事の中心に立って、手つだっていただきたいと思っているのよ。どう？」

三津子は息苦しく黙っていた。

「そりゃあモウかる面白い仕事よ。でも、今の私の秘密を、あなたが他人に仰言《おつしや》れば、お兄様の身が危くなるのよ。そりゃあ勿論《もちろん》、あなたを信用していますけど」

房子は部屋の中をゆっくり優雅に歩いていた。そして腕を組んで、自分のハイヒールの爪先《つまさき》をちょっと眺め下ろした。

「世間じゃ、私たちの仕事を、……密輸って呼んでいますわ。でも品のいい仕事だってことはまちがいがないのよ。ゆめ子さんも手つだって下さってるの。どう？ あなたなら、きっと私のいい片腕になれる人だわ」

三津子は酔が、にわかに頭にのぼって来るのを感じた。彼女の全身は固く引きしまった。

『これが私たちのオペラだったんだわ。善も悪もない自由なひろい世界！』……三津子は海を、外国船を、おそろしいスリルを思った。

「マダム、私ぜひお手つだいしたい！ でも兄が……」

「お兄様はあなたが説得するのよ。私が言ったとおりのことを、敏夫さんに言ってごらんなさい」

——三津子は、夢見心地で、房子の店を出て街を歩いた。歳末大売出しの旗が、もといたデパートの壁面にゆれている。

と、いきなり三津子は肩先をつかまれた。


肩先をつかまれた三津子は真蒼《まつさお》になった。

しかし、いつまでもその手を離さず、ぶるぶる慄《ふる》えて、三津子の前へさし出した萩原の顔も真蒼だった。

萩原と知ると、三津子の大柄な顔には血の気が上った。すっかり安心して、安心したあまり、今度は相手の真剣な顔が滑稽《こつけい》に見えだした。

『私って、もっともっと度胸をつけなくちゃだめだわ。まだ正式に一味に入ったわけでもないのに、もう警察かと思ってビクビクするなんて……』

萩原は、三津子が微笑をうかべたので、やっと安心して手をはなした。それから肩で大きな息をして、首をかるく左右に振った。

「やっと会えた。ああ、やっと会えた」

銀行のかげに風をよけ、ヨチヨチ歩きをする熊のオモチャを売っている老人が、売物のネジを巻きながら、びっくりして二人を見上げているあいだに、茶いろの熊の一匹はどんどん歩いて、棚から路面へ落ち、あおむけになったまま、ネジの空鳴りを立てているのを、三津子は拾ってやる余裕もできた。

それをしおに、

「そこらでお茶でもいかが」

と彼女は先手を打った。

「はア」

と間の抜けた返事をして萩原はついてきた。

路地を入ったところの目立たないシルコ屋で、三津子は漆ぬりの椅子の上の、小っちゃな座蒲団《ざぶとん》に腰を下ろすと、

「そっちのストーヴのそばの席へ代りましょうか？」

「はあ」

そして萩原は、運ばれた粟《あわ》ぜんざいにも、シソの実を二つ三つふりかけただけで、手をつけなかった。

「母は元気ですの？」

「ええ、体はお元気ですが、とてもションボリして……」

「あのままお宅にいますの？」

「そう。その後、歌子先生はとてもあなたのお母さんに親切なんです」

「私も元気でいますって伝えて下さいね」

「ええ、それはもう……」

「私たちのことを探してるの？」

「それがねえ」とオペラの二枚目は口ごもった。「歌子先生が、捜索願を出すことにも、私立探偵をたのむことにも、絶対反対なさるんです。いつかきっと帰ってくる、って確信して、それで神信心でもするかと思うと、コルレオーニ氏の写真を見ちゃ、涙ぐんでるだけなんです。大体先生は悲劇がお好きなんでね。僕は、あなたのお母さまもお可哀想で、毎日そのデパートのへんをウロウロして、あなたを探していたんです。きっとなつかしいデパートへ、あなたもやって来ることがあるだろうと思って……。でもあなたって」と萩原は、ぜんざいの黄いろい粟の上へ目を伏せた。「何かこう、蘭の花のような、妖《あや》しい美しさが出て来ましたね」

三津子はニッと笑うと、そのまま手洗へ立った。別れるキッカケだと思ったからだ。この店の手洗のドアは、路地裏から抜けられるようになっているのを三津子は知っている。ドアの小窓から、萩原の横顔を遠くながめ、『あと二十分話していたら、きっと家へかえりたくなる』と三津子は思った。

その晩兄が仕事からかえってくると、いつものように、三津子は、兄の黒い革ジャンパアを脱がせてやりながら、強い潮風の匂いをかぐのだった。敏夫は冷え切った体を、あわててアパートの風呂場《ふろば》へはこんだ。

さしむかいの夕食をしながら、

「今度の仕事は今日でおしまいなんだ。あしたから当分仕事がなさそうなんだ」

「そう」

「こんなこっちゃ、全く仕様がねえな。カタギの商売って、こんなにむつかしいもんかな」

「兄さんが世間を甘く見すぎていたのよ」

そう言われても敏夫は怒らない。

三津子は自分のオペラの夢が破れたのと、敏夫の機帆船幸福号やカタギの商売の夢が破れたのと、これで丁度オアイコだと思った。兄も自分も、突拍子もない夢を抱くところはよく似ていた。その夢で身を亡ぼしかねないところもよく似ていた。ただ三津子は、いつかしら、自分と兄とが役割を交代して、三津子のほうが以前の兄のような、自由な自堕落な生活にあこがれていることに気づかなかった。歌子の遺産のニュースが新聞に出た朝、かちどき橋の上でパッタリ会ったときの二人と、今や立場は、しらぬ間に逆転していたのである。三津子は兄の上にあこがれていた悪の生活に、自分が成り変ることができるという空想に酔っていた。

……清洲橋をわたる自動車の警笛が窓にひびいた。しかし窓ガラスは、室内のあたたかい空気に曇って、派手なカーテンのすきまから、部屋の電灯のぼうっとした反映を、のぞかせているだけだった。

「きょうね、イタリア亭へ行って来たのよ」

「へえ、何しに」

「すてきなシャム猫がいたわ」

三津子は冗談の調子で、シャム猫の血統書の話をした。兄はムシャムシャ飯をかっこみながら聞き流していたが、猫の持主の名が実は船の名だ、という話になると、キッとした顔をあげた。この日本人ばなれのした深い鋭い目に見すえられて、三津子はつかのまのスリリングな喜びを味わった。

「何だって？　船の名だ？　猫の生年月日が、入港の日附だというんだな」

三津子は手もなく言ってのけた。

「そうよ。あのマダム、密輸の女王なんですって。私も仲間へ入らないかって云われたわ」

「おい。本当か、その話。……ちえッ、房子のやつ、どうして今まで猫をかぶってたもんだろう」

「かぶってた猫の血統書を見せてくれたのよ」

敏夫の目がイキイキして来て、永い沈黙のあいだに、彼が何ものかと戦っているさまがはっきり見えた。

その時間がずいぶん永かった。食事をおわると、ものも言わずに立ったり坐《すわ》ったりして、窓ガラスに指で何か書きながら、

「三津坊、君ほんとに房子の話に乗気なの？」

「ええ、大乗気よ」

「そんなら何も、俺が君に気がねして、カタギに暮すことはないんだな」

兄がこの瞬間ほど、三津子の目にいとしく映ったことはなかった。羽織の袖《そで》を合わせて、窓のそばへ立って来て、

「そうよ」

と三津子はやさしく言った。雪のふる前とみえて、窓の外はひときわシンとしていた。

三津子はイタリア亭へ電話をかけた。

「お兄様どうだった？」

「ＯＫよ。これから二人で伺いたいんだけど」

「うれしいわね。祝杯をあげましょう。家のほうへいらしてね。きょうは早退《はやび》けして、今すぐ家へかえりますから」

——兄妹が外へ出る。ぼたん雪がふっている。兄が清洲橋の袂《たもと》でタクシーを待つあいだ、三津子は、川づらいっぱいに緩慢にふりかかる雪をながめた。雪は音もなく暗い川のおもてに吸われた。水面はさだかに見えず、雪があたかも、川へとどく前に一瞬に消えて、闇に呑《の》まれてゆくように見えた。

しかし見上げる大きな鉄の橋梁《きょうりょう》は、はっきりと雪の飛白《かすり》を示した。撒水《さんすい》車が水をふりまくように、舞い散る雪をふりまくヘッドライトを目の前にかざして、タクシーが、敏夫の合図にとまった。二人は房子の家のある牛込へ車を命じた。

——「今夜はクリスマスみたいね、まるで。さあ、どうぞ、どうぞ」

房子はタフタのカクテル・スーツの姿で、玄関先に兄妹を出迎えた。

美しい客間には、すでにテーブルの上に、房子が店からもってきた、二十種類にあまるオルドーヴルの皿が並んでいた。

「こら！」

と敏夫は房子の胸もとをつかんで、

「よくも今までだましやがったな」

若い混血児の顔は、よろこびに燃え立って、それから房子の体を抱き上げて、部屋じゅうをふりまわした。

「助けて！　三津子さん、殺される！」

敏夫は房子の優雅な体を、長椅子の上へゆったりと横たえると、三津子の目もかまわずに接吻《せっぷん》した。目をとじたまま、幸福な房子は、『何で今までかくしていたんだろう。ゆめ子さんの言ったことは本当だった。生地《きじ》の私が、いちばん強く坊やを引きつけることができたんだわ』と思わずにはいられない。

三津子は目を細めて、このなごやかな祝宴の幕あきの空気にひたった。

『世の中ってふしぎだわ。芸術があんなにトゲトゲした空気でみんなの気持をバラバラにしてしまうのに、悪事がこんなに人の心を近づけて、なごやかに平和にしてくれるなんて』

三人はシャンパンで祝盃《しゅくはい》をあげた。敏夫がたのんだので、房子は血統書をもってきた。

「ふうん、ノースカロライナ号が十二月二十八日に着くってわけか。あと十日だな」

「この船が税関のブラックリストに載っている例のクラークフィールド会社の船なのよ。それで聯絡《れんらく》があったんだけど、ちょっと厄介な手を使うらしいの。あなたの船が早速役に立つわ。よろしくね」

「よし。あの船長もこんな仕事なら、きっとはりきるぜ。でもギャラはたっぷりくれな」

それから三人は踊ったり、呑んだりした。夜がふけても、三津子はこの快適な客間を出て、アパートへかえる気がどうしてもしない。

それを察したように房子が、

「あなた方、泊っていらっしゃいよ」

敏夫は三津子のほうへ軽く片目をつぶってみせた。房子は酔にゆらめく目つきで、

「それより二人とも引越して来ないこと？　部屋もあるし、誰にも気がねは要らないし、それに……、三津子さんも淋しくないでしょう」

冒険

ちかごろは密輸の中心も羽田空港へ移ったといわれているが、香港《ホンコン》のハワードは、まだ東京港の利用価値を、そんなに過小評価してはいなかった。税関区域が完全に区分されず、内航船と外航船が同じブイにつながれているこの港では、手で運べるほどの荷物なら、まだまだスキがあるとハワードは見ていた。本来は外航船でも、一たん横浜へ入港した船が東京港へ回航されてくると、税関の手をはなれた内航船扱いになるので、横浜よりもここのほうを、ハワードの指令はヒイキにしていた。

荷役の船には税関の乗船監吏が乗り込み、荷役がすんでも二十四時間は、その船にとどまることになっていた。そして外航船との交通は、どんな船でも税関をとおらなければ、罰則をこうむる筈《はず》であった。大きな船のまわりには、荷役の船や通船ばかりでなく、艦船行商と呼ばれる、野菜売り、肉売り、小間物屋、せんたく屋などの小さな船が、これまた登録船になっていて、丁度外国の港に上陸した大男の水夫のまわりに、物売りの子供たちが、呼び声かしましく、たかって集まるように、群がるのであった。

ノースカロライナ号は、品川灯台わきの、ナンバー8号のブイに繋留《けいりゅう》されていた。一九四九年に進水したかなり新らしい五千トンの貨物船で、船首、中央、船尾に三つのブリッヂを持ったいわゆる三島型（スリー・アイァランダー）であった。

ノースカロライナ号は十二月二十八日に入港し、十日間荷役についやして、その後、一月十二日に出港することになっていた。

船からは、房子の腹心の張のところに無電があって、一月九日の深夜に荷をとりに来るように、と言って来た。

「無電手まで抱き込んでいるんだから、大したもんだわ」

と房子が言った。ゆめ子は相ヅチを打って、

「いずれにしても、お正月匆々《そうそう》で、オトソきげんを狙ったなんて、頭がいいわね」

「今度の荷は相当金目のものらしいわ」

その晩は、房子もゆめ子も張も、イタリア亭で待っていて、荷をもってくる敏夫を迎えて、荷を開ける手筈《てはず》になっていた。仲介が要らない仕事であるし、ノースカロライナ号の無電手や一味の船員には、香港のハワードからすでに報酬がわたしてある筈だし、危険を冒す敏夫の手には、かなり大きな分け前が入るだろう。

――敏夫も三津子も、すでにクリスマスごろアパートを引き払い、房子の家に同居していた。その晩いよいよ敏夫が出かける身支度をしていると、三津子もそそく

さと、スカアトをスラックスに穿《は》きかえた。

「何してるんだ」

「私も行くのよ」

「おい」と敏夫はビックリして、「冗談言っちゃ困る。女なんかが」

「それじゃ房子さんは男？」

三津子はどんどん黒いトックリのスウェータアを着て、首に黒地に赤い水玉のネッカチーフをさらりと巻いた。

敏夫は仕事着の革ジャンパアに腕をつっこみながら、

「おい、おい、海賊気取だな、全く」

「夜中の十二時よ。さア、出かけましょう」

三津子はすまして兄の腕に手をかけた。

敏夫が船長に、一月九日の深夜、ちょっと危ない仕事をたのまねばならぬ、と云うと、

「ようがす」

と一言の下に引受けてくれた。

このいつもブショウひげを生やし、底しれぬたのもしさと暗さのある、老いた独

身者は、決して物におどろくということがなかった。

「あんたには一先《ひとま》ず、二万円上げるが、機関手にはいくらやったらいいだろう」

「一万円もやっといて下さい。危ない目に会うのは、あいつも同じなんだから」

——今夜、時ならぬ出発を他の船にあやしまれぬように、船長はいつもの船だまりを避けて、もっと上流の、八丁堀附近の運河に、幸福号を碇泊《ていはく》させて、十二時半に敏夫を待つ手筈になっていた。

この晩は幸いに霧が深かった。

敏夫は幸福号に乗り込むと、すぐ、

「この霧で、ありかがわかるかい」

「大丈夫。任せておきなさい。東京港の二十二のブイの、ナンバー1からナンバー22まで、目かくしされても当ててみせる私だから」

三津子はひどく緊張した顔つきで、船尾に立ったままだったが、

「お嬢さんなんか、何の役にも立たんから、引っこんでおいでなさい」

と、いきなり、せまい男くさいケビンに押し込まれてしまった。

「いい霧だのう」

と船長は機関手の健《けん》に言った。

「はア、いい霧ですワ」

と若い機関手は無表情にこたえた。

「かちどき橋は危ないから、相生橋《あいおいばし》をまわって行きましょう」

やがて霧のなかに、相生橋がおぼろげにうかび上り、中ノ島小公園の石の階段が、街灯に照らされてほの白く見えた。

三津子は船室の窓からそれを眺め、危険な仕事に向うその身も忘れて、霧にうかぶ人っ子一人見えぬ川中の小公園を、オペラの象徴的な舞台装置のようだと思った。

幸福号はエンジンの馬力を落して、ゆっくり、辷《すべ》るように、東京港を斜めに渡った。幸い風はなく、波は静かである。

ときどき霧の中から、碇泊している貨物船の大きな黒い船腹がせり上り、下から見ると、空の星と見まがう高さに、赤い檣灯《しょうとう》がきらめいていた。吃水線《きっすいせん》の上の丸い窓が、一つだけ、ポッと灯《とも》していたりする。

……品川灯台の明滅する光芒《こうぼう》が、ゆくてに見えだした。

「10号ブィでしたな」

「そう。船がとまっているのは8号ブィだけど、荷は10号ブィのそばに浮かしとくという聯絡《れんらく》なんだ」

「東京港もさびしいね。10号も、11号も、12号も、ホラ、みんなお茶っ引きだ」

幸福号は最大限に速度を落して近づいたが、それでも焼玉エンジンの鼓動は、三津子の耳に高くひびいて、胸はそれに合わせてドキドキして来た。思い切って甲板へ出た。

タタミ二畳敷ほどの大きな赤さびた10号ブイは、少しななめになって、霧の中にピチャピチャと波に洗われて揺れていた。その近くの水面に、半分腐ったようなムシロがうかんでいたが、ふしぎなことに、いつまでもその位置を動かない。敏夫は指さして、

「あれだ。あれにちがいない」

霧のなかを、幽霊のように、品川灯台のあかりが横切った。

「霧様、霧様」と船長は活気を帯びた調子で言った。「霧がなかったら、あかりがこっちを照らすたんびに首をすくめていなくちゃならん。幸先がいいぞ。幸先が」

敏夫と健は、先にカギのついた竿《さお》をつき出して、その汚ないムシロに引っかけた。手ごたえは重かった。

ムシロが舷側《げんそく》に引き寄せられると、懐中電灯で、敏夫はムシロの上を照らした。巧妙に隠されて、縄の結び目が、そのまんなかに見えた。

「あれを引っかけるんだ」

男二人がかりでその結び目を引っぱっても、荷はなかなか上らない。船長はニヤ

ニヤして見ていたが、

「そういう荷は、汐《しお》に流されないように、大てい下にオモリをつけてあるもんだ。ずっと下のほうを探ってごらん」

敏夫はハッとして船長の顔を見上げた。船長は何でも知っている男だった！　竿でさぐると、荷の下には縄が下りていて、その下に果してオモリの結びつけられている手ざわりがした。

「まずムシロの結び目をこっちで押えておくんだ。それから下の縄を手繰って、オモリを引上げるんだ。そうそう。そうすれば難なく上る」

こんな思いがけない練達な指揮のおかげで、荷がやっと甲板に引上げられると、敏夫はこの寒空に、体中汗ビッショリだった。三津子はそれに気がついて、ハンカチを出して、兄の顔の汗を拭《ふ》いてやりながら、

「ごめんね、兄さん。私にできたことは、結局、汗ふきぐらいのもんだったわね」

「うん」――敏夫はニッコリした。

「でも邪魔にはならなかったでしょう」

「うん。……三津坊。白状しようか。荷をあげるまでは夢中だったけど、あげちまったら急に怖くなったんだ。一刻も早く無事にかえりたいな。俺は弱虫かい？」

「そんなことはないよ」と船長が口を出した。「旦那《だんな》、はじめてにしちゃ、好い度

胸だ。さア、長居は無用。カエルが鳴くから、かえろ。健よ、こんな晩にエンジンの故障なんか起してくれるなよ」

機関室の闇の中から健の白い歯が笑ってうなずいた。

敏夫はこんな陽気な、たのしそうな船長をはじめて見たので、多少キツネにつまれた心地だった。

オモリを外された荷は、ミカン箱を二つ重ねたほどの大きさで、男一人で持ち上げられる重さであった。わざと古びたムシロで包んであるのを、船室へはこんで、敏夫と三津子は、苦心して解いた。中からは、ビニールで厳重に包んだ木箱があらわれた。

……霧がその夜の幸福号にめぐみを垂れた。かえりも八丁堀の運河まで、何事もなく着いた。健が荷はこびをタクシーまで手つだってくれることになった。

「この近くに夜どおしあけてる酒場があるから、その前で円タクを止めれば、目立たんでいいぜ。酒だと思われるから。……それにしても幸福号とは縁起のいい名をつけたもんだな」――船長のその言葉に、兄妹《きょうだい》は目を見かわし、はじめて彼らの船を誇らしく思った。

二人がもって来た、ビニール包みの、ミカン箱二つ分の大きさの木箱には、ぎっしり、サントニンが入っていた。敏夫にも分け前の金は、予期以上に入り、船長と機関手に、さらに一万円ずつやったほどである。

ゆめ子はセッセと貯金をし、房子は適当に使って、のこりの巨額の金は、他日ハワードが日本に来て開けることになっている自宅の厳重な金庫にしまい込んだ。つまりこの密輸の全組織は、ハワードのための片貿易なのだった。張、房子、ゆめ子、敏夫、などが、それぞれ分け前をとったところで、ハワードのモウケは、比較にならないほど大きかった。

たとえば金時計の税金は十二割五分である。香港で三万円の金時計は、日本では六万七千五百円で売れる。税金のサヤだけもうかる勘定で、その三万七千五百円のなかから、四人が二千円ずつとったところで、まだハワードのモウケは、二万九千五百円あるわけだ。

こうしてたまったボウ大な金を、ハワードが日本で何に使おうとしているのか、房子も知らない。ハワードはこの夏ごろに、日本へやって来る予定であった。それまで彼は信頼している房子に、金をあずけているのだった。三津子はこんな内幕を知るにつれ、オペラの仕事で、お互いの信頼というものが何一つなかったのに、密輸の仕事では、みんなお互いの信頼だけで動いているのを奇妙に思った。事実、房子がゴマカそうと思えば、末端の買出部隊が逮捕されて没収されたということにして、時計の百個や二百個を着服するのはわけもなかった。

「香港って、すごいわね。靴の底をくりぬいて、二重底になってる靴も売ってるんですって。片足に、腕時計が十個ずつ、一足《いっそく》で二十個はこべるんだそうよ。本船と四五回往復すれば、百個ぐらいわけなく運べるわけね」

と房子が三津子に言った。

さきの猫の血統書のなかで、ノースカロライナ号だけが、あんなむずかしい手を使ったが、一月七日に着いたブリティッシュローズ号や、一月二十日に着くホワイトキャッスル号は、下級船員から、順々にリレーして、房子の手にとどけるいつもの方法をとっていた。

房子が、

「坊や、カモフラージュに、今までの荷役の仕事も、ちゃんとしてくれなければいやよ」

と言うので、敏夫は、厳寒の気候に、大人しく、第一油差の役をつとめて、幸福号に乗っていた。しかしあれ以来、敏夫と船長とは、よそよそしさのまるでない、信頼に結ばれる親友同士になった。

ある日、張が香港からの長い電文をもってきた。房子はそのことで、すぐ三津子に相談した。

「困ったことを言って来たのよ。このごろ税関の検査がやかましくて何かと不自由だから、税関の乗船監吏を、至急仲間に入れてくれ、って指令なの。どうしよう。そんなに簡単に行くもんですか」

「つまり税関吏ね」と三津子は考え深そうに、「いいわ、一寸《ちょっと》心当りがあるの。うまく行くか行かないか、はっきりお約束できないけど、とにかく今夜、兄さんに相談してみますわ」

三津子の決心をきくと、兄はあっけにとられた。

「玉川べりへ一緒に鮎《あゆ》を食いに行ったあの税関吏かい？　あれを君が誘惑しようというんだね」

「そうだわ。悪い？」

「悪いも善いも、とにかく君は変ったよ。もう俺の手には負えん」

そういう敏夫が、いつか役に立つと思って、例の富田という税関吏の名刺を、ちゃんともっていた。勤め先の税関の電話と、独身寮の電話が書いてある。

「君は男をバカにしてるが、男というものは危険な動物だぞ」

「でも、ひろい世界に、兄さんほど危険な動物はないから、大丈夫よ」

「それで、どうやって手づるをつかむんだ」

「電話をかけるだけだわ、独身寮へ」

「だって一度会ったきりじゃないか、それも半年も前に」

「大丈夫よ。任せておおきなさい」

三津子は卓上電話をとってダイヤルをまわした。――電話の返事はこうだった。

「富田さんですか？　おとといから船に乗ってます。あしたの晩、寮へかえる筈《はず》ですけど」

三津子は受話器をガチャリと置くと、

「ほら、幸先がいいでしょ。あの人は果して乗船監吏だわ」

と兄へ片目をつぶって言った。


…………………………。


芝浦の税関独身寮は、古い殺風景な建物で、海に面した税関の警務課の近くにあった。アンリ・ルッソオ（税関吏だったフランス画家）を気取った若い税関吏が、休日の午後など、二階の窓から見渡される港の景色へむかって、スケッチ・ブックをひろげている姿も見られた。

富田、この大柄な情熱的な目をした、寡黙な青年は、夜の八時に、独身寮へかえってきた。貨客船バタヴィヤ丸の荷役がすんだのが、きのうの午後六時で、規定によってその後なお二十四時間、船に詰めていたのである。

うす暗い玄関を入ると、寮のおばさんが、

「あ、富田さん。きのうの晩、電話がありましたよ。若い女の人の声よ。お安くないわね」

「誰です。そんな人は知らん」

「知らんわけはないでしょう。むこうも名前も言わないんですもの」

「名前も言わない？」

「ええ、又今夜かかってくるでしょう」

富田はだまって階段を上った。

二階の自室の八畳にかえる。同室の二人は外出している。

状差をのぞいたが、誰からも手紙は来ていなかった。

富田は制服から紺ガスリの着物に着かえ、おばさんのもってきた火種から、火鉢に火吹竹で火を起した。このススけた火吹竹が、彼の孤独の友だった。火を起すときは夢中になり、それが唯一の彼の道楽だと、たびたび同僚にからかわれた。

『若い女の電話なんて。俺のところに……』

彼は紺ガスリの袖《そで》に散った白い灰を吹き払った。

——そのとき階下で、チリチリと電話のベルが遠くきこえたので、故しらず、彼の胸は立ちさわいだ。

「富田さん、お電話」

とおばさんの呼ぶ声がした。

富田は暗い電灯のともっている階段を下り、厠《かわや》の匂いがうすら寒く漂っている廊下の一隅の、電話にむかった。

「もしもし、富田ですが」

「富田さん？　あたくし、三津子」

「えッ？」

「三津子よ。お忘れになったの？　ひどいわ」

「失、失礼ですが、人ちがいでは？」

「だって富田さんでしょ。あしたお休み？」

「はア、休みですが……」

「丁度よかったわ。あした三時に、銀座七丁目の『マドレエヌ』の二階でお待ちしてるわ。御存じでしょう、あの角の大きな店」

「はあ」

「それじゃ三時に。又あした」

怪電話は切れてしまった。

富田の頭の中にはその美しい声がかけめぐった。声は弾力があって、なめらかで、快活で、……要するに比べるものがなかった。『あんな美しい声の女がいるだろうか？』

寒い自室にかえって、国から送って来た切餅《きりもち》を、火鉢にかけた金アミで焼きながら、彼はぼんやり、その声の主を考えた。壁にはシャツや制服がかけっぱなしで、東洋汽船の新らしいカレンダーだけが、色彩写真の雪景色をかがやかせている独身寮のわびしい一室を、未知の女の声は、美しい翼でとびまわるように思われた。

餅が急に裂け、白いふくらみがムクムクと頭をもたげたかと思うと、スーッと軽い吐息のような音と共にしぼみ、光沢のあるシワだらけの白い餅の肌があとにのこった。

品川灯台のほうで、夜の汽笛がおこった。

『ひょっとすると、あの人じゃないかな？』

三津子の目算は正しかった。

女友だちを持たないこの素朴な独身者にとっては、半年も前の玉川べりの一夕で会った女の面影が、いつまでも尾を引いて残っていた。しかし彼はすぐさまこの空想を叱った。

『バカな。あんな金持のお嬢さんが、何で俺なんかに。それに半年前のことなんか、どうして向うがおぼえているもんか』

　それでも彼は餅を食いおわるなり、義務にかられでもしたように、一帳羅の冬セビロに丹念にブラシをかけ出した。

　――あくる日、非番の富田は、三時が来るのを待ちこがれた。……

　いざ「マドレエヌ」の前まで来ると、行きつ来つ、どうしても入る決心がつかない。

「マドレエヌ」はフランス風のしにせの菓子屋を、店名ぐるみ新らしい経営者が買いとった店で、二階のロココ趣味の天井画や壁いちめんの鏡が、昔のなごりをとどめている。

　富田は永いチュウチョの末に、一人で待っているのも怖く、そこらを散歩して、五六分おくれて入った。二階に上って見まわした富田は、窓ぎわの席に、忘れもせぬ女を見た。緑のコートの下から、草いろの、胸の形のよく出たスウェータアを見せて、三津子は軽い会釈で富田を迎えた。

「あなただったんですか」

「ごめんなさい。お呼び立てして。だって、あんなお電話じゃなくちゃ、来て下さらないような気がしたんですもの。……私、どうしてもお目にかかりたい用が出来たものですから」

富田は信じられぬ面持で三津子を見た。しかしきのうの電話とちがって、三津子は人をよせつけない風だった。やや眉《まゆ》の濃い明るい派手な丸顔、長いマツゲの下に深閑としてみえる黒い大きな目、そういう表情が異様に静かで、犯しがたい態度なのである。

富田も、期待を裏切られるまま、事務的な態度で、話をきくようにつとめた。

「お話って、何でしょうか？」

「一寸《ちょっと》申上げにくいことなんですけど、あ、コーヒーはいかが？」——三津子はしなやかな指で、富田のコーヒーにさらさらと砂糖をそそいだ。「あなた、安子さん御存じでしょう。真崎安子さん」

「え？」

富田は狐につままれた表情だった。そんな女を知っている筈《はず》はなかった。

「お隠しになるの卑怯《ひきょう》だわ」

三津子は口もとを引きしめて、キッパリした口調で言った。

「だって、僕は知りませんが……」

「お隠しになるならいいのよ。とにかく安子さんは、私の女学校時代からの親友ですの。その方があなたに捨てられて……」

「えッ？」

三津子はもう我慢ならないという風に、富田の口を封ずる手つきをしながら、

「あなた本当に卑怯だわ。安子さんは子供まで出来てあなたに捨てられて、私のところへ泣きながら相談に来たの。恋人は、芝浦の東京税関警務課にいる富田さんって方だ、ってうかがったとき、私ハッと思ったの。兄に名刺を探してもらったら、あなたの御名刺が出て来たの。安子さんは、あなたを呼び出すなら、知らない女名前で呼び出せば、すぐ出て来るような人だって言ってたわ。とても女たらしだって言ってました。……その上ずるい方なのね、富田さんって。安子さんに住所も明かさなければ、寮の電話も教えないし、御自分が寮にいるということも、隠していらしたのね。安子さんはとてもあなたを怖がってるの。私、いやな役だけれど、たのまれて、あなたに談判しようと思ったのよ」

寝耳に水の富田は、びっくりして、あやうく呑《の》みかけたコーヒーをこぼすところだった。

「そんな……バカな、……僕は絶対に……」

「卑怯な方！」

「イヤ絶対にまちがいです。人ちがいか、さもなければ、……そうだ、僕の名をかたった奴がいるんです。さもなけりゃ、恋人に住所や電話をしらせないなんて、お

かしいじゃありませんか」

「そう。……そうね」

三津子はちょっと小首をかしげた。

それから無口な富田が、これほど雄弁になったことはない。彼はルルとして陳弁にこれつとめ、その風貌《ふうぼう》の素朴さは、いかにも人の心を打ったので、三十分もすると、三津子はようよう打ちとけて来た。

「まあ、それじゃ、本当にあなたの名をかたった人がいたのかしら。わるいわ。私、あんなに昂奮《こうふん》したりして、どうしましょう」

三津子は窓から、一月の夕方の街の雑沓《ざっとう》を見下ろすと、はじめて、やわらかな微笑を富田に向けた。

「本当に、何ておわびしたらいいでしょう。……おわびのしるしに、夕食をさし上げたいんですけど……」

富田は正直に目をかがやかせた。

三津子がそれを見て、罪の思いにたじろいだかと云うと、そうではない。

『こんな純朴な人をだまして、ワナにはめたりして、私って悪い女だわ』

その程度の感想なら彼女にもあった。しかし三津子の性格には、生れながらのオペラ歌手のようなところがあった。現実の芝居がこんなにうまく行くのを見ると、彼女には何だか現実がオペラのように見えてならなかった。舞台の上で、カルメンがどうして道徳観念に責められたりするだろう！　幸福号に乗り込んで、密輸品をとりに行ったあの晩から、三津子には現実がすっかりロマネスクに見えて来たのである。この世界が一つの舞台の上に乗って、廻っているように思われてきたのである。

……三津子のハンドバッグの中には、房子からもらった誘惑資金がタンマリあった。

「私って本当にあわてものだわ」と三津子はさえざえと笑って言った。「物事の裏をちっとも考えてみようとしないんですもの」

「いや、正義感がお強いんですよ」

と富田は気のきかない相槌《あいづち》を打った。

「あら、そう？　どうもありがとう」

三津子は目を丸くしてみせた。

「お食事にはまだ早いのね。それまで映画でも見ようかしら？」

こんな主導的なひとり言も、計算の中に入っていて、かえって「映画を見ましょうか」と馴《な》れ馴れしくさそいかけては、あまりの変貌《へんぼう》に富田が不審がりはしないかと怖れたのである。果して富田は、『一体この人について映画を見に行っていいのかしら』と、まだ自分の幸福を信じかねる面持だった。

――わざと三津子は、「お行儀よくなさい」という、シェリイ・ウインタースとファーリイ・グレンジャア共演の、殺人喜劇映画をえらんで、心おきなく笑いころげた。富田も笑いながら、その指先が三津子の指先にふれると、あわてて手を引込めた。

――映画のあと、三津子の案内で、富田ははじめて行くハンガリア料理店へ行った。

それは地下の穴倉のようなレストランで、入ってゆくと、マダムの美しいハンガリア女が、親しげに日本語であいさつをする。ボオイたちも赤い刺繍《ししゅう》のついたハンガリア風のシャツを着ている。すすけた壁には原色の民俗画が描かれ、その国の民謡のレコードをききながら、ロウソクの仄明《ほのあか》りで、外人客のアベックが静かに話しながら食べている。

富田は気おくれして、メニューをひらいても見ず、三津子に選択を任せた。三津子には、ここ半年のあいだに、すっかりメニューをえらぶ貫禄《かんろく》がついていた。

「私はチキン・パプリカ。富田さんは、大きな木のお皿に、十何種類の肉ののっかっている名物のお料理はいかが？　マリリン・モンロウがそれをたべに来て、とうとう半分のこしたっていう大皿盛りよ」

「いやア、すっかり大喰いに見られましたな」

と富田は、長すぎるワイシャツの袖《そで》がせり出すのを気にしながら、頭をかいた。

料理を待つあいだ、二人はキアンチの乾杯をした。ロウソクの仄明りに、三津子の顔が、ぼんやりした輪郭を帯びて浮び上った。葡萄酒《ぶどうしゅ》に濡《ぬ》れたその唇の暗い照り工合《ぐあい》を見ているうちに、富田の心はしびれた……。

オペラの残党

……歌子邸は北風と落葉のなかにヒッソリしていた。その庭を大川の四人の子供たちが、頰を北風に真赤にして、かけずりまわってあそんでいる。

突然二階の窓がひらく。ゆうれいのような青い顔とふりみだした髪の歌子が、するどい目でにらみ下ろす。

一言も言わないでも利き目がある。おやじの大川に似て、そろいもそろって肥《ふと》った子供たちは、こそこそとどこかへ隠れてしまう。……あとには落葉が舞っているだけである。

——門には麗々しく、「帝国オペラ協会」の看板がかかっているが、半年のうちにその看板も古びた。協会のオペラ公演は、一遍コッキリで、その後何の音沙汰《おとさた》もなかった。歌子はあれ以来、以前にもまして世間をにくみ、その上スッカリ守銭奴になってしまったのである。

実際、批評のよかったのはL紙だけだったが、それを書いたV氏は、実は大昔、歌子と一夜の恋人だったことがあって、よろしくたのみに来た歌子のいたましい老いの姿に打たれ、センチメンタリズムに溺《おぼ》れて書いたのである。ほかの批評はどれもこれも冷たく、なかんずく批評の矢は歌子に集中していた。昔の向う気のつよい歌子なら、こんなことにめげなかったろうが、今の歌子は、それですっかり自信をなくした。持ち逃げ事件とこの批評の打撃から、オペラ「椿姫」を打ち上げると、彼女の人間ぎらいは深刻になった。

大川や伊藤はもちろん、萩原にも甘い口をきかなくなった。ふしぎと正代《まさよ》とだけは、前にもましてウマが合った。

「あなただけよ。世界中で私を見捨てないでいてくれるのはあなただけよ」

歌子は思い出したように、こんなことを言っては、正代に抱きついて泣くのである。

二人の老女は、しじゅうコソコソ話し合ったり、夢みるようにボンヤリ愚にもつかないラヂオをきいていたりした。

歌子邸の食卓は、「椿姫」の失敗後、ガゼン悪化して、旧に復した。オペラがはじまるまでは、しきりにビフテキで精力をつけたりしていたのが、又もや、チクワやガンモドキをナイフとフォークをあやつって食べるという、情ないことになったのである。

いくら五百万円持ち逃げされたとはいえ、金がふんだんにあるのに、これだから、殊に大食漢の大川は不平タラタラだった。

「俺たちは居候じゃないんだよ、居候じゃ。部屋代や食費までちゃんと払っていないがら」

と女房にこぼすと、女房は、

「だって、他所《よそ》とくらべたらずいぶん格安ですわ。食費だって、家でまかなって、別に食事を作ってごらんなさい。とてもこんなことじゃ、すみはしないから」

「萩原君みたいに、金持で、勝手に外食できる人はいいよ。しかし俺みたいに貧乏で……エエ、ちくしょう、俺も五百万円持ち逃げしたくなった」

「およしなさい。子供たちがきいてるわ」

――そこへ、うわさの萩原が、今日は外食せずに、明るいうちから、魂のぬけたような表情でかえってきた。とおりかかった正代が、

「どうしたの？　萩原さん」

「いや……実は今日、パッタリ三津子さんに会ったんです」

「えッ？　三津子に会ったんですって？」

正代がそう叫んだ。萩原は口に指をあてて、

「しいっ。先生にきこえると、又、何やかや疑われて面倒ですから。僕は本当にパ

ッタリ銀座で会っちゃったんです」

「今どこにいるんです。住んでるところは？」

「それが会って、ものの十五分も話さないうちに、しるこ屋の裏口から逃げられてしまったんです」

　正代はだぶだぶの灰いろのスーツに、狸だか猫だか知れない不気味な毛皮の肩掛を、煖房《だんぼう》の乏しい家の中でも掛けていたが、萩原の話をそこまできくと、毛皮の両端を左右の目にあてて、声を張り立てて、盛大に泣きだした。

　しずかな歌子邸の、空洞のようなサロンにその声は反響した。退屈しきっている大川と伊藤はよろこんで、階段をドタバタと下りてきた。

「一体何のさわぎです」

　折角萩原がごまかそうとしているのに、正代は大声で、

「萩原さんが三津子に会ったんですって」

　そのとき、階段の上には、ところどころスリ切れたドンスの部屋着に、黒テンのストールを引っかけた歌子の姿が現われた。……

　――こんなエピソードのあと、歌子と正代は、前にもまさる大悲劇の生活に、とじこもってしまったが、萩原は、今度は大川と伊藤につかまって、三津子に関するニュースを根ほり葉ほり、きかれた。

「どんな恰好《かっこう》してた？　生活は派手らしいかね？……そりゃあそうだろう。五百万円もちだせば、当分はゼイタク三昧《ざんまい》だろうが、それからあとが問題だよね。君の前だが、彼女はこれから落ちる一方だろうな。もう半年もしたら、銀座あたりの三流バアでお目にかかれるだろう」

と大川はしきりに五百万円にこだわった。

「しかし目から鼻へ抜けるような娘だから、逆の場合も考えられるよ」と皮肉屋の伊藤は、皮肉をわすれたまじめな顔つきで、「案外、今ごろはうまく利殖して、五百万円が一ト月で六百万円になってるかもしれないよ。それで、あれかい？　オペラにはまだ野心タップリなんだろう？」

「オペラの話は出ませんでした」

「イヤ野心タップリに決ってるよ。どうだろう。こいつは可成《かな》り危ない綱渡りだけど、歌子先生はすっかりケチになってもう一文も出す気づかいはなし、あの娘をかついで一旗あげる手があるんだがな」

「ホウ！　ホウ！」

と頭のめぐりのおそい大川は、何のことかわからずに共鳴した。

「われわれで、好きなオペラを思う存分やろうと思ったら、もう歌子先生にたよってる時代じゃないよ」

萩原は二人の先輩の前に、自分一人の悲しい考えに頭をとざされて、ぼうっとしていた。歌手というと、男でも女でも頭がカラッポなのは、そのほうが音の共鳴がよいからだという説がある。なるほどヴァイオリンの胴の中はカラッポである。萩原は突然、心配になって、物思いからさめた。窓から深くさし入る冬の西日のなかで、彼はまぶしそうに目《ま》ばたきして、

「一旗あげる手って、どんな手ですか？」

「まあ、かりにだよ」と伊藤はズザンな計算をはじめた。「五百万円もってってから、まだ一ト月なんだから、少なくとも四百五十万円は残ってる。もちろんこの金は兄貴が握ってるんだろうが、あの兄貴、妹のこととなると、目がないからね。妹さえうまくキャッチすれば、二百万円は出すよ。グランド・オペラじゃなければ、三日間打って、仕込は三百万円が相場だろう。あとの百万ぐらい何とかなるさ」

「なるほどねえ」と大川は昂奮《こうふん》して、大きなムッチリした指で、スウェータアのそこかしこを掻《か》いた。彼の赤いスウェータア姿は、サーカスのおっとせい飼育係という感じがした。

「しかし、そのためには三津子さんを舞台で主役にする条件が必要でしょうね」と萩原は釘《くぎ》をさすつもりで、「問題は、あんなに日かげの身の三津子さんが、世間へ、

それも堂々と舞台の上へ出る決心がつくかどうか、ということですね。……とても不可能でしょう。第一、お兄さんが許しやしないでしょう」

「そこが秘策がものをいうところなんだ。でも萩原君、あんたには話しませんよ。あんたはまだあの娘に惚《ほ》れてるらしいから」

話はそこでプッツリ切れた。

…………………。

萩原は、大川と伊藤の秘策というやつを、どうにか探ろうと思った末、老いた女中を買収して、まず頭のわるい大川をねらわせ、陰に陽に、三津子の悪口を云わせた。

「この間、萩原さんが三津子さんにぶつかったんですってねえ。ああいう人は今にパンパンになるのが落ちですわ。あれで又、持ち出したお金で、いつか一旗あげるだけの気持があれば、別ですけど」

「いや、あの娘はまだまだ野心満々だろう」と大川はすぐ乗った。「ありゃあ、きっと一旗あげる気があるんだよ。私は、兄貴もその気で、あの金を利殖して、ホトボリのさめるのを待っているんだろう、と、こう見てる」

「まア、そうでしょうか」

女中は前にもたびたびこういうスパイ行為を働いたことがあるらしく、萩原のきいた報告では、ひどく熟練した誘導訊問《じんもん》で、その「秘策」をきき出してきていた。

「こうなんですって。とにかくお金を出させて、又、何とかオペラ協会というのをこしらえて、第一回公演だけは三津子さんを舞台に出さないでですよ、金の出どころも秘密にして、花々しく打つんですって。三津子さんは第二回公演の主役にするという固い約束をしておいて、第一回公演がすんだら、何とか理由をつけて、協会を解散しちまえばいい、という計画なんですわ。そうすれば、ひどい赤字でない限り、むこうにも迷惑はかからず、三津子さんはもともと、今すぐ舞台へ出る気はないでしょうし、あっちの野心に便乗して、こっちだけトクしようって算段なんですよ」

——萩原はなんぼなんでも、こんな甘い話に乗る三津子ではないと思ったが、何となく心配で、又あてどもなく三津子を探しに出かけ、三日にあげず、年の改まった銀座界隈《かいわい》を一人で歩いた。

大川と伊藤も、三津子にパッタリ会うことを漠然とアテにして、二人でむやみと銀座を歩きまわるようになった。

「あッ、あいつも歩いてる」

遠くから萩原の姿を見つけて、二人はあわてて身をかくすこともあった。

早春の翼

大川や伊藤や萩原が、こころごころに探して歩いている三津子は、もっぱら税関吏の富田の誘惑に夢中になっていた。探しものはなかなか出て来ないならいで、萩原は二度と三津子に出会う偶然に恵まれなかった。

房子の家の深夜のサロンでは、兄と房子とゆめ子を前に、三津子がたびたび富田の誘惑の中間報告をする。

「相当なもんだわ」と房子は、ソファの上に、猫のように横坐《よこずわ》りになって、サンゴの長いシガレット・ホールダアから、だるそうな煙を吐きながら、「やっぱりお兄さんの血筋ね。だから私みたいな純情な女は、泣いてばっかりいなくちゃならないわけなのね」

これにはのこりの三人も吹き出した。

敏夫はハワードの立派なガウンを着せられ、このごろでは万事、旦那《だんな》様気取で、大きな安楽椅子に、のうのうと身を埋めていた。

敏夫のコニャックのグラスが空《から》になると、房子はいつもチャンと気がついて、だるそうに身を起しては、マルテルの罎《びん》を手にとるのだった。こんな眺めは、奇妙に、三津子にもうれしかった。兄の頬の剃《そ》り跡は夜目にも青々として、房子は酒を注ぐたびに、そこを、すうーっと手の甲でなでた。

「しかしね」と敏夫は、なでられた頬を、わざと汚なそうに、手でこすりながら、「俺は一寸《ちよつと》心配だな、三津坊。……俺はね、どういうもんだか、……その……」と、彼は柄にもなくテレた。「体だけはゆるしてほしくないんだよ」

三津子は、少し赤くなった。

暗いエンジ色の壁の前で、房子は、真珠の首飾を、口にくわえて、舐《な》めているクセがあった。元男爵夫人は、野の乙女が、草の葉を口にくわえるように、実に自然にそれをやってのけた。彼女にとっては、真珠は野草の味がするらしかった。

「それは私もちょっと心配なのよ。体をギリギリまで許さないのは、男を引きずり廻《まわ》す秘訣《ひけつ》だけど、それをとことんまでやりぬけるのは、やっぱりアバズレ女の特技だと思うわ。三津子さんには、ムリな仕事なんだわ」

「アラ、私、やってみせる自信があってよ」

「それが問題なのよ。男をこの仕事に引きずり込むギリギリの交換条件に、体をゆるすっていうのは、月並で危ない手だわ。第一、そんなことをしたら、男があなたを手に入れるなりソッポを向いてしまうかもしれないし、あなたのほうが惚《ほ》れちゃうかもしれないし……」

「そうかしら？　だって私、自分の体なんか物体のようにしか思っていないわ」

三津子はこんな大見得を切ったが、どんなに凄《すご》んでみても、これは処女の論理だった。らくらくと捨身になれ、男を男とも思わないでいられる今の三津子だが、それはただ「怖いもの知らず」ということかもしれない。

ゆめ子はこういう肉体問答に、ひどく好奇心をはたらかし、編物の指をうごかしながら、ゆだんなく聴耳を立てていた。「何でも知っている」という立場に身を置くことが、この老嬢の生活の信条だった。それにこんな話は、歌子邸では金輪際《こんりんざい》きけなかった。

「それで今度はいつ会うんだい？」

「しあさっての日曜。富田さんの友だちがヘリコプターの会社につとめているんで、二人を乗せて、東京見物をさせてくれることになっているの」

暦の上ではもう早春だとはいうものの、あたたかい冬であった。きのうの大雪警報は見事に外れ、雨は雪にもならぬままに降り止み、日曜の明け方の気温も、平年より四度も高い二度だった。彼岸《ひがん》のあたたかさだと、新聞は告げていた。

外套《がいとう》はあつく、スプリングコートに、手袋なしで丁度よかった。いい飛行日和だ。

最初のあいびきをそのままに、三津子はいつも「マドレエヌ」で富田と会った。入ってきた富田は、いつも同じ外套、同じ背広だったが、何だか顔が寝不足らしくむくんで見え、目は充血していて、精気に欠けている感じがした。態度も日ごろのキッパリしたところがなく、何かソワソワして、物を言うにも、言葉がひとつひとつ、押しつぶされて出てくるようであった。

「いつも御馳走《ごちそう》にばかりなっていて、心苦しくて仕様がない。今日一日はひとつ、僕に持たせて下さい」

三津子はだまって、笑って、うなずいた。

「大丈夫ですよ。絶対に、あなたに似合わない貧相なところへなんかつれて行きません」

「ヘリコプターはまるで貧相の反対ね」

「いや、その先の話なんです」

――石川島のヘリポートまで行くタクシーの中で、三津子は無口な富田を扱いかねて、ぼんやり他のことを考えていた。

『カルメンは、一時は本当に、ホセを愛していたんだわ。でも私はどうだろう。私は誰を愛して、誰のためにこんなことを？……』

混血児の兄の精カンな横顔が、ゆくての青空にクッキリうかんでくるのを、三津子の心はあわてて打ち消した。

事実、冬の青空は、町外れからグングン広くなっていた。その対岸が、幸福号の泊っている船だまりだと思うと、川に面した草地のむこうにヘリコプター会社の事務所が見えてくるにつれ、三津子は、何だか富田がカンづいて、わざわざ彼女をその船だまりへ連れて行くのではないかという気がした。

しかし富田は、じっと前方をみつめたまま、充血した目を、荒涼としたヘリポートへ向けていた。

富田の友だちの操縦士は、丁度ヘリコプターの試乗をしていた。

草地の二三ヶ所に、コンクリートの円があり、さしわたし十米《メートル》足らずのその円が発着場であった。

「オーイ」

富田はその一角から上空へ手をふった。

二百馬力のベル型ヘリコプターは、前面のケビンの、丸いプラスチックのおおいを日にかがやかせて、垂直に下りてきた。草地の上十米ぐらいのところで、ホヴァリングをしてみせた。地上の冬草は、ロータアの風に押しまくられて、機の下の部分だけが、小さな嵐のようにざわめいた。

やがて着陸したヘリコプターに、富田は三津子を抱えて乗せた。二人分の座席に、三津子は景色のみえるはじに坐《すわ》った。

ヘリコプターは再び、すさまじいロータアの音を立てて、垂直に浮び上った。

「…………」

その音にまぎれて、富田が何か言ったようだったので、三津子はその横顔をのぞいたが、彼は黙って、もう白い小さな丸に見える発着場を見下ろしていた。

……隅田川が眼下にせまくなった。

川をゆく船のこまごまとした形にも、くっきりと明暗の影が、可愛らしく見える。

飛行機とちがって、足もとまでプラスチックの透明なおおいに包まれたケビンの乗心地は、まるで乗物に乗っているという気がしない。自分の足で、じかに空を飛んでいるかのようである。

それでも三津子は、何となく体がすくんで来るのを、富田が察して、彼女の手を大きな掌で、あたたかく握っていた。

『カイロみたいな手』と三津子は思った。

操縦士は、両手に四本のカジを握って、熟練した操縦をつづけながら、

「あれが魚河岸《うおがし》です。あの森が浜離宮。すこし高度を落して、銀座の上へ下りてみましょう。空からの銀座は、ちょっと汚ないですが……」

晴れわたる冬空の下、日にてらされた地上は、幸福な眺めだった。この中に、貧困や罪がうず巻いていようとは、ほとんど信じられなかった。コンクリート建の小学校の屋上では、白いシャツの子供たちがそろって体操していた。その一つ一つの小さな影も、そろって手をあげ、体を傾けていた。

電車通りには、きらめく無数の自動車がひしめき、三津子のつとめていたNデパートの屋上の、雲形定規の池も日にかがやいていた。

そして空から見る銀座裏はなるほど汚なく、イタリア亭の近辺のすすけた屋根には、洗濯物がひらめいていた。

三津子は、地上をこうして見渡して、自分の過去を見渡すような思いがした。その過去は、思い出したくないことに充《み》ちていた。

『地上が過去だとすると』と彼女は考えた。『未来はどこかしら？　あの青い、雲一つない、際限もない空かしら？』

その空を、新聞社の単発の飛行機が、ゆっくりと旋回して飛んでいた。

急に三津子は、こんな考えに襲われた。

『地上での私の生活は、悪と罪と美とを求めて、生きている。空の上だけでも自由でいたい。いや、自由だという空想に酔いたい……』

カイロのようにあたたかい富田の手の中で、三津子は指をうごかして、富田の指にからませるようにした。この瞬間、ほとんど富田を愛しているような心地だった。

富田は充血した目でちらと三津子を見た。

「…………」

又、彼が何か言ったようだった。

しかしその声はあまりかすかで、ロータアのひびきに消されるかと思うまに、操縦士の胴間声の解説がまたはじまった。

「銀座のメイン・ストリートも、こうして見ると貧弱ですなあ。田村町へまわって、日比谷公園の上をとおって、日劇のほうへ出てみましょう。もう少し高度を下げますよ」

――日比谷公園の上まで来たとき、

「やア、何か大会をやってますな。旗やプラカードも、こうして見ると、きれいなもんだなア」

と言う富田の声は、今度ははっきりきこえるのだった。

ますます高度を下げたヘリコプターから、日劇のレビューの看板の出演者の名前も読め、数寄屋橋の上の通行人が、ヘリコプターを見上げて、指呼している姿も見えた。

……地上へかえったあとも、三津子のぼうっとした気持は治らなかった。その耳には房子の言葉がしつこくよみがえった。

「体を一度任したら、あなたのほうが惚《ほ》れちゃうかもしれないし……」

――富田はあいかわらずムッツリしていた。

そして、怒った顔つきで、

「あなたは、丁度、ニセモノの僕にそっくりですね。ニセモノの僕は、自分の住所も電話番号も知らせないで、あなたのお友達をだましたんでしょう」

「アラ、だって、きれいなお附合をしているあいだなら、別にそんなこと、罪にならないわ。いつか、教えてあげてよ、……いつか。……それに私、男の人に自分を神秘的に見せておきたいっていう、子供らしい気持が抜けないの」

そう言いながらも三津子は、こんな言い抜けがいつまでもつづくものではないということを感じていた。

「これからどこへ行きましょう」

「お能はいかがでしょうか？」

「お能？」と三津子はキョトンとした。

「謡をやってる友だちから切符をゆずられたんです」

「ずいぶんいろんなお友だちがあるのね」

こうした二人のチグハグな気持を、目黒の喜多《きた》能楽堂へ富田が命じたタクシーの、陽気な運転手のおしゃべりが救った。

「この間上野でばあさんのお客が三人乗ってね、キュウ段の靖国神社へ行ってってくれっていうんですよ。その九段で下りたら、メートルを見て、高い高い、ってコソコソ相談してるんですね。あッしが手を出してたら、最初の一人が二百二十円置いて、……又次の一人が二百二十円置いて、合計六百六十円さ。メートルが一人ずつの代金だと思ったんだね」

「ひどい人だね。もらっちまったのか」

「ええ、もらってサアーッと逃げましたよ。なにしろ不景気ですからね」

――三津子は能楽など見たこともなかったが、鼓の音の洩《も》れてくる場内へ入ると、ひんやりした早春の気がただよい、何となく身のひきしまる感じがした。舞台の檜《ひのき》の香りがするようであった。

丁度、梅若実翁《うめわかみのる》の「東北《とうぼく》」の仕舞がはじまるところだった。

和泉式部の霊が、

「春の夜の、闇はあやなし、梅の花」

と謡うと、地が、うけて、

「色こそ見えね、香《か》やはかくるる」

と謡う。立上った翁《おきな》の顔は、白梅の花のように白々とさえ、黒の紋付、水あさぎの麻上下《あさがみしも》に、紅《くれな》いの扇が映発して、えもいわれず美しかった。三津子はわからぬながらも、

『やっぱりオペラなんかとちがうわ。まねごとが一つもないんですもの』

と思ううちに、いつか引入れられた。

——翁のしっかりした留拍子《とめびょうし》で、「東北」の仕舞はおわった。

やや昂奮《こうふん》した顔を富田へ向けた三津子は、紙入れを台にして、自分の名刺に何か一心に書いている彼を見出《みいだ》した。それを手渡す富田の手は、ぶざまにふるえている。

三津子も読みながら、アッと思った。

ふるえた字で、

『僕と結婚して下さい。税務署の友人の松本から、渋谷のお宅の住所と電話を教わりました。二三日中に、御母堂にお願いに上りたいと思いますが……』

仕舞がすむと、四番目物の「道成寺《どうじょうじ》」がはじまるまで、しばらく休憩があるらしかった。

思いがけない、しかし考えてみれば、当然の結果だった富田の結婚申込に、すっかり気も顚倒《てんとう》した三津子は、

「廊下へ出ましょう」

と言いざま、その名刺をさりげなくハンドバッグにしまい込んだ。

能楽堂のせまい廊下は、謡本だの、古ぼけた売れない能楽研究書などを、白布を敷いた机に並べて、御大層な紋付袴《はかま》の男が売っていたり、白髪の老紳士と、気むずかしい顔つきの和服の紳士がしゃべっていたり、そうかと思うとイヤにつやつやした豪勢な奥様が、四五人集まって、何かひそひそ話をしていたり、三津子にとっては物めずらしい光景の筈《はず》だったが、彼女の目は何も見ず、その耳は何も聴かなかった。

『どうしよう。どうやって切り抜けよう。こんな事態は考えてもいなかったわ。……それに、房子さんの家を親戚《しんせき》の家みたいにして、ごまかして招待する手もあるんだけど、まだ一味に加わったわけでもない税関吏に、あの家を知らすなんて自殺行為だ。どうしたらいいだろう……』

富田は沈痛な、重々しい表情で、三津子につき従っていた。その心がどんなに不安にさわいでいるかを、三津子は彼の地味なネクタイの下に、透かし見る思いだった。

三津子もぎごちなく黙っていた。

廊下の人ごみの肩のあいだに、そのとき三津子は、手入れのゆきとどいた、よく

光る若い男の髪を見た。ふと横顔が見えかかったとき、

『あ、萩原さんだわ』

と、こちらは思わず身を隠しそうにしたが、ものの一秒も考えて、『もしかしたらこの場合、萩原さんが救い主になるかもしれない』

と、咄嗟《とっさ》の思案をきめた三津子は、その横顔へ、声を出して、呼びかけた。

こちらを向いた萩原の目はかがやいた。

そのまま人ごみをわけて近寄って来そうにするので、三津子は富田へ、

「一寸《ちょっと》失礼」

と会釈をして、自分から萩原のほうへ歩いた。会釈した瞬間の富田の打ちひしがれた顔が、彼女には自分の背中に刻み込まれてしまったように思われた。

富田の野暮な背広に比べて、オペラの二枚目は、ドミールフレアーの濃紺に細い紅縞の入った瀟洒《しょうしゃ》な服を着こなし、身もかるがると人ごみを分けて来た。

「やあ、よかった。本当によかった、お目にかかれて。今度こそは離しませんよ」

と、早速三津子は腕をつかまれた。

「こんなところへ……めずらしいのね」

「いや日本の古典芸能も勉強しないといかんというので、芸大の先生に引っぱられて来たんです。……今度こそ逃げちゃイヤですよ」

「大丈夫よ。こちらから声をかけたくらいですもの」

「あなたに会ったらね」と萩原は何もかも一度に言ってしまう勢いで、「ぜひお話ししたいと思ってたんですけれど、大川さんと伊藤さんには警戒する必要がありますよ。あの人たちは、あなたを巧《うま》く利用して、自分たちのオペラをやろうと企《たく》らんでいるんです」

萩原は大川と伊藤の企らみを、かいつまんで説明した。

その間、三津子が考えていたことは何だったか？

ヘリコプターの上の甘い夢からさめて、現実の世界の義務にとらわれた彼女は、ただただ、富田の心を結婚の希望から遠く外《そ》らせて、三津子をそんな希望にふさわしからぬ不しだらな女と思わせ、三津子の肉体に対する渇望だけで彼を引きずりまわすことができるように、情況を転換することであった。

つかまれた腕をそのまま、彼女は萩原に身をすりよせて、こんな姿を富田の目にはっきり見せようとつとめた。

萩原には、三津子のこうした変化が、さっぱり呑《の》み込めないらしかった。ふと話をやめて、自分の腕にいつしかしなだれかかっている三津子に気がつくと、彼は、顔にいちどきに血が昇るほどの幸福と、別の不安とに襲われた。

『もう半年もしたら、銀座あたりの三流バアでお目にかかれるだろう、と大川は言ったが、この人はもしかすると、二三ヶ月ですでにバアの女になったのかしら。……それがお能を見に来るのも変なものだが……』

ともかく荻原の固定観念は、二度と三津子に逃げられまい、ということだった。しかも三津子は、

「これからどこかへ行かない？」

「本当ですか！　すぐ行きましょう。連れの先生にアイサツしてかなきゃいけないんだが、又あなたに逃げられたら大へんだから……」

と、オペラの二枚目はそわそわして、すでに廊下の人の流れが、少しずつ戻ってゆく場内を、依然として三津子の手をしっかり握ったまま、さしのぞいた。

晃々《こうこう》と照りかがやいている能舞台の床《ゆか》の上には、白く光る足袋《たび》の足がいくつか動いて、今まさに天井から、作り物の濃《こ》むらさきの大きな鐘が吊《つ》られているところだった。

きらびやかな揚幕の奥からは、鼓のしらべの音《ね》が間遠《まどお》にひびいていた。

「私、一寸連れにことわってくるわ」

「僕はここに立番していて逃がしませんよ」

「いいことよ」

富田に近づいた三津子は、壁に身をよせて、目は血走り、頬をふるわせている富田を見た。屈辱に耐えて、じっと立っているだけがやっと、という風に見えた。

三津子はせいぜいカルメン風に言ってのけた。

「ごめんなさい。私って悪い女ね。あの男につかまったら、逃げられなくなるのが私のわるい癖なの。あなたが力ずくで引き戻して下さるなら別だけど。……本当にごめんなさいね。今日はたのしかったわ。又ね」

三津子は握手の手をさしのべたが、富田は彫像のように動かなかった。口の中でくりかえしている「力ずくで……」という呟《つぶや》きだけが三津子には辛うじてきこえた。

――戸外は二月の薄暮であった。

近よってきたタクシーに萩原が手をあげて、三津子を先に乗せると、横合から黒いカタマリがとびかかって来たと見る間に、萩原はつきとばされて、砂利の上に倒れた。

三津子の横へ飛び乗った富田は、けわしくドアをしめて、「走れ！　早く！」と運転手に叫んだ。立上ってわめいている萩原をあとに、タクシーは一散に走りだした。

タクシーは盲らめっぽうに走っていた。

「旦那《だんな》、どちらへ？」

と運転手がきいても、富田がこわい顔で、

「どこでもいいんだ。フルスピードで走ればいいんだ」

とドナルので、それ以上きき返せない。

薄暮のなかに町の灯《ひ》はともりだし、ネオンの赤や青は、夕空にひえびえときらめいた。

沈黙にたえかねて、三津子は足を組んだ。富田以上にズタズタに傷ついた心が、こういう姿勢を自然にした。『私は体をめちゃくちゃにするんだ。目をつぶって、私の大事な体を人にやってしまうんだ』……彼女はなかば悲劇的な快感を味わいながら、心に呟きつづけた。

車はきちがいのように、見知らぬ横町から横町へ抜けて走ってゆく。その道のひとつが上り坂になって、枯れた並木の間に、光沢塗料で、指さす手の形と、

「レザマン・ホテル　御休憩三百円より」

という朱いろの字を書いた立看板があった。

「そこでいいの！　そこで止めて！」

三津子は必死の声で叫んだ。

タクシーはイヤなきしり音《ね》を立てて、小さな連れ込みホテルの、蛍光灯の門灯の

前に止った。

三津子が下りた。富田もだまって下りた。

わざとらしく打ち水をした小径《こみち》は、人目をはばかる客が入りやすいように、コの字形を組み合わせた迂路《うろ》をなしていた。そのコの字の一つの曲り目で、先に立っていた三津子は富田のあとについた。

化けて出そうな老いた制服の女中が、玄関へ出迎えた。そしてスリッパをピチャピチャ音を立てて、二人を奥の部屋に案内した。

四畳半ほどの洋間は、ほとんどダブルベッドに占領されていた。ベッドと壁とのすき間に、辛うじて椅子テーブルが並んでいる。

女中がお茶を置いて行ってしまうと、三津子は自ら立ってカギをかけた。

「わかったでしょう。私って、こういう女なのよ」

言いながら三津子自身、一寸セリフじみていると思ったが、「こういう女」も何もあるものではない。カギをかけるまでは気が張っていたのに、カギをかけてしまうと、彼女の足はふるえてきた。

洋服のままベッドの上に身を伏せたのは、決して大胆さからではなく、体のふるえが止まらないからだった。三津子はいつしか泣いていた。

富田は天井のあかりを消して、スタンドの赤い豆ランプをつけた。上着を脱いだ。

彼のポマードの匂いが、三津子の頬に迫ってきた。

……三津子は永いこと待っていた。

何事もなかった。

見ると富田は、窮屈そうに、椅子に掛けてうなだれていた。三津子の顔を見ずに、

「あなたはそんな人じゃない。絶対にそんな人じゃない。自分にウソをついているんだ。自分にも、僕にも……」

三津子はベッドの上にはね起きた。もう我慢ならなかった。

「ウソじゃないわ。私、密輪団から、あなたを誘惑して、密輪の仲間に引き入れるように、ちゃんと命令をうけているんだわ！」

それをきいた富田の顔には、何とも言えない無邪気なおどろきがあらわれた。その愚かしい表情を、三津子は叩《たた》きのめしたい衝動におそわれた。

「はじめの友だちの話、ニセモノのあなたの話も、みんなウソだったの。あなたを誘惑するために、私の考えだした筋書だったの」

これをきいて、富田の男らしい眉《まゆ》の下に、はげしい怒りがほとばしるのを見た。三津子は、はじめて身もおののくような喜びに打たれた。『私はこの人をやっぱり愛していたんだろうか？』この清潔な怒りを見た刹那《せつな》、三津子は身を任せる決心が

本当についた。それは稲妻のような一刹那《いっせつな》であった。

……戸外はシンとしていた。早春の宵闇が窓を犯していた。スリ硝子《ガラス》の窓には、富田の影がぼんやりと映っていた。

富田は立上った。

さっき萩原を叩き伏せたような力が、この素朴な男の体に湧き上るのが感じられた。彼はベッドの上の三津子にのしかかると、羽交い締めにして、唇といわず、目といわず、首筋といわず、狂暴な悲しみでいっぱいになった接吻《せっぷん》をした。三津子は息も止まるばかり抱きしめられながら、彼が野のはての一疋《いっぴき》の野獣のように、声にならない呻《うめ》きをつづけるのをきいた。

房子の月並な忠告は正しかった。

「体を一度任したら、あなたのほうが惚《ほ》れちゃうかもしれないし……」

事実、こんな風な、悲しみに充《み》ちた愛され方をしたら、そのはてに富田が三津子を自分のものにしたら、三津子はきっと富田を愛さずにはいられなかったにちがいない。

――しかし富田は、現代まれに見る廉潔の士だった。そうするには、彼は三津子を愛しすぎていた。

やがて彼は何事もなく三津子から身を離した。……夢うつつに、三津子は富田が、あわただしく上着を着、外套《がいとう》まで着込んで、銅像のように枕もとに立つのを見た。理性をとり戻した男のしずかなやさしい口調で、こう言うのをきいた。

「僕は代償というのはイヤだ。あなたが僕の言うことをきく代りに、僕があなたの言うなりになるというのはイヤだ。こんなことは、あなたが本当に僕を愛するようになった時のために、大事にとっておこう。そうなるまでは、石にかじりついても我慢する。……しかし僕は、あなたを愛してるんだ。愛してる証拠にどんなことでもする。密輸の仲間に入るよ。何でも、僕のする仕事を言ってくれ」

過度の男らしさというものは、女には通じないものである。目をあげて、この信じられぬことを言い出した男を見上げた三津子には、さきほどの情熱が消えていた。われながらおどろくほど冷たい目で、彼女は富田を見ていた。富田はチャンスを逸したのだ。

三津子はぼんやりした口調で言った。

「ええ……ありがとう。引受けて下さったら、今度そのことで聯絡《れんらく》をとるわ。乗船監吏のお仕事のときにちょっと見のがして下さればいいの」

「よし、引受けた」——富田は外套のまま、ベッドに腰かけた。「そしていつか君が本当に愛するようになったら、結婚してくれるね」

「ええ」——三津子は放心した表情で答えた。

渦

春になった。

三津子は富田へたびたび電話をかけ、たびたび会っていた。仕事の聯絡《れんらく》のためである。ハワードから、船の名と入港の日を言ってよこす。それを三津子が富田に聯絡する。富田の目こぼしのできる船だと、敏夫を乗せた幸福号は、荷役をしながら、らくらくと密輸の荷をうけとることができた。

そこでハワードは、今までのようなカサ張らぬ荷ばかりか、富田がたしかに乗船の番に当っている船とわかると、ウイスキー何ダースという大きな重い荷まで、送ってよこすようになった。

気の大きくなった房子は、ポーカアの賭博《とばく》に手を出して（これはもっとも、敏夫の誘いに負けたのだが）百万単位の大損をしたりした。

敏夫はトバクならでは、夜も日もあけぬようになった。自分が危険を冒してあげた利益だから、自分でその金をスッてしまっても、後悔しないというのである。

よく深夜に、敏夫は房子の作ってくれたシングルのタキシードを着て、イヴニング・ドレスの房子の腕をとって、外人の大ぜい集まるナイトクラブの賭場《とば》へ出かけて行った。

そんな晩、とりのこされた三津子は、夜あそびに出かける両親を見送って、ゆめ子という乳母に寝かしつけられる、西洋の子供のようだと自分を思った。

敏夫はタキシードの衿《えり》のボタン穴にさした赤いカーネーションが、ともするとうつむき加減になるのを、大きな指環《ゆびわ》をはめた指で直しながら、出がけに三津子に、こんなことを言って、からかうのである。

「うぶなお嬢さん。俺たちが出かけると、たちまち裏から抜け出して、富田に会いにゆくんだろう」

「バカね。兄さんのつまらないカングリよ」

「君は本当にまだ男を知らないのかい？　そんなら俺が、手ほどきしてやってもいいがな」

出かける前から酔っている兄は、こんな不道徳な冗談を言った。

「まだよ。本当よ」

と答えるとき、あのホテルの修羅場を思い出す三津子の答は力がなく、さびしげに唇を嚙《か》むのが常であった。

妹の返事を半分信用していないくせに、そうきくと、いつも敏夫は、正直に安心したような表情をする。

三津子は困惑する。……自分の心の中に、どんなにきつくネジを巻いても、またいつのまにか後戻りして、同じ時刻をさして止ってしまう時計を持っているような気がする。その時刻は、……「敏夫」というのである。

そして自分ばかりではない、兄もああして房子と面白おかしく夫婦気取で暮しているが、最後のところで好きなのは妹だ、という気がする。

——富田は？　三津子はホテルでのあの瞬間から、どうしてもこの厳粛な求愛者が、コッケイに見えて来て、仕様がなかった。これは愛にとっては致命的なことである。

富田は、会うたびに、三津子が本当に、心の底から、「あなたを愛します」と言うのを待っていた。もう死んでしまった主人を待って、いつまでも戸口に坐《すわ》っている哀れな犬のように。

——ある夕方、房子がイタリア亭へ着いたところへ、張が困ったような顔をしてやってきた。

「もうすっかり春ですね、フムフム」

「御用は何？」

「ハワードさんが、日本へ来る予定を急に早めて、五月十日に来る、と言って来たんです」

「まあ、あと一ト月ちょっとじゃないの。困ったわね。何やかや面倒だわ。(房子はすぐ敏夫の顔を目の前にうかべた)……まだ夏までは間があるとおもって、のんびりしていたんだのに」

「敏夫さんのことですか」

「ええ……まあ」

「敏夫さんのことなら、フムフム、御心配いらんですよ」

「何かあなた成算があるの」

「いいえ、マダムの腕次第で、どうにでも、あやつれる問題です。ハワードさんも、日本に長くいるわけじゃなし」

「イヤな人ね。折角まじめにきいてれば、私の腕次第なんて。……私、腕なんてないわよ」

「フムフム、これは失礼。それよりね……」

張はムッチリした短かい足を、仔細《しさい》らしく組んだ。

「それよりね、……問題はこの金のことですよ。私の会計報告をどうします」

「だから、買人《かいにん》が一せい検挙でつかまったとか、何とかごまかして頂戴《ちょうだい》よ」

「そうも行きません、フムフム。あなたと敏夫さんが、下手クソなギャンブリングであけた穴が、一千万円からあるんですからね。二三百万ならともかく、一千万円じゃ、あなた」

「そんなにあって？」

「一千百六十万円ですよ、〆めて。これはもともとハワードさんの金ですからね。使い込みがバレたら、おお、怖いね！」

張は自分の首をチョン切るまねをした。ゆめ子がやって来て、

「お話中ですが、芙蓉宮《ふようのみや》殿下御夫妻が、食事に見えられましたですよ」

「まあそう？　一寸《ちよつと》失礼」

房子はとたんにシャンとして、イキなスーツの胸を張って、宮殿下夫妻をお迎えに行った。殿下夫妻は、不必要にニコニコしながら、密輸の商談の密室とも知らずに、奥の特別室へ、ゆうゆうと案内されてお入りになった。

「ここのスパゲッティが大へんおいしいと伺ったもんですからね」

「お口に合いましたら、どうぞこれからも、おひいきに」

――房子は、昔とった杵柄《きねづか》で、品よくお愛想をふりまいてから、もとのテーブルにかえってくるなり、

「張さん、そんなこと言ってないで、何かいい考えがないの？」

「まあ、ないわけでもありませんがね」

張は、椅子を乗り出して、房子のほうへ顔を近づけた。

一千万円の穴埋めに、張の考え出した大仕事は、うまく行けば、一千万円以上のモウケにもなるので、穴埋めをしてさらに余った分は、張が当然とるという話であった。

今までの仕事は、いわば皆ハワードの指令のもとに動いていたのに、今度の仕事は、はじめて日本の一味ばかりでプランを立てて実行するわけである。

その晩の房子の家のサロンは、この仕事に関する会議室になった。

「まあ、やってみるんだな。一か八だ」と、一千万円の穴をあけた御当人の敏夫は案外呑気《のんき》で、「俺も幸福号に乗り込んで、やれるだけやるよ。面白い仕事じゃないか」

「でも今までとちがって派手な仕事ですからねえ」とゆめ子は、「うまく行けば、そりゃあいいですけどねえ」

ゆめ子のは、意見というに足りなかった。

「問題はトラックなのよ」と房子は、「張さんは、そりゃあ自分で貿易会社の看板は出してるけど、こんな秘密の仕事に、延べ三十台もトラックを借りるのは危ない、というの。誰か代って、トラックを借りてくれる人はないかしら?」

会議は結局、決行ということにきまった。

――そのあくる日。

温度が急に上って、四月はじめというのに、五月中旬のようなうららかな午後、三津子はひとりで銀座へ買物に出た。

八丁目の表通りの、しゃれたアクセサリイを売る店で、彼女はコウモリ傘の形のブローチを買った。それを早速、ブラウスのえり元へつけ、六丁目のほうへぶらぶら歩いてくると、楽器店のビルの一枚ガラスのドアが、芽ぶいて来た並木を映して、ほのぐらく静まっていたのが、急にはじけたように開いた。

「あッ、三津子さん、探していたんですよ! 三ヶ月も四ヶ月もあなた一人を!」

汗をふきふき立ちふさがったのは大川だった。そのうしろから、伊藤も、いささか日頃の冷静さを欠いた顔を出して、

「よかった。やっと会えましたね」

三津子は、萩原の忠告を思い出すおかしさに、狐と狸に真昼間の銀座で出っくわしたような気がした。

「そこらでお茶でも」

そして三津子は、ひどく嘻々《きき》としている二人と一緒に、「そこらでお茶」を飲ん

だ。

四月というのに、熱いお茶よりも、冷たいお茶のほしい陽気であった。

萩原の言ったとおり、二人はオペラの話をもち出して、資金の融通をほのめかすので、

「兄に二百万円出させろってお話ね。そりゃあ私がたのめば、出すかもしれないわ。でもそれには……」と三津子は、じらすように間をおいた。「それには一つ条件がありますの」

大川と伊藤は顔を見合わせた。思いのほかうまく運んだ話にぼんやりしながらも、

「条件って何でしょうか。われわれにお金がまるきりないことは、よく御存じの筈《はず》だが、労力奉仕でいいなら、どこへでも出かけて、歌ってあげますが……」

「でもね……、お金は要らないの。お金は要らないし、こっちでお払いするんですけど、大川さんか伊藤さんの名儀で、トラックを借りて来ていただきたいのよ」

「トラックを？」——二人のオペラ歌手は目を丸くした。

大川と伊藤は、からかわれているのではないかと思った。かれらは生れつきトラックなどとは、縁もゆかりもない人間のつもりでいたのである。

「何に使うんです。お引越しですか」

「いいえ。ちょっと兄の仕事で要るんですの」

「一、二台でいいんですか」

「いいえ、三十台」

三津子は平然と答えた。

「えっ？　三十台」

大川は、オペラの三枚目のように、両手を天井へさしあげておどろき、伊藤はびっくりしたあまり、あわてて横を向いてクシャミをした。

「でも延べ三十台なのよ。極端なことを云えば、一台で三十回往復してもらってもいいの。そんなことをしたら夜が明けてしまうから、適当な数のトラックに、二往復とか、三往復とかしてもらえばいいんですわ」

「それで、よっぽど遠いところへ運ぶんですか？」

「いいえ、浅草橋あたりから、いちばん遠いのが亀戸、いちばん近いのが目と鼻のところの横山町、という工合《ぐあい》に、三四ヶ所の倉庫へ運んでもらえばいいんですの。何しろ荷が多いもんですから」

「つまりわれわれの名儀で、トラックを一聯隊《れんたい》、借り出せばいいんですね」

「ええ。大川さんと伊藤さんの名儀で。……この仕事をうまくやって下さったら、オペラの出資は、二百万だったかしら、そのことについては大船に乗ったつもりでいらして頂戴」

三津子の貫禄《かんろく》に、二人はすっかりおどろいた。

「考えてみれば、何でもないこってすね。なあ、伊藤君、二人で奔走してみようよ」

「トラックには、運転手も人夫もつけてほしいの。代金は荷下ろしの場所で、まちがいなく払いますからって」

「日と時間と場所は？」

「それはあとから電話で御聯絡《れんらく》しますわ。ああ、そうそう、それから、この件は絶対秘密よ。うちの母にも、私に会ったことも、おっしゃらないでほしいの。この仕事のことは、誰にもおっしゃらないって、約束して下さる？　もし誰かに洩《も》らしたことがわかったら、二百万円の出資は、一切おことわり。よくって？……御聯絡するのも、歌子先生のところじゃないほうがいいわね」

「そんなら僕の学校がいい。毎日午休《ひるやす》みには必ずいるから」

と大川が、自分が教師をしている私立の音楽学校の電話番号を教えた。

三人は、話をすまして、ほとんどむうっとするほどあたたかい歩道へ出た。男はみんな上着を腕にかけて歩いていた。

「へんな陽気だな」

と伊藤は、また、あまりの明るさにクシャミの出かかる鼻を押えた。

「三津子さんにこちらから聯絡をとるには、どこへ電話したらいいんです」

「さあ、知らないわ」

背後から三津子のそういう返事がきこえたようだったが、ふりむいたときはもう三津子の姿はなかった。狐と狸は、顔を見合わせて、こんなことを言った。

「はアて、まるで狐につままれたようだぞ」


その晩、三津子は兄と房子とゆめ子に、トラックの報告をした。

房子は、「お花見に行きたい」などとのんきなことを言っていたが、三津子の報告をきくと、キッとしまった顔になった。

「よかったわ。いいところへ気がついたわね。でも、そんなシロウトで、うまくトラックを集められるかしら」

「さあ、でもオペラの話で釣ってあるから、一生けんめいやると思うわ」

「だって、あとでオペラの話を蹴《け》ったら、言いふらされるおそれがなくて？」

「大丈夫よ。あの仕事がうまく行けば、ねえ、兄さん、二百万ぐらい出してくれるわね」

敏夫はそっぽを向いて、コニャック・グラスの薄い硝子《ガラス》を、爪先《つまさき》で、澄んだ音を立てて叩《たた》いていた。中ではベッコウ色の酒が、敏感に、ピリピリと揺れていた。

「だって今度はいくらもうかったって、穴うめのためなんだし、のこりのもうけは、張にとられちまうんだぜ」

三津子はしばらく、じっと兄をみつめてみた。兄はグラスにうつる妹の小さな映像を眺めていた。言わないでも、彼には妹の言わんとするところがわかった。

「君はやっぱりオペラに未練があるんだね」

「そりゃあそうですわ。こんなに才能があるのに、あんな目に会って、オペラをやめた三津子さんですもの」

とゆめ子が、膝《ひざ》の上の探偵小説から目を離して、口をはさんだ。

「あんな奴らを逆に利用するのは、わけもないだろうが、……まあ、俺に任せておけよ、そのくらいの金はバクチで作るよ」

「いつも負けてるくせに！」

「もう兄妹《きょうだい》げんかは止《や》め止め」と房子は、折タタミの地図を、テーブルの上にひろげながら、「ともかく、三津子さん、あした早速、電話をかけてトラックの手配をして頂戴《ちょうだい》。きょう張さんと会って、決行の日を決めたのよ。四月十五日の夜中に、トラックに来てもらうの。トラックは、三つに分れて……」

赤い爪先が、なめらかに地図を走った。いつか四人は、テーブルをかこんで、頭をあつめていた。

「一隊は浅草橋のそばの日本橋女学校の裏手で荷揚げをして、横山町の倉庫まで運んでもらう。一隊は両国橋よりもっと下流の矢ノ倉の、ここの桟橋で荷揚げをして、これは浜町の倉庫へはこんでもらう。もう一隊は」

と房子は、赤鉛筆で、それぞれ赤い一点をつけた。さし出したスタンドの丸いあかりの中には、タバコの煙がみちて、神秘的にうごいていた。房子の赤鉛筆はさまよって、

「もう一隊は、むこう岸の江東区の常盤町で待機してもらって、ここから揚げる荷は、亀戸の倉庫まで持ってってもらう。いいわね。そうして、三往復もするトラックは、こういう遠距離輸送に配置したほうがいいわ。遠距離のほうが、往ったり来たりが目立たなくていいから。……それで時間はと……」

房子は赤鉛筆のキャップを、引きしまった白いアゴにあてた。

「第一隊が一時、第二隊が二時、第三隊が三時でいいわね。ね、坊や」

「それで大丈夫だよ。幸福号は先陣をうけたまわって、第一隊のトラックの荷を引受けよう。ほかの機帆船は、うまく手配してあるんだろうな」

「ほかの機帆船は」と房子は、「精糖会社が、二ハイ出してくれるって、張さんが

言ってたわ。三バイで五千袋《たい》は十分積めるでしょう」

「ああ、十分だ」

と専門家の敏夫は、あっさり判断した。

「これですんだわ。何だか今日は、賭場《とば》へゆく元気もない。こんな大仕事を自分でやるのははじめてなんですもの」

「今から緊張しちゃダメだよ。張と俺がついてるじゃないか」

「心配なのは十五日の当日よ。私、イライラして、居ても立ってもいられないだろうと思うの。何か夜どおし、面白いことをして、時間をつぶす手はないかしら」

「それこそポーカアでもやったら？」

とゆめ子が言うと、

「ダメダメ。きっとメチャクチャに負けるわ」

そう言いながら房子は、何か思いついて、目をかがやかせた。

「さっきオペラの話が出たわね。三津子さん、その晩オペラごっこをしない？　イタリア亭で」

「オペラごっこ、ってどうするの？」

「貸衣裳《かしいしょう》を借りて来て、あのピアノの伴奏で、あなたや、……そうだわ、ゆめ子さんもいるし、大川さんや伊藤さんも招《よ》んだらいいし、そうだわ、……萩原さんって人も招んで、みんなでオペラをして遊ぶのよ」

「オペラなんて遊びじゃないわ」

「そんな固苦しいこと、言うもんじゃないわ。出し物は何がいい？　私たち、密輸業者だから、『カルメン』がいいわ。絶対『カルメン』よ。でもカルメンって、アルトの声でしょう」

「私、アルトだけど」とゆめ子は、「でも、もうカルメンをやる年でもないわ。アルトじゃなくても、ごく特別な例だけど、編曲し直して、ソプラノでもできるのよ。でも、ふざけてやるんなら、三津子さんだってアルトのまねぐらいできないことないわ」

「三津子さんにはうってつけよ。ぜひカルメンをおやりなさい。衣裳《いしょう》の手配は早速しておくから」

三津子は、夢に夢見る心地だった。房子のこんな子供じみた提案から、彼女は何だか不吉な予感がした。すべての登場人物が、陽気に歌ったり、さわいだり、呑《の》んだり、食べたりしながら、オペラの終幕のように、さけがたい破局へ向ってゆくのを、三津子はまざまざと見るような気がした。しかしこのスベリ台に乗っているのは快かった。そしてこう思った。

『芸術家であるより、登場人物であるほうが、やっぱり私の性に合っていたんだわ』

彼女はちらと兄を見た。半ば問いかけるように、

「私、その晩は、ずっと兄さんと一しょに、幸福号に乗っていたいわ」

「バカだな。今度みたいな大仕事のときには女はジャマなだけだよ。おとなしく留守番をして、オペラごっこでもやってるんだな。俺がその『カルメン』を見られないのは残念だけど」

「あなたはさしずめエスカミリオが役どころなんだけれどね」

と房子が言った。

こうして仕事の密談からはじまった春の夜は、オペラごっこの他愛もない計画のうちに更けた。

三津子はあくる日の午すぎ、私立の音楽学校へ電話をかけて、大川を呼び出した。その夕方、大川一人と町で会い、こまかい指示をした上、

「丁度またその晩、私のお友だちで、私の歌をひいきにしてくれるマダムが、カルメンごっこをして遊びたいというのよ。遊びにあきて、とんでもないことを考えだす人だわ」

あらましを話すと、大川はすぐ乗った。

「そりゃ面白いな。萩原もよぶんですか。それはいいが、おたのみしたオペラの件は、萩原には御内聞にね」

「ええいいわ。でも萩原さんは来るかしら」

「そりゃあ喜んで伺うでしょうよ」

「来ないと思うわ。もしプライドがあれば」

三津子はカエルのように砂利の上に四つ這《ば》いになった萩原の姿を思いうかべて言った。

「お母さんはよびますか？　どうします？」

こうきかれた彼女は、悲しい目色になった。

「……まだ、その時期じゃないと思うの。私に会ったことも、おっしゃらないでね。会ったといえば、ますます会いたくなるでしょうから。……母は、元気ですの？」

「お元気ですよ。あいかわらず歌子先生と、バカに仲が好いんです。歌子先生は野心を捨てちゃってから、お母さんにとても友情を感じたんですね。何だか、いつも二人は、同病相あわれむという恰好《かっこう》ですよ」

——三津子はそのあとで、富田と会う約束があった。この約束は気が重かったが、富田を仲間につなぎとめておくためには、会わないわけに行かないのである。

今度の計画は、しかも富田には無関係だったので、何も言わないように房子から命じられていた。

いつもの「マドレエヌ」の二階の窓ぎわの椅子に、三津子を迎える富田の顔は、やはり想像していたとおり、重苦しく、暗かった。そして三津子は、若い娘に当然のわがままで、人の苦悩を見るのがきらいだった。

『この人はどうしてこんなに、自分の悲劇を押し売りしたがるんだろう。この人の前へ出ると、何もかもみんな私が悪いんだという気持にさせられてしまう』

富田のもちまえの情熱的な目は、その光りを失っていた。良心の苛責《かしやく》と恋とに押しひしがれ、単純な明るい強さを失くして、つまりすっかり魅力をなくしてしまっていた。三津子は、一度でもこの男を好きになりかけた自分を信じかねた。

椅子にかけると、三津子はお義理にニコリとしたが、これはこの重病人に対する、看護婦の微笑にすぎなかった。

富田はあわてて目を伏せた。こんな態度にも、三津子は先まわりをして、

『あなたはいつも冷たいですね』

と難詰している富田の心を感じるのである。

富田は角砂糖を、コーヒー茶碗《ぢやわん》の底で、ゴリゴリと押しつぶした。その野蛮な音に、三津子はハッとした。

「あさっては非番なんです」

「そう」

富田は目を伏せたまま、急に投げやりな、ヨタモノじみた口調で、

「もしあなたに恋人がいないんだったら、僕が箱根へさそっても、文句を言う奴はないわけですね」

三津子の胸は、鼓動をはやめた。もしここでノーと言えば、富田は仲間を裏切る決心をするつもりかもしれなかった。

三津子も目を伏せたまま、やっと言った。

「私がノーって言えないことを、ちゃんと御存じなのね」

「いや、イエス、ノーよりも、あなたに恋人があるかどうかという質問のほうが先なんですよ」

「あなただけしかない、って言わせたい？」

と三津子は逆襲に出た。

「まあ何人あっても、僕がツベコベ言うことはないですが」

「誰もいないのよ、一人も」三津子ははっきり言った。「恋人って、一人もいないの」

「あなたも不幸な人なんですね」

「でも私、自分を不幸だなんて思ったこと、ありませんわ」

「だから一そう不幸なのかもしれない」

「あなたがたとえ不幸でも、世界じゅうの人を不幸だと思うことはないんだわ」

富田は傷ついて黙っていた。しかし恋する男には、譲歩することしかない。富田の性格の独特なところは、あのとき大事なチャンスを、とりかえしのつかぬ方法で、逃がしてしまったことを、少しも後悔していないことだった。

「……こりゃあ脅迫するような形になってわるかった」と彼は出直した。「ともかく、僕がこの仕事でもうけさせてもらった金で、あなたとたのしい旅行をしたいと空想したんです。大丈夫、部屋は二つとりますよ。芦の湖へ役所の団体旅行で行ったとき、あそこの湖畔のホテルへ、いつか泊るような身分になりたいと、空想したことがあるもんですからね」

「そう？　それなら無邪気な旅行ね」

「ええ、無邪気な、たのしい旅行にしたい。いつかのイヤな記憶を、あなたと僕とのあいだから払拭《ふっしょく》したいんです」

「そんなら兄と一緒でもいい？　兄もきっと恋人をつれて行くわ。自動車を借りて、兄に運転してもらって、四人で行ったら、どんなにたのしいでしょう」

三津子がやっとたのしそうな表情になったので、富田はホッとして、額の汗を拭《ぬぐ》った。

…………………………。

その晩、寮へかえった富田は、机の上に女文字の手紙を見た。九州の郷里に、許婚《いいなずけ》の間柄をうやむやのままのこして来た浅子からの手紙だった。いつも富田は、彼女の手紙を読むのがイヤであった。月に一二へん、チャンチャンよこすのだが、いつも判でおしたような、しつこい愛情の披瀝《ひれき》に終っていて、ほかのことは何も書いてないから、よんでもよまなくても同じなのである。

しかし今夜、富田は、海に面した出窓に腰かけて、それをゆっくり読む心境にあった。孤独な富田は、誰でもいい、自分に強い関心を持ってくれる人の存在を、たしかめる必要があった。

「……どんなことがあっても、待っています。あなたのかわらぬ愛情を信じて……」

富田はこの月並な文章を書いている、色のあさ黒い、小さな丸い唇だけが愛らしい、田舎の純朴な娘を思いうかべた。しかしそのかたわらに冷たい美しい三津子を置いてみると、彼はどうして自分が火よりも氷のほうへ、強く引かれるのかといぶかった。

きちがい陽気

兄にこの旅行の計画を話すとき、三津子の心には、何か淋しいものがあった。富田と二人で旅に出ることが、彼女にはほとんど堪えられなかった。もし身を任せたところで、それは富田の心をますます深く傷つけるだけだろう。又一方、身を任せずに一泊旅行を仕《し》了《おお》せるあいだ、お互いの心にかかる重苦しい負担はどれほどだろう。

こういう苦衷を三津子が打明けると、兄も房子もゆめ子も、いつになく、しんみりときいてくれた。

「困ったわねえ」と房子は、「私もここのところ張さんと毎日打合せで、とても旅行へなんか出ていられないし……」

「君が来たってはじまらんよ」と敏夫は房子を制した。「そうだな……」としばらく考えていたが、若い混血児の頭を、いつもながらのスマートな悪がしこい考えが走っているのを、妹はうれしく直感した。

「そうだな……。よし、車は借りられるし、約束の朝の九時に、俺が車で、日比谷のFビルの横で待っててやるよ。俺ももちろん、一緒に行ってやる。女を連れてね」

「え?」

と房子がききとがめた。

「怒るなよ。三津子が寝てから、ゆっくり相談するから」——そして三津子に、

「おい、子供は早く寝るんだ!」

……………………。

その日が来た。兄の命令で、三津子はスーツ・ケースをもって、ひと足先に家を出る。Fビルの一階のロビイで、富田と待合わせているのである。

そのロビイは、壁いちめんの板ガラスから、思うさま春の朝日を浴びて、室内のゴムの木の葉が、テラテラとまぶしく光っていた。三津子のほうがきょうは待つ番だった。

やがて富田が、古めかしい鞄《かばん》を下げて、あたふたとあらわれた。

「ひどいところで待合わせたもんですな。すぐむこうが、東京税関のオフィスなんですからな。審理課の人が、よくこのビルの地階なんかに、張り込みをしてるんですよ」

三津子もそれをきくと、そわそわしたが、まわりは外人ばかりで、それらしい人

影はなかった。

「今日は大丈夫ですよ。審理課が総出で、日本橋のキャバレーへ、PX流れの密輸入のウイスキーを摘発に行ってますから」

「それじゃあ今日は、親戚《しんせき》に不幸のある日に旅行に出るみたいで、不キンシンね」

富田は人の冗談に、二三秒おくれて気がつくタチで、白い歯をみせて気持よげに笑った。今朝のほがらかな富田は、三津子にとって、そんなにイヤではなかった。

「兄さんの車は来るんですか」

「もう来る時分よ」と三津子は椅子の背ごしに、日比谷公園の森をひかえた明るいひろい車道を見た。

一台の青いクライスラーが、スルスルと目の前に這《は》い寄った。ドアがあいて、ほとんど白っぽいグレイの背広の兄があらわれ、そのあとから、おそろしく派手な水玉の洋服に、腕環《うでわ》をジャラジャラとつけ、唇が黒く見えるほどの厚化粧の若い女があらわれた。

「おや」と三津子は目をそばだてたが、それがゆめ子の変装とわかると、思わず吹き出した。

「え、何です？」

富田もガラスへ顔を寄せるので、

「ごらんなさい。あの色きちがいが兄の新らしい恋人なんだわ」

「おどろきますね」

「兄の趣味ったら、私なんかには、とても想像もつかないのよ」

「あの人、あなた知ってるんですか」

「ええ、すこし」

それ以上、根掘り葉掘りきかれると困ったが、そのとき兄は紳士のエチケットで、ロビイのドアをあけて、女を先立てて、堂々と入って来た。三津子を見ても、兄もゆめ子もニコリともしないところはアッパレだった。

「やあ、しばらくです。妹がいろいろお世話になってるそうで」

富田は敏夫のこんな挨拶《あいさつ》に、何とも返事のしようがない、という顔つきをしていた。

「御紹介しましょう。こちら、声楽の勉強をしていらっしゃる高橋ゆめ子さん。高橋製薬の社長のお嬢さんです。こちらは、三津子のお友だちの富田さん」

きいていて、三津子は、いったい高橋製薬なんて、どんな薬をつくる会社だろう、と思って、またおかしくなった。若返りの薬でもつくるのだろうか。

ゆめ子は、チラと片目をつぶって、三津子と握手すると、いきなり、

「ハウ、アー、ユウ、ミツコ」

とやってのけたのには、おどろいた。

ろくな仕事もせずに老い朽ちたゆめ子ながら、やらせればどんなオペラだって出来たことだろう。相当な舞台度胸だわ、と三津子は心中舌を巻いた。

おそらく房子の苦心のメーキャップであろう。少なくとも三十年はごまかしたゆめ子の化粧はあざやかで、朝日のなかでみても、その年には見えなかった。もともとゆめ子は、ふだん白粉気《おしろいけ》がないために肌がキレイで、結婚や出産を知らない半生が、小ジワを気にする奥様方よりも、かえってシワの少ない肌を保たせたのである。その上、身につけたものの突飛な派手さ加減が、むしろコッケイさを誇張して、年をごまかしやすくさせていた。

ゆめ子は紹介された富田の顔をチラチラ眺めていたが、三津子の腕をつかんで、内証話にはならない大きな声で、こうささやいた。

「まあ、あなたのボオイ・フレンド、とてもアトラクティヴじゃない？　私にお貸しなさいよ」

「こらこら」

と敏夫は悠然とたしなめ、富田は閉口して赤くなった。

しかし今度の旅行はたのしく、面白おかしくなりそうな予感が、そこで十分に出来上った。ゆめ子の芝居は念が入っていて、戸外を見て、こんなひとり言を言った。

「今日はあつくなりそうだわ。今年はまったくのキチガイ陽気ね」

顔を見合わせて吹き出す三津子と富田へ、ゆめ子はわざわざ、「何がおかしいの?」と、真顔できいたりするのである。

――四人は青いクライスラーに乗り込んだ。助手台にはゆめ子が坐《すわ》った。敏夫はスタータア・ボタンをまわしながら、

「さあ、箱根のお花見へ出発だ」

湯本のあたりからは、あちこちに、ふさふさと花ざかりの桜が見られた。箱根はゆうべ雨だったらしく、花はみずみずしく濡《ぬ》れている。

助手台のゆめ子は眠ったふりをしていた。芝居に疲れて、ドライヴの最中だけでも休みたいのであろう。そこで、うしろの三津子と富田は、いろいろと話し合うハメになった。

しかしきょうの富田はひどくほがらかだった。前に二人がいるので、かえって富田はいつもの重苦しい感情から、解放されるらしかった。

平日だというのに、箱根は、自動車が道にひしめいていた。敏夫は運転に緊張し、カアヴごとに、ぬっと現われる乗用車や、トラックや、バカでかい遊覧バスなどを

やりすごした。せまい山道を、材木をたくさん積んで、ガムシャラに高級車を押しのけて下りてくるトラックは、ほうぼうで桜の枝を引っかけて来たとみえて、新らしい材木に濡れた花びらをいっぱいつけているのが、なまめかしかった。

……いよいよ湖畔のホテルの車まわしへ、砂利の音をきしませて、車がすべり入ったとき、富田は無邪気な喚声をあげた。

「ああ僕は、ともかく一度、ここへ泊るのが夢だったんだ」

三津子は富田を地味な生活から、派手で危険な生活へ引っぱり出したすまなさが、こんな一言で、多少癒《い》やされる気持がした。

——部屋割は約束どおり、富田と三津子は別々の部屋、敏夫は勝手に、ゆめ子と同じ部屋をとった。おちつくと、三津子はすぐ、兄とゆめ子の部屋へとんで行った。

三津子はいきなりゆめ子にとびついて、握手をした。

「ステキな化け方よ。完ペキよ」

「シイッ。そこのドアのカギをかけて頂戴《ちょうだい》」

敏夫はカギをかけに行ってニヤニヤして戻って来た。

「どうだい？　俺の仕組んだ筋書は」

「なんだか、まだよくわからないわ」

「ゆめ子女史、イヤ、ゆめ子社長令嬢が、富田君にベタ惚《ぼ》れして、しつこくつきまとうというわけさ。君が危なくなりそうになったら、この社長令嬢がジャマをしに行って、君を救おうというわけだ。俺の役どころは、いちばんつまらんな。不得要領にボヤボヤして自動車を運転してればいいんだ」

「まあ、かわいそうに。私のために富田さんが、そんな目に会うなんて……」

「アラ、私に惚れられるのがそんなにかわいそうかしら」と、ゆめ子は一しおベットリと口紅を塗り直しながら、言った。

「そうじゃないのよ。人の真実をそんなにもてあそぶなんて、おそろしいことじゃない？」

敏夫はいきなり、掌で三津子の髪を、メリケン粉をこねまわすように、押えつけた。

「ミッション・スクールの生徒みたいなこと言うなよ。もし俺たちが助けなければ、君の体は誰も守ってくれないぜ」

三津子は窓辺へ寄って、日にあかるい湖心をめざして、客を満載した純白の遊覧船が、ゆるやかに離れる船着場を見た。

「兄さんってそんなに私の体が心配？」

「大いに心配だね」

三津子は窓から見かえると、大胆に兄の顔を正面から見つめて笑った。

「一種のヤキモチなんじゃない？」

しかし兄は、

「あんまり本当のことを言うもんじゃない」

と軽くうけ流して、剃《そ》りあとの青い横顔を三津子に向けると、ゆめ子のほうへ、

「ゆめ子さん。なんてお若いんでしょう。五十年前にお目にかかったときから、ちっともお変りになりませんね」

とうやうやしくお世辞を言った。

ゆめ子は鏡の前で、帽子をななめにかぶり、まっすぐにかぶりして、ウキウキしていた。

「これでもし富田さんに本当に愛をささやかれたらどうしましょう」

「そうしたら、どうなさいますか」

「私、結婚してもいいわ」

「それは私が許しませんぞ。あの若造は、私のツルギのさびとなるであろうぞ」

敏夫は陽気にフェンシングの恰好《かっこう》をして、とびまわった。

電話がかかってきた。三津子が出ると、富田であった。

「ああ、そこにいたんですか。昼めしがすんだら、又みんなでドライヴに行きませ

んか？　お兄さんに伺ってください」

　——午後、四人は十国峠へ、青いクライスラーを走らせた。富田のそばへは、すばやくゆめ子が迂りこみ、三津子がその代りに助手席へ行った。

　バックミラーのなかに、富田の困った顔が映っていた。車が有料道路の入口へ近づくころ、その富田の顔に、しきりにそわそわしている表情があらわれた。ゆめ子がこっそり、彼の手を握っているらしいのである。

「まあ！　マイシロ・ウエーヴ！」

「マイクロ・ウエーヴのまちがいでしょう」

　と運転しながら、敏夫が、ゆめ子のすっとんきょうな叫び声を訂正した。

　山の尾根に新らしいマイクロ・ウエーヴの白い鉄塔がそびえていた。紫蘇いろの若芽に包まれた山々は春の日を浴びて、若みどりにかがやいていた。ホコ杉だけが、濃い深い緑であった。

　そこかしこにちらばった弁当ガラを、鴉がついばんでいるので、むこうの丘の上に群れているのも鴉かと思うと、それは黒い制服の中学生の群であった。

　四人は車を下りて、三島沼津あたりのひろい眺望をたのしんだ。荘厳な姿の岬の岩山、麦畑のみどりと菜の花の黄、そのむこうに海がひろがっていた。雲もとどめない晴天のようにみえても、海のかなたは、飴いろの霞の中へ消えていた。

「なんだかこんな景色も見納めのような気がするわ」

と三津子は思うままを言った。

「さびしいこと言わないでよ」

ゆめ子はせい一杯陽気に言ってのけたのだが、この一語の声は老けた。

富田はやっとゆめ子の手をのがれて、敏夫と丘のはじのほうへ行き、腰を若芝の上におろして、タバコを呑《の》んだ。

「失礼ですが、あなたのお仕事は、妹さんからうかがってました」

「幸福号のことですか？」

「どこの船だまりに？」

「佃《つくだ》の渡しのそばの湊町の回漕《かいそう》店わきです」

「いつか遊びに行きたいな。自分の船って、いいでしょうね」

この短かい会話が、あとで敏夫に幸いしたのである。

すべては思ったよりもたのしく、うまく行っていた。夕食のあとで、四人は酒を呑んだが、敏夫が、「ゆめ子一人は、密輸の一味とは無関係だ」と、富田に因果をふくめておいたので、話題はすべて、恋愛論だの、オペラの話だの、をめぐって、品よく運んだ。

さて、眠りに就く時刻になった。

敏夫はゆめ子と一室へ入り、三津子と富田は別々の部屋に入った。三津子が自分の部屋のドアにカギを下ろさせば、それで万事は無事にすむ筈《はず》だった。

しかし、ベッドを二つならべた部屋に一人になると、名状しがたい淋しさが三津子を襲った。

朱いろの地に、富士の図案の丸い紋をたくさんつらねた織物が、ベッド・カバーも、カーテンも、そろいになっていた。三津子はそのカーテンを引きあけた。重い冷たい布地が、吊《つ》り金を引きずって立てる音は、一そう三津子一人の夜を、森閑としたものにした。

夜は冷え、煖房《だんぼう》が、窓ガラスを曇らせていた。三津子は手の甲でそれを拭《ぬぐ》って、底しれない夜の湖の奥を見やった。対岸のあかりらしいものもみえず、すぐ目の下の船着場の街灯のほかには、芦の湖の夜気は、幾重にも押しかさなって、この小さなホテルを包んでいた。

そして船着場の街灯のすぐそばに、ぽつんと満開の桜が一本《ひともと》、あかりを受けてほとんど白銀いろに光って、丈の高い女怪のように立っていた。

三津子は自分の、何かに憑《つ》かれて、まっしぐらに走ってきた半生を思った。

『私って、どこへ行くんだろう。どこへとも知らず、まっしぐらに駈《か》けて行きたい私の衝動は何だろう。それでもただ一つたしかなことは、私がいつも一人ぼっちだったということだわ』

そのガムシャラな衝動は、一人になるとまた強く彼女をそそり立てた。デパートの屋上の望遠鏡や、引越や、母の笑顔や、歌子邸や、椿姫の舞台稽古《げいこ》などが、つぎつぎと三津子の目の前をよこぎった。

すると三津子はわざとカギをかけずにいるドアのほうを見守らずにはいられない。今にもそれがノックされそうな気がする。富田だろうか？　誰か、まだ三津子の人生に姿をあらわさない、未知の、かがやかしい恋人だろうか？

ドアはいつまでもひっそりしていた。そこに貼られた和英両文のこまかい注意書が、三津子をバカにしているような気がした。

――三津子はふいに、ツカツカとそのドアのほうへ歩いた。身内に、春の嵐のようなものが鳴りさわいだ。ドアをあけた。足を踏み出そうとしたとき、一つへだてたむこうのドアが偶然あいて、ゆめ子がピンカールの頭をさし出した。三津子を見ると、ぬき足さし足廊下を歩いてきて、

「大丈夫？」

と小声できいた。いつものゆめ子の声に戻っていた。

「大丈夫よ」

「カギをかけて、ゆっくりお休みなさい」

「ええ、ありがとう」

——部屋に戻った三津子は、又一人になった孤独のあまり、いきなり電話機をとりあげて、「二二八番」と富田の部屋の番号を言った。

出てきた電話の声が、あまりほがらかで、屈託がなかったので、三津子は拍子ぬけがした。

「おや、まだ起きてたんですか？　今日は一日、たのしかったですね」

「私ね」——三津子の声は、それに調子を合わそうとするが、少しもつれた。「何だか、あなたに悪いような気がしてお電話したのよ」

「何が悪いもんですか」

「悪いとおっしゃい」と三津子の声は、おさえられずに、トガった。

「御機嫌が悪いらしいな。部屋へ行きましょうか？」

「いいのよ。いいのよ」と三津子はあわててさえぎって、「それより、ゆめ子さんがあんまりうるさいから、あしたの朝、あの二人を出し抜いて、こっそりモオタア・ボートに乗らないこと？」

「そいつはいいな」

「朝六時ごろなら大丈夫よ。むこうはきっと寝坊だから。よかったら、フロントへ、今からボートを予約しておいて、五時半ごろ起してもらいましょうか」

「いいですな。ぜひそうして下さい」

「じゃ……おやすみなさい」

「おやすみ」

その富田の、温かい「おやすみ」の一言で、三津子ははじめて、眠れる気がした。富田はつゆほども気づかないが、女にはこういう瞬間のやさしさが、途方もなく貴重なものなのだった。

——あくる朝、二人は湖の冷気を防ぐために、スウェーターを着込んで、部屋を出た。ホテルはまだ朝の光りのなかに、しんとしていた。土産物売場のショウ・ケースには、白い布がかかって、朝日を浴びていた。

眠そうなボオイが二人をボートのところへ案内した。モオタア・ボートの運転手が、「おはよう」とぶっきらぼうな挨拶《あいさつ》をした。

早朝の山々は、木々の若芽が、東に向う山腹にきらめいて、小鳥のさえずりに充《み》たされていた。まだ舟一つ見えぬ湖面を、モオタアの爆音はつんざいて通った。ボートはわずかな波に乗るごとにガタガタとはげしい上下動をした。

三津子はスカーフを風になびかせ、爆音にさえぎられるのを、好いしおに、

「私ね、あなたの真実だけは、もてあそんではいけないと思うの。ゆうべ、その気持が本当にはっきりしたの。兄の恋人もニセ物で、あなたを牽制《けんせい》するために、兄の書いた芝居なんだわ。どうしてもそれを、あなたに言ってしまいたい気持になったの。ゆるして下さる？　私、自分のことを、情の欠けた、つまらない女だと思いますわ」

「何を言うんです」と富田の厚い肩が、三津子の肩を支えた。湖中の小さな赤い鳥居が、水に落している影を、ボートはそのすぐかたわらをバク進してかきみだした。

「何をきいても僕はおどろきません。僕はあなたが好きなんだから、それでいいでしょう。この気持だけは、変えようがないんだから、ゆるして下さい」

「どうしてそんなに下手《したで》に出るの？」

三津子は朝の冷気に、富田の体温をやさしく感じた。しかし彼女は正直だった。

「でも私の気持はまだ愛とは言えないわ」

それなり黙りこくった二人の前に、湖尻《こじり》の古い船着場の建物が、朝霧の中からうかび出た。

リリアス・パスチア

大川と伊藤がバカにしょげているので、つい萩原はからかいたくなった。

歌子邸のサロンの、春のある午後のことである。

大男の狸と、皮肉屋の狐が、何かコソコソ話してはぼんやり考え込んでいて、そばをとおる萩原にも気づかずにいるので、ふと、

「そりゃ三津子にだまされたんだよ。はじめからそれを知っていて」

という声が、いやでも萩原の耳に入った。

萩原は三津子の名をきくと、あんな目に会いながら、今でも胸の底をむずがゆい感動が、走るのを禁じえない。

彼は立上って二人の肩を等分に叩《たた》いた。

「三津子さんがどうしたの？」

二人はビクリとしたが、顔を見合わせて、

「どうしよう。もうこうなったら、萩原君にも言っちまおうか」

「インチキ・オペラ協会のことですか？」

「おや、もう知ってるのか。地獄耳だな」

と伊藤は平然とかまえて、ニヤニヤしていたが、

「それもあるんだが、ここじゃまずいや。三人で散歩をしながら、話そうじゃないか」

——歌子邸の門は、ふたたび門前雀羅《じゃくら》を張っていた。お客の少なくなった家の門というものは、門の感じからして、何だかさびれた表情がある。まして石の門に御大層に蔦《つた》がからみ、帝国オペラ協会の大看板に、子供の石墨のいたずら書きが書き散らされてあるにおいてをや、である。

その、汽車やへのへのもへじやお化けだのを書いたラチもない落書を、大川は指でおさえて、二人に示しながら、

「どうだい。このお化け、うまいだろう。歌子先生に瓜二《うりふた》つじゃないか」

「うん、なるほどうまい。どこの子が書いたんだろう」

「うちの子だよ」と大川は得意そうに、「いつか俺が、ノートブックに描《か》いて、教えてやったんだ」

これには萩原も伊藤も、あきれた顔をした。

邸町《やしきまち》の高い石塀からは、ところどころに見事な桜が咲きこぼれていた。その花かげを、人形としか思えぬきれいなバラいろの外人の赤ん坊をのせた乳母車を、眠た

そうな顔つきで押してくるメイドの姿もあった。

「丁度いいお花見だね」

「N公園まで歩きましょうか」

N公園はもとN公爵の庭の一部だったのが、区に寄附された小公園で、ヒョウタン形の池をめぐった、やわらかい芝生の築山《つきやま》があった。

三人はまるで失業者みたいな恰好《かっこう》で、その斜面の芝に腰を下ろし、芝のあいだの小石が尻《しり》に痛いのを、藻におおわれた暗い池のおもてへ投げた。

「ふうん、その交換条件にトラックを予約してくれと言われて、運送会社へいらしたわけですね。そうしたらどこでも手附を出せ、と言われるのに、金はなし、そうかと言って、こちらからは三津子さんに聯絡《れんらく》のとりようはなし、結局だまされたというわけなんですね」

「まあ、そんなところだ」

と伊藤は鼻の穴から、タバコの無気力な煙を長く吐き出して答えた。萩原は息込んで、

「ねえ、そんならその手附の金を、僕に出させてくれませんか？」

「へえ、君が手附を。そりゃあ、気がつかなかった」

と二人は俄《にわ》かに愁眉《しゅうび》をひらいた。

「だってともかく手附を払って、トラックの手配をすれば、三津子さんの居所もつきとめられるしね」

「そんなら、そんな面倒なことなしに、君は金持なんだから、君がオペラの金を出さんか」

「いやですよ。インチキ・オペラ協会の金なんか」

二人はゲラゲラだらしなく笑い、何分商売柄声量があるので、むこうの小さな茂みからは、雛鳥《ひなどり》が巣から首を出すように、おどろいた恋人同士の首が、ひょっくり出た。それを見て、又二人は無遠慮に笑った。

しかしともかくこれで、萩原も、二人の仲間入りをしたことになる。

「丁度その晩、どこかのマダムの家で、カルメンごっこをして遊ぶんだってさ。君もよびたいって、三津子さんが言ってたぜ」

——さて、手附の問題は、三津子の手落にすぎなかった。

こんな相談のあくる日、大川の学校へ、三津子が電話をかけて来て、

「ごめんなさい。箱根へ行ってたもんで」

「いい御身分ですな」

「そんなんじゃないの。あのトラックはどうなったかしら。契約書を見せていただ

きたいんだけど」

「それが手附をよこせというんで」

「アラ手附が要るなら、お払いするのに」

「その手附は、今日伊藤君と萩原君が払いに行きました。金は萩原君が出してくれたんです」

「悪かったわ」

「イヤいいですよ。払わしておきなさい」

大川は人の金となるとバカに寛大だった。

「それじゃ明日、契約書を見せていただけるわね」

「ええ、明日」

——あくる日その約束の場所に、三人はそろって出かけた。場所はN国際ホテルの七階のバアであった。

バアは、六階のひろいロビイを見下ろす中二階のようになっていた。窓のない壁ぎわには、季節の香りはどこにもなく、天井の小さな穴から洩《も》れる間接照明のあかりの下に、三人は坐《すわ》って、昼間からビールを呑《の》んだ。

萩原はまるで落ちつかない。あんなにひどい目に会っているのに、三津子に何の悪意ものこっていないのである。

やがて、六階のロビイから曲りくねって立っている透明なプラスチックの階段を、明るい灰青色のスーツの三津子がのぼって来て、七階の三人に気づくと、飛行機のタラップでするように、階段の中途で手をあげた。

「しばらくです」

と萩原は席を立って出迎えた。

三津子は、仄暗《ほのぐら》い照明の下で、黒いヒトミをきらきらと動かしながら、いたずらっぽく笑って萩原を見た。それで再会は無事にすんだ。三津子はこう思わずにはいられない。

『富田さんとちがって本当にカンタンだわ』

——坐るとすぐ、伊藤が契約書をさし出した。三津子は、三枚の契約書の借主が、それぞれ大川と伊藤と萩原の名儀になっているのを、桜色の小さなつややかな爪先《つまさき》でさして、たしかめた。

「これでホッとしたわ」と三津子は契約書をどんどん自分のハンドバッグへしまった。

「それで例の件はどうなります」

「きょうは私、一寸《ちょっと》いそぐし、それに急なお話でもないでしょう。今度のカルメンあそびのときにゆっくりお話するわ」

「まるで女流実業家というカンロクですね」

と伊藤がからかった。

「萩原さんも来て下さるでしょう。あなたがいなくちゃ、ホセをやる人がいないわ。丁度ほかに、ホセにうってつけの人がいるんだけど、その人は歌がうたえないし」

萩原はチラと、うらめしそうな上目づかいで三津子を見上げて、

「例の喧嘩《けんか》っ早《ぱや》いホセですか」

「あの話はもうヤメ。それはそうと、十五日の晩の、カルメンごっこのマダムの店をお知らせしてなかったわね」

と三津子は爪楊枝《つまようじ》ぐらいの金いろのシャープ・ペンシルを出して、メモに地図を書いた。

「ああ、イタリア亭なら、名前だけ知ってる」

「僕はずっと前一度行ったことがある。あそこのマダムはなかなかの美人ですね」

「そこでやるんですか？」

「ええ、その晩店がカンバンになったあと、夜どおしでさわぐんですって。もちろんお料理もお酒もふんだんに出るわ」

「それじゃあ、リリアス・パスチアの場が、ぴったりだな。僕たちはみんな密輸業

者ってわけだ」

この一言に三津子はヒヤリとしたが、それを言った萩原には、何の他意もなかった。

歌劇「カルメン」の第二幕は、セヴィリアの町外れ、ジプシーの密輸業者たちの集まるリリアス・パスチアの酒場の場である。そこへ出獄したホセがカルメンに会いに来て、上官スニガと衝突したあげく、密輸業者の群に身を投じてしまうのである。

――みんながこんな話題に打ち興じている午後、東京港には、香港《ホンコン》経由の貨客船マルジナリア号が入港していた。

春のうららかな晴海《はるみ》埠《ふ》頭《とう》で、草地のかげろうのために、遠い汽船のマストがゆらめいて見えるのを、ぼんやり見つめながら、いつものように「十八号」が、工事場の標柱のところに立って、タバコを吹かしていた。

目や鼻や口もとのひどくシマリのない、この大柄な男は、無気力なサラリーマンのような態度で、密輸にたずさわっているのだった。

『ちえッ、待たせやがって』と舌打ちをした。『それだけムダにするタバコの数がふえるじゃないかよ。今度から「十七号」にタバコ代も請求してやろう』

カンカンと鉄板を叩《たた》く音が、一面の草地にこだましていた。モンシロ蝶《ちょう》がいっぱい飛んでいた。潮風を扱いなれた蝶。

……そのとき、肩を叩かれた「十八号」は、そこに、待合せの船員風の大男を見た。派手な青いジャンパアを着て、首にスカーフを巻いていた。顔は第三国人らしかった。

あたりを見まわしてから、無言で、「十八号」はあずかっていた金をポケットから出した。

船員も、小さな四角い包みをもっていた。

金と引きかえに、「十八号」が、包みをうけとろうとすると、船員の大きな手は、グイと「十八号」の手首をつかまえた。

「十八号」が抵抗しようとしたときはおそかった。工事場の裏から、背広姿の男が二三人バラバラととび出して来て、「十八号」をとり巻いた。

その一人が、内ポケットからチラと警察手帳を見せるが早いか、隠しもっていた手錠を「十八号」の手首にガチャリとはめた。

「いや、佐成刑事、御苦労様でした」

船員は急にものやわらかな態度で、手錠をかけた背広の男にアイサツした。

「あんたの化け方も相当なもんだよ」

「いや、図体《ずうたい》の大きいだけが、こんな場合の取得でしてね。さて、まっすぐ警察へまいりますか？　それとも、御足労をおかけしますが、課長も待っていますから、一応税関の審理課までつれて行っていただきますか？」

「そうしましょう」

「十八号」は手錠をはめられたまま、キョトンとして、草地の上の紋白蝶《もんしろちょう》の乱舞をながめていた。この大柄なボンヤリした男は、自分に急に羽根が生えて、蝶々になることを空想していたのである。

……いきなり肩を小突かれて、彼は歩き出した。泣きながら、こう言っていた。

「妻子がいるのにねえ！　ねえ、何とかねえ！　むごいですよ、旦那《だんな》。妻子がいるのにねえ！」

「うるさいな。お前に妻子のいないことぐらい、先刻御承知なんだ」

「十八号」はガッカリして、静かになった。

――実は「十八号」は、ぶちこまれたのははじめてではなかった。しかし今度はどうも、いつもとちがう予感がした。

自動車で税関へ連れて行かれ、幾曲りする暗い廊下をとおってゆくあいだ、通関手続のために壁ぎわのベンチで順番を待っている大ぜいの男は、ひそひそささやいて「十八号」の手錠へばかり目をやった。

審理課長は、やせた、鷹《たか》のような感じの人で、顔を首の上にキチンと立て、目だけをうごかして応対した。机上に書類がいっぱいひろげてあった。窓からのビル街の春風が、たえずそのページのはじをそよがせていた。

さっきのニセ船員は、すっかり地味な背広に着かえて、税関吏の一人になって、又その部屋に顔を出した。

「ところで、君のやったことはもちろん悪いことだが、問題は、君の参加していた組織だね、われわれの知りたいのは、その組織の全貌《ぜんぼう》なんだ。いくら末端をつかまえても、この全貌はまったくつかめない仕組になっているんだが」と課長のしゃべり方は、案外おだやかで、「君がこの上部組織、つまり親分株についてだね、少しでも知っているか、あるいは人から又ぎきの話でもいいんだが、とにかく参考になるようなことを言ってもらわなければ困るのだ。君はこの商売には、大分古顔だという話だしね」

「十八号」が、教員室に呼ばれた悪童みたいに、上目づかいに、口のなかでぶつくさ言っていると、

「はっきり申上げろ」

と又刑事にこづかれた。

『敏夫のことは言えないや。あいつはとにかく友だちだから、仁義というものがある。しかし誰か他の奴のことでも、今度は一つ洩《も》らしてやらんと、このままでは納

まるまい』

そう考えた「十八号」の頭に一つの記憶が浮んだ。

……いつか「十八号」を築地の目立たぬ喫茶店に呼び出して、敏夫の行方をたずねた豪勢な女の顔。

あんな金目のかかった美人と口をきいたことは、生れてはじめてである。あの宝石のついたシガレット・ケース。あの匂いのいい英国煙草の味。そしてあの命令的な態度や、身にそなわる威厳……。

『どうもあの女は只《ただ》ものじゃない。それに、俺のことを知っていて呼び出したからには、組織の上の方にいる女にまちがいない』

「へえ」と「十八号」はやっと口を切った。「四ヶ月ほど前でしたか、一人、えらい豪勢な女に呼ばれて、仕事のことで質問されたことがあります」

「ほう、どんな女だ」

机のまわりの男たちはキキ耳を立てた。

「どんな女もこうもない、一寸《ちょっと》お目にかかれないようないい女ですよ」

「会った場所は？」

「築地本願寺前の、たしか『キルト』とか『ケルト』とか言った喫茶店です」

「はっきり会った日はわからんかね」

「さアね、日記をつけてないもんですから」

「余計なことは言わんでよろしい。大体いつごろかね。十一月か、十二月か」

「そうそう。ほうぼうの店にクリスマス・ツリーが出ていましたっけ。ありゃあクリスマスの、ちいっと前かね。私ア、クリスマスなんぞ、祝ったことはありませんがね」

「その女の服装とか、顔の特徴とかを言ってみたまえ」

「さア、あんまりまぶしいような女でしたからね」

「メガネはかけていたかね」

「あんたはメガネをかけた女が好きかね」

「十八号」は横《よこ》ッ面《つら》を一つ張られた。

そのとき、芝浦の警務課から書類を審理課へとどけに来る用事があって、富田がドアをノックして入って来た。もちろん富田と「十八号」はお互いに一面識もなかった。

しかし富田はこのごろ審理課へ行くたびに、そこで訊問《じんもん》をうけている人間の中に、密輸の仕事で顔見知りの人間がいやしないかと、いつもヒヤヒヤするのだった。それと一しょに、何か審理課で情報をきけば、あわやというところで三津子を救う役にも立ちそうに思われた。

「御用談中ですが」

と富田はインギンに書類をさし出した。並みいる刑事連が一せいに富田を見たので、彼は思わず、目を伏せずにはいられなかった。

課長は、一寸書類に目をとおして、

「イヤ御苦労。そこの椅子でしばらく待っていて下さい」

はからずも富田は、訊問を傍聴するハメになった。

「どういう職業の女だと思ったかね」

「どうも私たちの仕事の女だと思うんです。ずうーっと上のほうの」

「十八号」はすっとんきょうに天井を指さした。

「イヤ表むきの職業のことだ」

「そうですね。ありゃあ素人じゃないね。バアのマダムか何かじゃないかと思うね」

…………………………。

そのときN国際ホテルでは、さっさとかえりかける三津子を見送って、萩原が名残おしそうに、こう言っていた。

「じゃあ十五日の晩、リリアス・パスチアでお目にかかりましょう」

カルメン開幕

十五日の晩、イタリア亭は八時に店をしめてしまった。コックは、房子の夜どおしの宴会のために、冷肉料理やカナッペやサラダやサンドウィッチを作らされ、それが出来ると、今夜はもうかえっていいことになった。女給仕たちも同様だった。店中、房子とゆめ子と三津子と三人ぎりになると、三人はいろいろと椅子をうごかして、舞台装置らしいものをこしらえた。

「ここの入口が、第一幕の煙草工場の入口に使えるわ。そこのカウンターのところが衛兵詰所にいいし」

「第二幕は、いつものイタリア亭そのままで、リリアス・パスチア酒場の場だわね」

「第三幕は、椅子をつみかさねた上に、黒い布をかぶせて、岩山を作って、電気を薄暗くすればいいんだわ」

「第四幕は……」

「そんなに本式に歌ったら、疲れちゃうわ」と主役の三津子は反対して、「それにカルメンが殺されるところまで、やることないじゃないの」

「それもそうだわね」

ゆめ子もそう言いながら、すくなからず昂奮《こうふん》していた。きらびやかな貸衣裳《かしいしょう》の束を、両手いっぱいにかかえて、特別室へ入ってゆきながら、

「マダム、ここを楽屋にしていいでしょう」

「ええ、いいけど、鏡は？」

「鏡は四人分ちゃんと揃えてあってよ」

そしてゆめ子は衣裳係、兼、オーケストラだった。といっても、オーケストラはないので、ピアノ・スコアで、ゆめ子がピアノの伴奏をつとめるのであった。

「三津子さん、はやく扮装《ふんそう》なさいよ。ちゃんと扮装して待っていて、みんなをおどかしたら？」

三津子に、あの「椿姫」の舞台稽古《げいこ》の日の胸のときめきがよみがえって来た。

開幕三十分前、二十分前、十分前、……そして楽屋へ、「板ツキ十分前」「板ツキ五分前」と知らせにまわる舞台監督のカン高い声。しらべを合わしているオーケストラの断続的なひびき。フットライトに照らされたまばゆい舞台。照明を浴びるとにわかに美しくなる大きな書割。そして、登場人物として、裏側からながめた幕が、暗く、ひろく、風をはらんでいるあの神秘的なふくらみ……。

そういうものはここには一つもなかったけれど、しかしここにはそれ以上のものがあった。幕があく前から、彼女たちの生活はそのままオペラだった。幕のうしろ側で、ずっとカルメンの生活がつづいていた。ジプシーの生活。スリルの生活。……あとはただ幕が上ればよかった。幕が上れば、生活はそのままそこにあり、それがすべての人の目にふれるだろう。拍手がひびくだろう。お客はみな、酔ったようになるだろう。

——鏡の中に、カルメンの顔が出来上っていた。アイシャドウを濃く塗り、額とコメカミに捲毛《まきげ》を描いた。小道具のバラの一輪を口にくわえると、そこにいるのは、もう三津子ではなくてカルメンだった。

そのとき、高いテノールの声がひびいて、

「こんばんは。花束をもって来ましたよ」

「萩原さん？　まだはいっちゃだめよ」

ゆめ子が、三津子の頭へ、衣裳のスカアトを丸く輪にして、さし出していた。

萩原につづいて、大川と伊藤も入って来た。

「あたくし、この店をやっている房子と申します。どうぞよろしく」

一面識もない三人に、房子は如才がなかった。

「静かないいお店ですね。三津子さんは？」

「今、着替え中なんですの。その間、ウイスキー・ソオダでもいかが？」

「おや。ヘイグ・アンド・ヘイグですね」と伊藤は無遠慮にウイスキーの罎《びん》のレッテルをしらべて、「こいつは豪勢だ」

オペラ歌手ともなれば、高いウイスキーの名ぐらい知っているが、まだ呑《の》んだことがない。

皿の上には、さまざまな前菜が色あざやかに盛られ、大川と伊藤は早速あれこれと試食をはじめたが、気取り屋の萩原は、オリーヴの実を一つ、すぼめた口にポイと投げ入れた。

房子はしきりに腕時計を見て、時間を気にしている。

「ほかにもまだお客が来るんですか？」

「いいえ。これで皆さんおそろいよ」

そう言ったとき、特別室のドアがあいて、スペイン風の高い櫛《くし》の下から黒レエスをかけ、ひらいた扇を胸にあてて、真赤なカルメンの衣裳の三津子が現われた。

「おお！　ブラヴォ！」

と三人の男は、気取った喚声をあげて、拍手をした。萩原はあわてて、もってきた花束を三津子に捧《ささ》げた。

三津子はアンコールでやるようなおジギをしてから、特別室のほうへあとずさりして、同じく年増《としま》のジプシー女に扮《ふん》したゆめ子の手を引いて現われた。

みんなはポカンとして立っていた。

ゆめ子はあんまり厚化粧で、すぐにはわからなかったのである。

ゆめ子は、萩原の前へツカツカと寄ると、そのネクタイを引張って、

「ちょいと。坊や。あんたまだ、歌子ばあさんに可愛がられてんの?」

伊藤と大川は顔を見合わせて笑い、萩原は真赤になった。

やっと気がついた伊藤が、

「オヤオヤ、これは奇遇だ。ゆめ子さんじゃないか」

みんなは握手をしてみて、はじめてゆめ子に会っているという実感を持った。

「さあ、あなた方にもメイキャップをしてあげるわ。萩原さんはドン・ホセ。伊藤さんはエスカミリオ。大川さんはスニガよ。……でもその前に、『カルメン』の初日の、お祝いの乾杯をしましょう。マダム、ワイン・グラスにブドウ酒を注いでいただけません?」

六人はテーブルのまわりに集まって、乾杯した。

「おどろいたなゆめ子さん、今まで、どこにいたの?」

「そんなことはどうでもいいじゃないの」

——男三人はワヤワヤと、ゆめ子と一緒に特別室へ入り、カルメンの姿と房子がその場にのこされた。

「心配？」

カルメンはアイシャドウの濃い目もとを、かげらせて、房子にきいた。

「心配だわ。もうみんな横浜へ行ってる筈《はず》だけど」

三津子は、房子の手をとって、

「大丈夫よ。張さんは、こういうことでは、大立者ですもの。ドジなんか踏むもんですか」

「そうじゃないのよ。敏夫さんのことなのよ。あの人にもしものことがあったら、私、生きていられない」

「私だってそうよ。一しょに死にましょう」

と三津子はおどけて、かんたんに言った。

房子はいつにないシンミリした口調で、

「私、この年になって、はじめてこんな感情を味わうんだわ。良人《おっと》だった男爵は、ただ私のそばに、棒っ切れがころがっているような存在だった。財産こそあったけれど、化石の研究だの、トランプの研究だの、赤ん坊のお尻《しり》のアザの研究だの、ユダヤ問題だの、日本文鎮史、(文鎮って、風で紙が飛ばないように乗っける、あれよ)だの、そんなことを雑然とやってるだけの人だったの。二度目の良人のハワードは、そりゃあ男らしい人だわ。十分私を愛してくれたし、私、男ってどんなもんだか、はじめて知ったわ。でもハワードの愛は立派すぎたの。大らかすぎたの。女を死ぬほど喜ばしておいて、女の生命《いのち》を手の中に握っていて、香港《ホンコン》からでもあやつれるほど私を完全に自分のものにしていて、いつもケンソンな、にこやかな顔をしているハワードが、私、怖くなったの。大悪党って、女が愛し切れるもんじゃないわね。大英雄とか、偉人とか、大人物とか、まあ大悪党とか、大天才とか、そういうものは女の手にあまるのよ」

「そこへ行くと兄さんは、一寸《ちよつと》小悪党だから手ごろなのね」

と三津子は、いささかのイヤ味もなく、仲のよい姉妹が愛している一人の男のことを、仲よく想う口調で言った。

「小悪党で、だらしがなくて、威張りん坊のくせに、人にたよることが好きで、そうしていい男振りのアイノ児で、つまりあの人の月並なところが、私をこんなに深みに引きずりこんだんだわ。あなたのお兄さんって、わるいけど、この地上で、大した悪事も善い事もできずに、死んだあとは誰にも忘れられてしまう、そういう存在なのよ。そういう月並な魅力ってすばらしくない?」

「そうしてあなたと兄さんと二人で、一千万円以上も、トバクで穴をあけたなんて、月並な美談だわね。だって、ハワードさんのもうけたお金に穴をあけることは、結局、日本に忠義をつくしたことになるんですもの」

「でも又その穴埋めを考えるなんて、シャレにもならないわ。こんな思いまでして」

「さあ、もうクヨクヨしない約束よ、マダム」

「ええ」

房子は、いつも店で使いなれた晴れやかな顔つきで、立上った。しかしその細い引眉《ひきまゆ》の下にはかすかにかげる影があった。

――特別室のドアがあいて、金のカブトをかぶり、金ピカの制服をつけ、長いサーベルを腰に下げた二人の男がとび出した。騎兵伍長《ごちょう》ドン・ホセに扮《ふん》した萩原と、上官スニガに扮した大川だった。

あとから闘牛士エスカミリオに扮した伊藤があらわれて、

「第一幕は、僕は見物だ」

と言いながら椅子にかけた。

「前奏曲から行きますよ」

とジプシー姿のゆめ子はピアノの前に坐《すわ》った。「ヂリ、ヂリ、ヂリ」と大川は開幕のベルの口まねをした。

奇妙な密輸

さて、張の考え出した大仕事というのは、いかにも密輸にはちがいないが、一風変ったものであった。

密輸というのは、関税をごまかすことに他ならないので、たとえば正規の貿易会社が、駐留米軍の発註《はっちゅう》で、正規に輸入したウイスキーを横流しすれば、これも一種の密輸である。

表向き、貿易会社の看板を出している張は、文永製糖株式会社の下請会社である木の丸商事と結託して、一トもうけ企《たく》らんだのだった。木の丸商事は、文永製糖の砂糖の一手販売権をもっている。

張は以前から、木の丸商事の社長に、この大仕事のヒントをさずけていたのだった。

「三千万円は軽いもうけですぜ。危険な仕事はみんな私が引受けるから、モウケは山分けと行きましょう」

「しかし危ない橋をわたるのはイヤだからな」

「危ないことは、私が引受けると云ってるでしょう、フムフム。それにあなただって、はたけばいくらも埃《ほこり》の出る体だしさ」

こう云われると社長は一言もなかった。木の丸商事は張の密輸入品を、たびたび扱って来たのである。

さて、日本へ輸入される原糖は、文永製糖その他で製糖されて、国内消費の砂糖にもなり、国外輸出のための精糖にもなるのだった。

そして、輸出される精糖には、国内消費の場合の、四、五十パーセントにのぼる税金が免除される。輸出を条件として、税金を戻してくれるのである。だから、もし輸出を装った砂糖を国内へ流すことができれば、莫大《ばくだい》な税金のサヤがもうかることになる。

横浜の文永製糖の倉庫には、折しも、香港《ホンコン》向け輸出手配の精糖がたくさん眠っていた。

張はこいつを、「輸出に擬装して密輸入しよう」と思いついたのである。

木の丸商事の社長は、しかるべき外人に手をまわし、信用状を作らせた。文永製糖は、この外人を信用していたので、輸出契約を結び、積み込みの船も外人の言うとおりになった。

あとは、金額にして七、八千万円、五千袋《たい》の砂糖をはこび出し、横浜から東京までもって来て、二三の倉庫にかくし、これを国内へ流せば、のぞみの金は入って来て、ハワードの金の大穴は埋められ、張自身も、少なくとも、三百万円のモウケになる筈《はず》だった。

五千袋の精糖をはこぶのに、木の丸商事のハシケを使うのはまずかったから、張が走りまわって、幸福号のほかに、さらに二ハイの機帆船をやとった。

四月十五日の晩、この三バイの機帆船は、砂糖を積んで、横浜沖の貨物船へ行くふりをして、こっそり抜け出し、東京港から隅田川の奥深く入ってくる筈である。

三津子の手配したトラックが待っている。そのトラックへの積み込みと、倉庫への積み下ろしが無事におわれば、仕事は成功である。

張は、横浜港における積み込みまで手つだって、すぐ東京へ来て、二三の手下と共に、倉庫の入口でトラックを待ち、トラック代を支払う手筈になっていた。

そこでその夕方、張は幸福号に乗って、敏夫と共に横浜へ向った。横浜へ着くと、ほかの機帆船の連中ともども、張は、景気づけに中華料理をおごった。

横浜の中華街のその店は、張の旧友が経営していたので、めずらしい御馳走《ごちそう》がたくさん出た。仕事の前だから、酒だけは前祝いの祝杯程度におさえられた。

張、敏夫、幸福号の船長と機関手、ほかの二つの機帆船の船長と機関手、あわせて八人の宴会であった。

「星がみえますか？」

と幸福号の船長は、窓から、ネオンに赤く染まっている空をながめて言った。

「見えないようですね。フムフム」

「曇り具合が実にいいですヮ。天がわれわれに味方してますヮ、今夜は」

張が手洗いに立った。

幸福号の船長は敏夫の耳もとに口を寄せた。

「例のもの持って来てますか？」

「例のものって？」

「おととい話したじゃありませんか。万一の場合の……」

「ああ、ちゃんともって来た」

敏夫はジャンパアの腹を叩《たた》いて微笑した。

おととい、船長は敏夫にこんな忠告をしたのだった。

「一か八かの大仕事をするときは、万一の用意に、あるだけの金を引き出して、身につけておくことですよ。最後にたよりになるものは、何と言っても金ですからね」

この忠告を容《い》れた敏夫は、今朝銀行へ行って、歌子邸から持ち出した五百万円から船を買ったり何かと使ったあとの二百万円、それだけ丁度手つかずで残されていたやつを、全部引出して現金にかえ、ビニロンで包んだ札束を、しっかり胴巻に縫いつけて来たのだった。

――手洗いからかえった張は、ほとんど食べのこしのない皿や銀の鍋《なべ》を見まわして、船乗りの食慾《しょくよく》に呆《あき》れながら、

「そろそろ出かけようか、フムフム」

と言った。一同は、

「よいしょッ」とか、

「ああ、たらふく食った」とか、

言いながら、爪楊枝《つまようじ》を口にくわえて、立上った。張一人が背広姿で、あとはみんな、ジャンパアやスウェータアであった。

中華街から、腹ごなしに少し歩いた。

空には月も星もなく、なまぬるい東南の風が吹いていた。

八人は黙々と歩いた。

やがて張が二台のタクシーを止め、それで文永製糖の倉庫へ向った。そこの桟橋に、すでに三バイの機帆船は、もやってあった。

倉庫番は、東京の木の丸社長からの聯絡《れんらく》もあり、保税倉庫から荷を出す手続もす

んでいたので、張をていねいに出迎えた。

「荷役の人夫もそろっていますから。……その前に、荷を一応点検なさいますか？」

「ありがとう、フムフム」

張は倉庫番にチップをやった。張が倉庫の中を見ているあいだ、敏夫たちはおのおの船にかえって荷役の準備をしていた。

倉庫の中は、くらい電灯の下に、砂糖袋の山であった。袋のあいだにおちている粉を張は舐《な》めてみて、

「うん、甘いや」

「甘いに決ってまさア」

倉庫番が笑ったとき、倉庫の入口に靴音が近づいてきた。

張は砂糖袋の山のあいだから、目だけ出して、そのほうをうかがった。

「今ごろ荷役かね。大へんだね」

パトロールの警官の帽子の庇《ひさし》が半分だけ見えた。

やがて靴音が遠ざかると、倉庫番はかえってきて、

「親しいおまわりでね。密輸をつかまえて、手柄を立てようと思って、密輸の小説

ばっかり読んで、手口を研究してるんですよ。しかし小説どおりの話なんかありゃしませんやね。今も、正規の税関書類を見せてやったら、ガッカリしてかえって行きました」

張は太い腹をつき出して、鷹揚《おうよう》に笑った。その振動で、一つの袋の小さなほころびから、砂時計の砂のように、白い砂糖がサラサラと細い糸をなしてこぼれた。

「砂糖まで舐めやがるんだから、このごろの鼠はゼイタクですよ。もっとも、さっきしらべたところじゃ、大したほころびはありませんから、御安心下さい」

張は倉庫番に、アメリカの煙草をすすめた。小柄な倉庫番は、そのタバコの袋についている日本税関のレッテルをしげしげと見て、

「へえ、旦那《だんな》、こんな高い値段で買ってらっしゃるんですか。勿体《もったい》ない話ですねえ。PX流れのやつなら、私が半値でいくらでもお世話しますよ。関税だけムダな煙ですよ」

「しかし、つかまると危ないからねえ」

「だから、袋をあけたら、すぐケースにつめかえておけば、何ってことはありませんん」

こんな二人の対話の姿は、桟橋に横づけになった幸福号からもよく見えた。倉庫の前のコンクリートのタタキは、外灯のあかりに丸くぼんやりと照らされていた。

春の夜の海は、運河の中で川水よりもおだやかで、岸壁をちらりと舐めて水面がのびちぢみしているさまも、ものうげだった。待ちくたびれた荷役の労務者たちは、タタキの上にうずくまって居眠りしていた。

「さア、はじめるよ」

倉庫番が外灯の下に立って、手を叩いた。

人夫たちは立上り、やがて、肩に砂糖袋をになった前かがみの人たちの列が、倉庫から、桟橋の幸福号の船艙《せんそう》へ、外灯のあかりを横切ってつづいた。

「その船には二千袋だけ積むんだ。わかったな」

張がどなった。

幸福号の船首には、船長と敏夫と機関手の健《けん》との三人が、立って、荷役をながめながら、

「一つ、二つ」

と袋の数をかぞえていた。

積みおわると、張が桟橋へやってきて、三人に握手した。敏夫は、張のおちつきはらった物腰と、大人の風格にことごとく感心していたので、強く握った手を振った。

「じゃ、フムフム、幸福号は先発だ。いいね、幸福号の行先は」と張は、船長の耳

に口を寄せた。「浅草橋のそばの、日本橋女学校の裏手ですよ。そこにトラックが六台待機していて、横山町の倉庫まで二往復するわけだ。仕事がすんだら、ほかの船の心配はせずに、さっさと引揚げること」

「ハイ。安心してお任せ下さい」

船長は、もちまえの渋い笑い方をして、挙手の礼をした。健はすでにエンジンにしがみつき、船には始動の小刻みなふるえがつたわった。

幸福号は沖合の貨物船めがけて走り出し、その船腹が黒々と目の前に立ちはだかると、ゆるやかに迂回《うかい》して貨物船のうしろへまわった。

「さア、こいつを楯《たて》にして、まっすぐ港外へ逃げ出すんだ」

と船長がカジをとりながら言った。

間もなく幸福号は、防波堤のはずれの二つの灯台のあいだをとおって、港外へ出た。

「ここまで来ればもう大丈夫。あとは東京港へ入るときが、危ないだけだ」

船長ははじめてタバコに火をつけ、敏夫も彼にならった。

春とはいえ、夜の海上はうそ寒い。敏夫はポケットから引張り出した絹のマフラーを首に巻いた。そのマフラーには、出がけに房子が愛用の香水をしませておいたとみえ、あたりに甘い香りが漂った。

「フム、いい匂いがするね」

と船長は暗い海の面をじっとにらみながら言った。

敏夫は夜の海のなかに、房子の面影をえがいた。あのいつもだるそうな挙止、ぜいたくな好み、そして敏夫の目の前を、いつも霧のようにとざしていて果てしれぬ愛情、……房子との情事には、はじめから、何か絶望的なものがつきまとっていた。

『それでいてあの女はすごいや。明日ってことを考えないんだから。俺は今までも、情の深い女や、のべつ幕なしに情熱的な女や、しつこい女には沢山会っている。しかしどの女も未来に希望をかけ、結局のところ、永遠を夢みていた。房子のような女は見たことがない。しかし俺は、本当に房子を愛しているのだろうか？』

大きなうねりが来て、船首には、白いしぶきが散った。すると香水の匂いは、闇の中にひときわ高く、敏夫の鼻を搏《う》つように思われた。

機関手の健が甲板に姿をあらわして、船艙いっぱいに積まれた砂糖の袋をつくづく眺め、

「ふうん、これだけ砂糖があったら、キャラメルが幾箱作れるもんかね」

そう言う彼は、日灼《ひや》けした頬のまだ紅《あか》い若者だった。敏夫にはこの若者が、ふだん何を考えて暮しているのかさっぱりわからなかった。本も読まず、遊びたがりも

せず、ときどききれいな歯を見せて、ニッと笑うきりであった。

「子供みたいなことを言ってやがる」と船長は軽く応じて、敏夫に、「しかし、なア、旦那。何の因果か、俺も旦那と同じ生れつきで、こういう危ない橋を渡っているときだけ、生甲斐《いきがい》を感じるようにできてるんだからねえ」

「うれしい人にめぐり会ったもんだよ」

と敏夫は、心のこもった調子で答えた。

やがて羽田空港が左手に見え、ギラギラと強烈な灯《ひ》がかがやいて、海に影を落していた。四発の旅客機が一台、夜のしじまをどよもして滑走しはじめたと見るまに、その赤い翼灯は、空中に浮んで、見る見る頭上をすぎた。

――東京港の入港路は、御台場の品川灯台のそばをとおって、百五十米《メートル》幅でつづいている。幸福号がその入口に達したとき、一台のモオタア・ボートが白波を蹴《け》立《た》てて進んできた。夜目にもその青と白にかこまれた日の丸の旗のひらめきが見える。

「いかん！　税関のパトロールだ」と船長がうなった。

税関のパトロール船の旗を遠目に見た船長は、すばやく、御台場の裏がわにかくれる決心をした。

石垣の水にひたっている部分は、苔《こけ》や貝に包まれ、丁度上げ潮の時刻で、外海の水が、石垣のすき間に打ちよせて、そこから引き返すときに、ふしぎな笛のような音を立てた。幸福号はエンジンを止め、波に身をまかせ、じっと石垣のかげに体を隠した。

しかしこれはさほど容易な作業ではなかった。船は波に押されて、ともすれば石垣にぶつかりそうになるのである。二千袋からの砂糖を積んでいながら、吃水《きっすい》の浅い独航バシケでは、こうしていて突風に見舞われでもしたら、テンプクのおそれをなしとしない。そこで、船長の指揮に従って、敏夫と健は、船首と船尾に立ち、緊張した表情で長い竿《さお》をかまえていた。万一船が石垣にぶっつけられそうになったら、その竿の先で石垣を押しやって、船を守らなければならないのだ。

石垣にぶつかる波は、笛のような音を立てざま、あがるしぶきを、幸福号の上にまきちらした。

敏夫のジャンパアもズボンも海水に濡《ぬ》れ、マフラーもびしょ濡れになって、香水の匂いなんかどこかへ吹き飛んでしまった。

船長はじっとパトロール・ボートのゆくえを見守っていた。

パトロール船のブリッヂには、制服をつけた税関吏が、双眼鏡であちこちを見まわしていた。ボートは入港路の入口まで来ると、そこでしばらくぐるぐると廻った。

敏夫は船長のほうを見た。

船長はこちらをふりむいて、ニヤリと笑って片目をつぶってみせた。

パトロール船は、ふと御台場のこちらがわまで来そうにしながら、もう自分の管轄区域の巡察はおわったと言いたげに、くるりと船尾をかえして、もと来たほうへ、フル・スピードで走り去った。

「もう大丈夫だ」

と船長は、二人のほうへ、笑って合図をした。しかし健が竿をひっこめようとすると、

「もう少しそうしていろ。又引返して来ないとも限らんから」

と止めるのだった。

敏夫にはそれからしばらくの間が、ずいぶん長い時間に感じられた。ときたま大きなうねりが来て、船は大ぶりに揺れ、敏夫の足はともすると安定を失った。すると長い竿を海面と平行に保っていることは、腕を大そう疲れさせた。

やっと船長が、

「出発！　健！　エンジンをかけろ」

と言ったときには、敏夫もホッとした。

――幸福号はそれから、港内に入って、大きな船のかげばかりをとおって、永い

迂路《うろ》をたどった。

晴海《はるみ》埠頭《ふとう》と豊洲《とよす》埠頭のあいだから、隅田河口へやっと入ったときには、あたりに、同じような機帆船ののんきに動いてゆくさまも見えて、敏夫はもう半ば我家へかえった気分になった。

春の夜のうすいモヤが川づらを這《は》っていた。

新佃島《しんつくだじま》の町の灯が、左手に点々と見えだしたとき、敏夫が、思わず、

「ああ、うまく行ったな」と叫んだのへ、

「まだまだ、これからさ」と船長は冷水を浴びせた。

……しかし、そう言われても、新佃島の、点々とモヤににじんだ灯影ほど、敏夫の心に安堵《あんど》を与えるものはなかった。

なぜなら、そのむこうは月島だった。敏夫の生い育った町だった。そこには不快な思い出も多かったが、幸福な思い出もないわけではなかった。好きな母親ではなかったが、母の甘ずっぱい乳房の思い出もそこにあった。夜の一時ちかい海の上の町あかり、新佃島のほうの赤い灯影は、彼を護《まも》ってくれた神灯のようにも思われた。

しかしこんな考えは、はなはだ敏夫らしからぬ考えだったと云わねばならない。彼はすぐ我に返って、やがて幸福号が相生橋《あいおいばし》をくぐり、いつもの船だまりを下流に

眺め、くっきりした橋梁《きょうりょう》をそびえ立たせている永代橋へむかって、快い速度で進んでゆく、その乗り馴《な》れた振動に身をまかせた。

「トラックの待合せの時間は一時でしたな」

と船長が言った。

「そう、一時です」

「十五分ほどおくれますかな」

この言葉は、むしろ「十五分しかおくれなかった」という得意げな調子を帯びていた。

幸福号は、永代橋、清洲橋、新大橋、両国橋と、つぎつぎと橋の影を浴びて、左岸に、松の生えた小庭をひかえた、粋《いき》なつくりの家々を見るところへ来た。ピッタリとざした障子のなかは、あかあかと灯《とも》して、丸まげらしい影の急に立上ったりするのも見えた。

そんなものを見て、健が、

「一度あんなところへ行ってみたいな」

「バカ、お前なんか行ったって相手にしてくれるもんか」

船長もこんな返事をするだけの余裕ができた。

浅草橋の女学校の、まっくらなコンクリートの建物がむこうに見え出した。深夜の女学校は、まるで廃墟《はいきょ》のように見えた。暗い窓という窓のガラスが、外灯の光りを、ぼんやりと力なく反射していた。

その川ぞいの桟橋には、前にも幸福号は荷揚げに立寄ったことがあった。桟橋には一人の男が立ち、船がそのほうへむかって進むと、合図の提灯《ちょうちん》を打ち振った。

提灯には、まるでゆかりもない会社の紋章がえがかれていた。

幸福号は桟橋に横づけになった。

提灯をもっている男は、敏夫の見知らぬ男だったが、黒いスウェータアに、ハッピを羽織っていて、ていねいに、

「御苦労様です」

とあいさつした。

上って行った敏夫が、

「トラックはそろっていますか？」

「はい。六台そろってます。人夫も十分そろってますから、御心配なく」

バカに礼儀正しい態度であった。

そのとき、敏夫は、川岸にたむろしている人夫のあいだに、一人の制服の巡査を見つけて、ギクリとした。

「ありゃあ、おまわりじゃないか」

「はア、あれは前から手なずけてある警官で、仕事のくわしい内容なんか知りやしませんが、とにかく、ほかの警官がジャマに来ないように、たのんで来てもらっているんです」——敏夫は張の用意周到なやり方に感心した。

敏夫はこの親切な警官のところへ行って、

「御苦労さまです」

とあいさつする義務を感じた。

警官はメガネをかけた、小柄な、少しずるそうな感じの青年で、頰にバンソウコウを貼っていた。どこかの犯人を捕まえようとして、逆になぐられたのかもしれない。

「いいえ、いいんです。こちらも仕事ですから。それに夜中の荷揚げは、何かと誤解されますから、私がついていたほうがいいんです」

敏夫は主客顚倒《てんとう》のおかしさに、笑いそうになった。

人夫たちはもう列をつくって、砂糖袋をトラックへリレーしはじめていた。

川のおもては、対岸の灯を映して、奇妙になめらかにトロリとしていた。

敏夫と警官の立っているそばを、砂糖袋をになった肩がすぎて、ほんの少し、警官の制服に、夜目にも白い砂糖がこぼれた。

警官は指にとって、それを舐《な》めてみた。舐めてみるというより、ほとんど指をまるごとしゃぶっている。

「うん、甘い。やっぱり砂糖だ」

「そりゃあそうでしょう。辛い砂糖なんてありませんよ」

「ときに、あなたは甘党ですか。辛党ですか」

「いつか一杯行きましょう」

「イヤ、そんなつもりで申上げたのじゃありません。誤解されちゃ困りますな。誤解されちゃあ」

いつのまにか船長も上陸していて、二人のそばに立って、その対話を面白そうにきいていた。

「まったく荷役がおくれると、これだからイヤですよ」と船長はうまく合の手を入れて、「夜中でござれ、日の出でござれ、しゃにむに荷揚げをさせられるんですからなア、荷主ってものはセッカチなもんですよ」

——トラックの運搬は順調に運んだ。

提灯をもっていた例の男は、先頭のトラックに乗り込んで、横山町の倉庫へ先発した。つぎつぎとトラックは出発し、六台目が出発するころには、また一台目が引返して来て、荷積みをはじめていた。

提灯の男は敏夫のところへ寄ってきて、ていねいに頭を下げた。

「積み入れは順調に行ってますから、御安心下さい。二往復の最後のトラックで、私は倉庫のほうへ行きますから、そのときはもう、お引取り下さって結構です。どうも御苦労様でした」

——すべてはあっけなく、何の邪魔も入らずに進行した。二千袋の砂糖は今や影もなかった。最後のトラックへ敏夫は手を振って、船長と共に船へかえった。

桟橋では警官が帽子を振って見送っていた。

「世の中もひらけたもんだな。おまわりが密輸の見張りをしてくれるんだもの」

と敏夫が言うと、船長は不きげんに、

「うむ」

と言ったまま、黙っていた。

——幸福号は、目立って灯のまばらになった隅田川を下って、いつもの船だまりへかえって来た。

すると、岸に立っている一人の男が、しきりに手をふって迎えている。その男は懐中電灯で自分の顔を照らして、船から見よくさせた。その顔は富田であった。

イタリア亭の「カルメン」は第一幕がおわって、幕間《まくあい》というところであった。

みんなは歌い疲れていきいきとしていた。

「汚ない練習場で、窓の外をとおるオート三輪の音になやまされながら、練習するより、なんぼういいか！」と大川が汗を拭《ふ》きながら言った。

「オペラは、稽古《けいこ》のときも、こうして衣裳《いしょう》をつけて、メーキャップするに限りますね。意気込みがちがうもの」と萩原。

出番のない伊藤は、歌いたくてムズムズしてきたらしく、しきりに、「オー」とか「ラララ、ラララ」とか、怒鳴っていた。そしてその闘牛士の真赤なケープを、焔《ほのお》のようにふりまわした。

三津子も上気した頬をして、目もとは白粉《おしろい》を透かして、ほの紅《あか》い。ピアノの手をやめたゆめ子も、そのままの姿勢で、楽譜にむかって、うっとりとしていた。

この人たちはオペラに酔っていた。酔うことのできる人たちだった。

……ひとり房子は、幕切れと共に、地下室の天井に、たった一人の見物の拍手をひびかせたが、どんな美しい音楽にも、酔いきれない面持だった。わが手で二度も、ウイスキー・ソーダのお代りをしたが、酒すら房子を酔わせなかった。

『敏夫さんのことが、坊やのことが、心配なばかりじゃないわ。私、今、はじめてわかった。ここにいる人たちと私とはちがうんだわ。三津子さんはオペラに、敏夫さんはトバクに酔える。私は恋に酔えるかしら？　私って、何事にでも、酔えない女じゃないのかしら？』

房子は孤独を感じると、一そうだるそうになった。長椅子の上に、猫のように、足を折り曲げて坐《すわ》って、彼女は赤い衣裳に金の腕環《うでわ》をキラキラさせているカルメンや、金ピカの兜《かぶと》をいただいたホセをながめた。すべては夢の世界の人物のようであった。

そういう房子の表情を敏感に感じとって、三津子は寄ってきて、房子の肩にやさしく手を置いた。その少し汗ばんだ果実のような手の重みを、房子は感じた。

「私たちばっかりたのしんでわるいわね、マダム」

「あら、そんなことないわ。私、ほんとうにたのしいわ」

三津子にそういう房子の顔がどうしてもたのしそうに見えなかったけれども、

「そう？　そんならうれしいけど……」

そのときジプシー姿のゆめ子は立上り、占い婆さんのような勿体《もったい》ぶった態度で、手を叩《たた》いてこう言った。

「さあ、第二幕のリリアス・パスチアの酒場の場の、幕があく前のつもりで、少し呑《の》んだり食べたりしましょうよ。第二幕の着替えの要るのは大川さんだけだから、大川さんはすぐジプシー男の扮装《ふんそう》に着かえて下さい」

大川はふくれっ面《つら》をして、あわてて、グラスを呑み干し、冷肉を一つかみ口に入

れて、口をモグモグさせながら、楽屋の特別室へかけ込んだ。房子が、

「でも、あんまり呑むと歌えなくなってよ」

「いいですよ。歌えるところまで、心臓のつづく限り歌いますよ。ねえ、三津子さん」

美しい下士官姿の萩原は、恋人気取で三津子の腕をとった。ゆめ子はグラスをあげて、

「さあ、もう第二幕のつもりで、乾杯」

「もう何時ごろでしょう」

とゆめ子がきいた。

「一時だわ」

と房子が時計を見もしないで答えた。

「大へんだ。ぐずぐずしていたら、四幕すまないうちに夜が明けてしまう。しかし夜中の銀座って静かだな」と萩原。

「夜中の十二時すぎると、銀座の引潮ね。今ごろ繁昌《はんじょう》しているのは、かえりの女給さんたちが、チャーシューメンをすすりながら、一日中のありたけのフンマンをうちあけるので、まるで蜂の巣をつついたようなさわぎの、新橋の中華ソバ屋だけで

すわ。おそばをたべおわると、ワリカンで払って、又ワリカンで、六十円の小型タクシーに相乗りして、家へかえるのね」と房子。

地下室にいると、時間の推移もわからないが、それでも、深夜の銀座の死のような静けさは、どことなしに感じられた。そんな静けさは、毒ガスのように地を這《は》って、しのび込んで来るのだった。

「今ごろ銀座のどこかで、殺人事件があるかもしれませんね」

「そうよ。これから朝までの銀座には、夜番と浮浪者と巡査と犯人しかいなくなるんですわ」

「何だかわれわれも犯人みたいな気がしてくるじゃありませんか」

と闘牛士姿の伊藤は、少々おじけづいたように言った。

「幕あいに、ダンスでも踊りましょうか」

「少し景気をつけたほうがいいわ」

ゆめ子がレコードをかけに立った。

萩原がすぐ三津子に踊りを申し込んだ。

きらびやかな軍服の青年と、美しいジプシー娘とのダンスを、房子とゆめ子と伊藤はこころごころにながめた。

「ちょっとした絵ですな」

「青春をすぎてしまうと、青春って絵に見えてくるのね。もし又、その中へ飛び込もうとすれば、カンヴァスにおでこをぶつけるだけだわ」

「マダムなんか、その若さで、そんな口をお利きになる資格はありませんよ」

「ありがとう。あなたに奥さんがなければ、恋人になるところなのにね」

「おや、三津子さんはそんなことまでしゃべったんですか？」

「どうでもいいわ。踊りましょう、エスカミリオさん」

こうして二組のダンスが、椅子テーブルのあいだをめぐり、あとにはいつも傍観者のゆめ子が残された。

ゆめ子は、指さきで調子をとっていた。彼女にとっては、青春ばかりではなく、人生ははじめから絵だった。しかし一度として、カンヴァスにおでこをぶつけるような愚は犯さなかった。今のゆめ子は、大それた悪事をはたらいているわけだが、人生に縁がないように、社会道徳にも縁のないこの老嬢にとっては、それはただ、みいりのいい、多少秘密を要する一つの事務にすぎなかった。

そのとき特別室のドアがあいて、ジプシーの密輸業者の汚な作りになった大川が、もう踊りの足どりで出て来て、ゆめ子の手をとった。

「さあ、踊ろう。踊ろう」

「こんなお婆さんと？」とゆめ子はぐずぐずしていた。

ゆめ子はやっと大川と踊りだしながらも、たえずブツブツ言っていた。

「ダンス・パーティーのつもりなんかなかったのに。これじゃ仕様がないわ。早く第二幕をあけなくちゃ。お客様がお待ちかねよ」

「お客様って、マダムは踊ってるじゃありませんか」

「お客様って、見えないお客様ですよ。見えない何百の、何千の、何万の聴衆ですよ」

「気味のわるいことを言いなさんな」

大男で臆病《おくびょう》な大川は、すっかり興ざめて、間接照明に照らされた赤いビロード張りの壁を見まわした。

ドーナツ盤を二枚踊って、やっとみんなは第二幕の準備にかかった。三津子の声だけがいきいきと反響した。

「いつものとおりにしましょうよ。いつものイタリア亭そのままにしましょうよ。それがいちばんリリアス・パスチアの感じが出るわ」

「密輸業者のタマリの酒場ですか」

萩原も陽気な声で言った。

男三人が、房子の言うとおりに、椅子テーブルを並べ変え、テーブル・クロスこそ敷かないが、花瓶や灰皿もそれぞれの卓に置いた。見たところ、ふだんのイタリア亭と寸分ちがわない雰囲気になった。
「マダムもジプシーの衣裳《いしょう》をお着なさいよ。まだ一着あまっていてよ」
「いいのよ。私はどうせ、オペラの中へ入れないもの」
「そんなこと言わないで、さあ」
「このままの恰好《かっこう》で、みんなと一緒にテーブルに坐っていれば、私だって密輸業者のジプシー女に見える自信があってよ」
「その意気、その意気！」
何も知らない伊藤が、闘牛士の赤いケープを、ふわりと体に巻いて、お辞儀をした。この自惚《うぬぼ》れのつよい皮肉屋は、早くも自分が房子の情人になって、ぜいたく三昧《ざんまい》をする夢を見かけていた。
そして、「ちょっと練習しよう」と言いざま、ビロードの壁にむかって、
「されば今宵《こよい》の酒にわが歌語り注ごう
闘牛士でも軍人でも生命《いのち》を的に戦うのだ
はるか見渡す限り居並ぶ人の群は
剣をかざし立つ姿に声もとどろとたけり狂うのだ
わが名を呼ぶその声に胸も勇み躍る

まなこ凝らして待つは紅《あか》い血潮ぞ
さあ今だ　さあ
トレアドール　さあ用意だ　トレアドール
紅い血潮のさなかにもいとしい人の
黒い瞳《ひとみ》が見ているのだ」

と一くさりを歌ってしまった。

進行係のゆめ子は気が気ではない。

「あなたの出番はまだよ。それまであのカーテンのかげにかくれていらっしゃい。さあ、三津子さんと大川さんと房子さんはそこのテーブルに坐《すわ》って。萩原さんは、あとであそこのドアから出るのよ」

第二幕では、ドン・ホセは、職務怠慢のカドで入牢《にゅうろう》しており、「闘牛士の歌」がおわったあとで、出獄して姿をあらわすのである。

ゆめ子のピアノは、さっさと第二幕の前奏曲をかなでだした。……見えない幕があがる。中央のカルメンが「ジプシーの歌」を歌い出す。その一句切りごとに、大川と房子は、トラ・ラ・ラ・ラ・ラと斉唱を入れた。……

出　帆

幸福号が船だまりへかえってきたとき、回漕問屋《かいそう》のかたわらの空地から、しきりに手を振っているのは富田だった。

懐中電灯で自分の顔を照らしている富田を、船の上から敏夫ははっきりみとめた。そこで幸福号が岸へ着くより早く、彼は飛び移って、富田の前へ立った。

「何ですか、こんなにおそく」

敏夫の夜光時計は夜中の二時をすぎていた。今ごろは第二の機帆船が、矢ノ倉の桟橋から荷揚げをはじめている筈《はず》だった。

富田は制服ではなく、地味なキチンとした背広の姿だった。声をひそめて、

「ここへ知らせに来るより、方法が見つからなかったんで、もう二時間もここで待っていたんです」

「ほう」――きいている敏夫は、不吉な胸さわぎがして、「三津子がどうかしたんですか？」

「イヤ、三津子さんのことは知りません。それより、今晩、あなた方の仕事が、一

網打尽にされるんですよ」

「えッ」

「その情報が入ったのが、やっと三時間前なんです。何とか知らせたいと思って飛んで来たんですが、あなたが無事でホッとしました。三津子さんはどこにいます」

「銀座にいるんです。僕のかえりを待っているんです」

「あ、そこへ行っちゃいけません。イタリア亭とかいう店でしょう。そこも、もうリストに載っています。何とかそこから三津子さんを救い出す工夫はないかな」

「電話だ！」

走り出そうとする敏夫を、富田は押えて、

「話にきくと、今夜、三バイの機帆船が密輸の砂糖を運ぶんでしょう。あなたは第一船だったから助かったんです。第二船はきっともうつかまっています」

「ここは安全ですか？」

「ここは今のところ安全らしいです。しかし朝になって機帆船の一斉検査があるかもしれません」

「それじゃ三津子をここへ呼び出そう。近くに公衆電話があるから」

敏夫がとんでいくと、船長はゆっくり陸へ上って来て、マドロス・パイプを吹かしながら、

「いよいよカギつけられましたか？」

「ええ。まずいことになりましたね」

富田の調子の合わせ方は、素人っぽかった。

「そんならいよいよ高飛びか」

「そうしたほうがいいと思います」

「面白いことになりましたな。正直いうと、私は日本がきらいだ」――明石町のあたりをすぎる深夜の自動車の警笛に、船長はちょっと聴耳を立ててから、「どこかへ高飛びしたいと前から思っていた。私の自由というやつは、人様とちがって、どうやら地獄の果てにしかないんですよ」

イタリア亭では丁度、伊藤の闘牛士の歌がはじまったところだった。
「されば今宵《こよい》の酒に我が歌語り注ごう
闘牛士でも軍人でも生命《いのち》を的に闘うのだ
…………」
とにかく日比谷公会堂のすみずみにまでひびきわたる声量である。それがせまい地下室の天井に反響する。ゆめ子のピアノの音がそれに加わる。
キッチンからきこえる

チリチリチリ……

という電話のベルは、なかなか耳に届かなかった。

テーブルについていた房子は、ふと、危険を察知した女狐のように、耳をそば立てた。

そばの椅子の三津子が、たずねるような目を向けた。房子はその耳に口をよせて、

「電話らしいわ。一寸《ちよつと》出てくるわ」

そうしてしなやかな身振りで立上った。歌に夢中の伊藤は、たった一人のお客が席を立ったのにも気づかなかった。

人気《ひとけ》のないキッチンには、ひろい調理台が森閑と静まっていた。白タイルとステインレスとの、冷たい反映は、そこを手術室のように見せた。

房子が受話器をとりあげるが早いか、

「もしもし、もしもし」

とせっかちな声がひびいてきた。

「どなた?」

「張です」

「まあ、張さん。うまく行って?」

「それどころじゃない」と、あわてている彼の日本語はもつれた。

「失敗した。大失敗だ。荷物はみんな押えられた。そればかりじゃない。私たちの組織はみんな、調べがとどいていたらしい。そこも危ないから、早くお逃げなさい」

「えッ？　どうすればいいの」

「ハワードさんの家のほうは、まだわからんらしい。が、これも安心できない。一刻も早く、ゆめ子さんと三津子さんを連れて、家へかえりなさい。金庫の貴金属と現金をまとめるんだ。私が家のほうへ、一時間以内に、車で迎えにゆく」

「あなた、今どこにいるの？」

「それは今言えない。身一つでね、身一つでやっと逃げてきたんだ」

「敏夫さんは？」

「敏夫さんは無事らしい」

「ああよかった」

と房子はドキドキしている胸を片手で押えて目をつぶった。

「あなた、敏夫さんも連れて迎えに来て！」

「それはできない」

「どうして？」

「とにかく敏夫さんにはあとで聯絡《れんらく》をとるから、心配しないでいい」

「だって……」

「とにかく早く！」

そう言うなり電話は切れてしまった。

席へかえると、伊藤の歌はまだつづいていた。三津子が房子の顔を見て、

「どうしたの。真蒼《まっさお》よ」

「何でもないの。何でもないんだけど……」

房子は、敏夫のことを思うと、この場を去るに去れない気持で、手には冷汗がにじんで来た。そのときまた房子の耳に、第二の電話のベルがひびいた。

三津子は房子の手をおさえて、

「今度は私が出るわ」

「いいの？　私はもう出る勇気がないの」

――歌いおわった伊藤がふりかえると、そこにはもうカルメンの姿はなかった。

「カルメンはいないのか？」

彼が怒ったような口調で言ったので、ゆめ子もピアノをやめた。

音が一切やんだ。銀座の深夜の沈黙がそこに押し寄せて来た。

出を待っていたホセの萩原も、カーテンのかげからあらわれて、

「どうしたんです、一体」

のんきな大川が、大きな手を振った。

「なアにね、電話がかかって来たんだよ」

「困るなア。オペラの最中に電話がかかってくるなんて」と伊藤は不平タラタラだった。

そのすきに、房子はピアノのところへ行って、ゆめ子の耳もとでささやいた。ゆめ子はバネ仕掛の人形のように、固いやせぎすの体をなおのこと硬直させて立上った。

……三津子は電話口の兄の声にしがみつく思いだった。

その三津子も電話を離れるなり、自分の顔から血の気が引いているのがわかった。

「マダム、ちょっと」

とキッチンから手招きすると、房子は飛んで来て、息づかいの苦しい小声で、

「張さんからでしょう。何て言って来て？」

「いいえ、兄さんから」

「え？　敏夫さん？」

しかし房子の目には、すでに受話器が冷たく架けられている卓上電話が映った。

思わず房子の声はとがって、

「どうして私を呼ばなかったの？」

「だって切れちゃったんですもの」

「何て言って来て？」

「兄さんは無事で、船だまりにいるって。ここは安全だから、すぐ幸福号へ来いって。仕事は大失敗で、イタリア亭も危ないって」

「私のことを何も言わなかった？」

「ええ。ただ、マダムによろしくって。それで切れちゃったの」

「そう……」

房子は唇を噛《か》んだ。自分の恋が甲斐《かい》のなかったことを知って、しかもその恋敵が何ものだかわからなかった。ただこの電話で、房子は完全に孤独になった。

「そう……そんならいいわ」

独り言のように言っている房子に、はじめて落着きが生れ、冷たい勇気が湧いた。

「あなたは一人で、兄さんのところへ行きなさい。私はゆめ子さんとすぐ家へかえるから」

——そして、常日頃の命令口調に戻って、「オペラの三人には何も言っちゃだめよ。あの人たちはぼんやりここへ残しておいたほうが、うまく行くのよ。……ゆめ子さん！」

呼ばれたゆめ子も入れて、女三人がキッチンの入口に並び、中央の房子は、二人の肩に手をかけて、持って生れたすばらしい人好きのする笑い方をやってのけた。

大川が、

「やア、記念写真のポーズですな」

「皆さん、折角お招きしてわるいんだけど、私たち一寸近所に用事ができて、十五分か二十分席を外しますわ。待っていて下さる？」

「どうぞ」と男三人は異口同音に答えた。

「きっと待っていて下さるわね。かえってきたら、又第二幕のつづきをきかせていただくわ」

三津子もゆめ子も扮装《ふんそう》のままだった。そこで着換えを手早くフロシキ包みにまとめ、コートで衣裳《いしょう》を隠し、どぎつい舞台化粧は、スカーフをかぶってうまくごまかした。

二台のタクシーがとめられた。

ゆめ子と二人で一台のタクシーに乗るときに、房子は手をさしだして、三津子と握手した。

「お兄さんにね」

「え？」

「お兄さんにね、よろしく、って、それだけ伝えて」

「ヘンね。マダム。またあとで会えるでしょう」

「わからないわ」

そう言うなり、ドアはもう、三津子の前にとざされた。

「だって、マダム……」

すでに走りだした車のうしろの窓から、手をふっている房子とゆめ子が見えた。

三津子も思わず、手を頰のあたりまで上げたが、片附かない気持だった。

三津子の乗るべきタクシーの運転手が、窓から首を出して、

「どこまで？」

「佃《つくだ》の渡し。海運局の近く」

三津子もやむなく、車にあたふたと乗り込んだ。誰かに追われているような気がして、イタリア亭の周囲をふりかえってみた。

ITALIAN RESTAURANT

という英字とイタリアの国旗とのネオン・サインは消えて、消炭のように入口の軒にかかっていた。どこの軒先にも、ネオン・サインの消炭が醜くかった。人影はなく、鋪装《ほそう》道路が鉛いろに光っていた。二三台の自家用車が、灯《ひ》を消して、止っていた。

タクシーは、人どおりのすくない大通りをフル・スピードで走った。

「こんなにおそくまで仕事じゃ大変だね」

と中年のおじさんの運転手が親切な口調で言った。

「そうなの。パーティーの後片附けで、時間をとっちゃって」

そう言う三津子は、自分の落着き工合《ぐあい》を、自分でたしかめていた。

コートのすそを気にして合わせた。その下からは、金いろのブリキの飾りや硝子《ガラス》玉《だま》をいっぱい縫いつけた、真紅のジプシーの衣裳がのぞいていた。ハンドバッグから鏡を出して、見た。コメカミのところに描いた捲毛《まきげ》が、うまく隠れていなかった。しかし、ハンカチでそれを拭《ふ》きとるだけの気力がなかった。

体は半ばだるく、半ば昂奮《こうふん》していて、このままタクシーが衝突して大怪我でもしたら、胸がスッとするような気がした。

「このへんじゃ、よくとんでもない時刻に客が拾えるんだよ。急病人のゴタゴタはタクシーにはありがたいね」

と聖ロカ病院のそばをとおるとき運転手が言った。

深夜の佃の渡船場のむこうに、たっぷりと黒い水をたたえている川が見えて来た。

そこで三津子はタクシーを下りた。

暗い家並のあいだを、ハイヒールの靴音を気にしながら歩いた。

「三津子」——暗がりで兄が呼んだ。

三津子はその腕に飛び込んだ。

「大丈夫？　大丈夫？」

三津子は兄のジャンパアの胸の中で、何度もきいた。革油と海の匂いがした。

「大丈夫だよ。しかし、船の中で話そう」

三津子をかばって、兄が船のほうへいそぐあいだ、暗い町並のどこかで、鶏鳴がきこえた。それにこたえる鶏鳴がそこかしこにひびき、こんなゴタゴタした町の小さな庭先にも、飼われている鶏の数が知れるのだった。

甲板に待っていた船長が、三津子の手をとって船に乗せた。そのとき彼女の手首のジプシーの腕環《うでわ》は、ガチャガチャと音を立てて鳴り、ふと三津子に、不吉な手錠の聯想《れんそう》を強いた。

せまい船室には、ランプが、古畳をおぼろに照らし出していた。坐《すわ》っている富田が三津子を見上げた。その強い目の光りに彼女はたじろいだ。

甲板では船長が、機関手に命令していた。

「健《けん》、おまえ、そこで見張りをしていろ。イザというとき、すぐ船の出せるようになっているな」

「ハイ」

三津子は井戸の底のような船室に下りた。兄が言った。

「富田さんが知らせてくれたんだ」

「そう」

三津子はコートを脱いだ。すると美しいカルメンが、汚ないケビンの中央に立っていた。富田は夢に夢見る心地で彼女を見上げたが、どうしてそんな恰好《かっこう》をしているのか、と三津子にたずねることもしなかった。

「ありがとう。富田さん。私たちどうすればいいの？」

「ホトボリのさめるまで、どこかへ高飛びしたほうがいいと思うんで」

「どこへ？」

その質問を兄が引取った。

「船長は、香港《ホンコン》へでも、どこへでも、とにかく国外へ突っ走ってみせるというんだ。どこの国へ行っても、港々に知り合いがいるから、俺たちは安心して船長に任してくれればいい、というんだ」

「そうだよ」と船長はものしずかにパイプを吹かしながら、「私に任してくれれば、法律だの、国境だの、領海だの、そんな面倒なものは一切心配なしさ。私アむしろ、こうなるのを待ってたようなもんだ。こうなったら、私の腕の見せどころだもの」

「だって今すぐ？」

「そうですよ」と富田は、「おどろいたもんですね。何から何まで、ネタが上っていたんです。もう日本の中で、安全な隠れ場所はありません」

「そうしてあなたは？」

「僕ですか？」と富田はその強い光りを放つ目を伏せた。「僕は残りますよ」

「一緒に来たまえよ」と敏夫がのん気に肩を叩《たた》いた。

「それができないんです」

「どうして？　一緒にいらっしゃいよ。そうしなければ、あなたの身も危ないわ」

「わかってます。僕は残って、あした、自首して出るつもりです。あしたになって自首すれば、もうあなた方の誰にも迷惑はかからないと思います。もちろんあなた方の行先なんか、決して洩《も》らしません」

　この言葉で、一座はシンとした。

「決して……死んでも、あなた方の不利になるようなことは言いませんから、安心して下さい」

　と富田は重ねて、断乎《だんこ》とした口調で言った。もちろん三津子にも敏夫にも、富田の男らしい性格は、よくわかっていた。

「どうしても自首しなきゃならんかな」

敏夫はうつむいて、ポツリとそう言った。

「前からそのことは考えていたんです。でも機会が来なかったんです。僕のような仕事をしていて、税関の同僚を裏切り、上官を裏切っていると始終感じていることは、死ぬより辛《つら》かったんです。牢屋《ろうや》に入ったら、少なくとも心がおちつくでしょう」

「わるかったわ」

カルメンは、華美な衣裳《いしょう》のままうなだれていた。やがて富田を見上げたその目が光った。

「富田さん、ごめんなさいね。私があなたの将来をめちゃくちゃにしてしまったんだわ。でも、あなたとお附合するうちに、オモチャにするというような汚ない気持はなくなったのよ。それだけはわかっていただけて？」

「わかってますとも。箱根のボート以来」

富田は微笑《ほほえ》んだ。そして、

「さア、もう早く出帆したほうがいい。僕は下船します。……ああ、その前に、お宅へお言づけでもあったら、僕が責任を以《もっ》ておつたえします」

「そうだわ、兄さん、手紙を書きましょう」

船長が手早く、レター・ペーパーを出して、小さなチャブ台の上にひろげてくれた。

三津子は、

『お母さん、さようなら』と書くうちに、涙が出て来た。『お母さん、不孝な三津子をおゆるし下さい。私たちは幸福号という船（この船の名は誰にも秘密にしておいて下さい。そうしないと私たちの身が危険になります）に乗って、日本を離れます。いつか又日本へかえって、お目にかかる日もあるでしょう。でもそれは、いつのことかわかりません。お母さん、本当にお体を大事に、ね』

そこまで書いたとき、陸の鶏鳴が、間遠《まどお》に船室の窓にまでひびいてきた。

「さア、兄さん、早く！」

「何て書くかな」

「考えてないで、早く！」

敏夫は不承不承にペンをとった。感情がこみあげてくると、ふだん敏活なこの青年は、ひどく不器用になるのだった。

『お母さん、さようなら、敏夫』

彼は大まかな字で、それだけ、なぐり書きをした。

三津子も自分の名を書き添えて、折りたたんだレター・ペーパーを富田に渡した。

その手を、富田は永いこと握っていた。

暗いランプの下で、彼の目はじっと三津子を見つめていた。

「何もかも夢みたいですね。僕はオペラのカルメンに会って、ある日の夜あけ前に、そのカルメンと別れた、としか思わないでしょう。思い出の中では、あなたは現実の女と思えないでしょう」

「私って、つまらない只《ただ》の女よ」

「そんなことを言っちゃいけません。これをとっといて下さい」と彼は部厚い封筒をとりだして、三津子の手に残した。

「何？　これ」

「僕が密輸でかせいで、ためた金の全部です」


——一方、イタリア亭では、萩原と大川と伊藤が、ホセと密輸業者と闘牛士の扮《ふん》装《そう》のまま、ぼんやりしていた。

女たちはなかなか帰って来ず、三人とも不安になっていた。大川はしきりに食べ、伊藤はしきりに呑《の》んだ。萩原は酒も食べ物ものどを通らなかった。

地下室の電灯はあかあかとともり、テーブルは規則正しく並び、一隅の二つの大テーブルには、白い卓布の上に、花や果物がたわわに盛られ、銀皿にはまだ手のつけられていないカナッペが美しく配列され、ナプキンや銀のナイフ、フォークが、きらめきながら置かれていた。高価な酒、グラス、……何一つ揃っていないものはなかった。

「何だかお通夜みたいだな」

「どこかに死体があるのじゃないか」

「オイ、よせよ」

大川は、若鶏の腿《もも》肉を手づかみでムシャムシャたべながら、さっきゆめ子が蓋《ふた》をあけっぱなしで行ってしまったピアノのところへ行って、二つ三つそぞろにキイを叩いた。

妙に裸かな、露骨な音が、室内に反響した。気がめいるばかりであった。

萩原は居ても立ってもいられないという調子で、叫びだした。

「三津子さん！　三津子さん！」

「迷児みたいな声を出しなさんな」

と伊藤がたしなめた。

「みんな僕が悪いんだ。みんな僕が……」ととうとう萩原の叫びは、涙まじりの変な声になった。

「椿姫の舞台稽古《げいこ》のとき、僕がもっとしっかりして、三津子さんを守ってあげればよかったんだ。あれに絶望して、三津子さんはグレちゃったんだ。そうしてこんな、何だかわけのわからない、変テコなことになっちゃったんだ。それというのもみんな僕が、歌子先生を怖がって卑怯《ひきよう》な態度をとったからなんだ」

「それじゃア、君に失恋して、三津子嬢がヤケを起したってわけなのか」

「そうなんだ」

皮肉屋の伊藤は呆《あき》れて舌打ちした。

「大した自惚《うぬぼ》れだな。これでなくちゃオペラの二枚目はつとまらんわけだ」

——そのとき、裏口のドアのノックされる音がした。

「そらっ、かえってきたぞ」

萩原を先頭に、三人はキッチンをかけぬけて、ドアのところへ殺到した。

萩原がドアをあけた。

目の前には、路上へ出る石段が仄白《ほのじろ》くうかんでいるばかりで、誰もいなかった。

「おかしいな。何してるんだろう」

「きっと隠れていて、おどかすつもりなんだ」

そのとき、物蔭《ものかげ》から四五人の男がドヤドヤと現われて、三人を室内へ押しこんだ。

「アッ、何をする！」

三人は抵抗もせずに、手をつかまれるままになっていた。気がついたときには、手にはすでに手錠がはまっていた。

「何をする！」

「君たちは大川と伊藤と萩原だな」

「そうだ。それがどうした」

「密輸の一味のくせに仮名を使わんとは感心だ」——刑事の一人はそう云うと、三人の名を書いた貸トラックの契約書を、ヒラヒラと目の前で振って見せた。


——一方、幸福号では、富田のさし出す金を、三津子が受けとりかねて、

「どうしてこんなものを下さるの」

「高飛びには金が要るもんです」

と富田は、経験のあるようなことを言った。

敏夫がそばから、

「いいんですよ。僕も十分、金を用意して来てるから」

「ほんとうにいいのよ。悪いわ」

この悪事をはたらく兄妹《きょうだい》が、数万の金をうけとるまいとして、頑強に辞退する様子は、何だか、まるでそぐわない役を演じている観があった。

「イヤ、一旦《いったん》自首すると決めたら、できるだけ身軽になりたくなったんです。どうせ僕には使い途《みち》のない金です」

「それもそうだな」と敏夫は豹変《ひょうへん》した。「三津子、やっぱりいただいておくか」

「だって……」

「それじゃ、ありがとう」と敏夫の手がそばから受けとって、「いつかきっとこの御恩は返しますよ」

「これで僕もホッとしました。じゃあ……」

富田は立上った。

「富田さん……」

三津子は富田を追って、ケビンを出た。敏夫も、船長も追って来なかった。

外へ出てわかったのだが、夜明けまでもう一時間あまりしか残さぬ空は、いつのまにかすっかり晴れ、星がいちめんにまたたいていた。岸べの家々はまだ暗いが、屋根は星のために白く光るかと思われた。対岸の街灯の一列が、そのおびただしい星の下辺にまぎれた。

『まるでオペラの終幕のような星空だわ』

と三津子は思った。

巻いたロープのかたわらに二人は立止った。一方船首には、見張りの健の黒い影が、彫像のように動かなかった。

「富田さん……私……」

「何ですか」

「私……一生、富田さんのことが心の負目《おいめ》になると思うわ。私、自分の犯した罪の中で、あなたに対して犯した罪が一等重いと思うの」

「何だ。……そんなこと。みんな僕の弱さからですよ」

「弱くない人間なんかいませんわ」

「いいんですよ。僕だって世界中にたった一人ぼっちじゃありません。田舎には、許婚《いいなずけ》みたいなことになっている女の子もいるんです。彼女はきっと僕の出獄まで、待っていてくれるでしょう」

三津子は軽く笑った。しかしその目には涙が光っていた。

「あなたって用意周到なのね。ここでまた、私の負担を軽くして下さるおつもりなのね」

「うぬぼれ屋さん」

と富田も白い歯を見せて笑った。

この瞬間、二人は苛立《いらだ》たしい愛を超越して、友情に似たもので結ばれた気持がした。二人は握手した。富田は岸へ飛び移った。

「さっきの手紙をおねがいね！」

それに答えて、岸に立つ富田は胸を叩《たた》いてみせた。

ケビンから現われた船長が、

「オイ、健！　見張りはもういいよ。出帆だ」

と低い声で命令した。健は機関室へとび込んだ。

カルメンは甲板の上に、星空を背にして、立っていた。

……押し殺したつぶやきのように、エンジンのひびきが起った。

岸の富田は手を振った。

三津子はスカアトのポケットをさぐって、造花の真紅のバラが、指にカサカサとさわるのを感じた。それはホセに与えたバラの小道具の、万一のスペアーであった。

三津子はオペラの仕草でそのバラに接吻《せっぷん》し、岸の富田へむかって投げた。

富田は見事にうけとった。そして三津子のしたように、バラの造花に接吻した。

夜明け前の闇のために、富田の手の中のバラは、真黒に見えた。

汽笛もあげずに、幸福号は岸を離れた。

富田の手をふっている姿は小さくなった。

「三津子」――ケビンから、兄の明るい、朗らかな声が呼んだ。「そんな派手な恰《かっ》好《こう》で突っ立ってちゃ困るよ。ケビンに入っていろ」

一脈の冷たさのある、透徹した明るい声で、そう呼ばれたとき、三津子の心は兄の声に、押しゆるがされた。この声にいつも私は誘われて来たんだ、と三津子は思った。まるでまだ見ぬ兄の祖国、イタリアの朝空のような声だと思った。

「今行くわ」

と三津子は言った。梯子《はしご》を下りると、ランプの下には、兄一人が寝ころがっていた。

「兄さん」

と妹はその大の字になった兄に抱きついた。

エンジンのひびきが船室を小きざみに揺らしていた。

「もう大丈夫だよ。命しらずの船長だから、うまくやってくれるだろう」

「こんなにヒゲが生えたのね」

と三津子は兄の無精ヒゲを痛そうに撫《な》でた。

ゆれるランプの光りが、兄妹の顔をかわるがわる明るくした。

「ねえ、兄さん、思い出さない？　このケビンはどこかに似ていない？」

「どこに似ているかな」と敏夫は大きなアクビをした。「俺は眠いよ」

「子供のころ、よく二人で押入れに入って、海賊船のハッチだなんて言って、遊んだでしょう。お菓子の包みなんか持ち込んで」

「うん思い出した」――兄は目もとで微笑した。「俺たちは、飢えた囚人なんだね。

悪い船長に見つからないうちに、大いそぎで菓子をたべてしまわなければならないんだ」

「そうだわ。競争でたべると、兄さんがいつも半分以上食べてしまうって、私が泣き出したんだわ」

「その泣き声で、おふくろが押入れの戸をあけに来るんだよ」

「そうね」

二人はしばらく黙った。

幸福号は橋をくぐるらしかった。

「そうね」と三津子は、また、イキイキとした声を取り戻して言った。

「そのころから私、兄さんと一寸《ちよつと》の間も、離れているのがイヤだったんだわ」

「今でもな」

兄の手は妹の肩をあたたかく抱いた。

「どこまでも兄さんのあとを追っかけてゆくような気がしていたの、子供のころから」

「俺もだよ」

幸福号は暁闇のなかを進んでいた。いつまでも朝が来なければいい、夜のうちにできるだけ遠くまで行きたい、と三津子は思った。

幸福号の幻影

歌子と、敏夫や三津子の母、正代《まさよ》は、ぼんやりした悲しみのうちに毎日を送っていた。二人のハイカラな老女は、もう外界へ働きかける力を失ってしまったようであった。完全に自分たちだけの悲しみにとじこもり、それを一寸《ちよつと》でも動かされることを、おそれていたのである。

敏夫と三津子が五百万円を持って家出したあのときから、歌子と正代は、人生に何の希望をも持たなくなったように見えた。大川や伊藤は、それを歌子のケチンボのせいにしていたが、彼女はその五百万円を取戻すべき、どんな手も打たなかった。

敏夫兄妹《きようだい》が失踪《しつそう》したとき、歌子は正代に、こう言ったのだった。

「警察沙汰《ざた》にして、捜索願を出したりすることは、つつしむべきですわ。世間がさわいで、私はますます窮地に追いつめられるし、第一あなたが……」

と歌子は金切声を立てた。

「三津子さんのあんな当てつけがましい家出を、私にすまないと思っていらっしゃるなら、捜索願なんか出せない筈《はず》だわ。敏夫さんのことは、私はすべてあきらめています。悲しいけれど、自分のほうで逃げたくて逃げて行った人を、ムリに連れ戻して、どうなるというんです」

これはいかにも通らない理窟《りくつ》だったが、正代を黙らせるには十分だった。

しかしこう言ったあとで、歌子は和解の手をさしのべた。

「これからあなたと二人で、仲良く、さびしい老後をあたためあって送りましょうよ。いつかあの子たちも帰ってくる時が来ますわ」

歌子も正代も、要するに自分を悲劇の人物と考えることが、きらいではなかった。

月日が流れた。

歌子はまたもとの孤独に引きこもり、歌子邸は落葉に埋もれた。

春が来て、四月十六日の朝、歌子邸は不安な空気でいっぱいになった。この家の男たちが、朝になっても、一人もかえって来なかったのである。

男と名のつくものは、大川の子供ばかりで、歌子、正代、大川夫人、伊藤夫人の四人の女たちは、すっかりはれ上ったマブタをして、朝食の卓に向った。

「どうしたんでしょう。もしや自動車事故でも起して……」

「そうでなければ三人とも帰って来ないわけはありませんしね」

「三人そろって浮気に出かけるほど、気の合った同士でもないんだから」

「ゆうべは遅くなるって言って出たのね」と歌子はたしかめた。

「はア、お三方とも、かえりは夜中になるか、ひょっとすると朝になるというお話でした」とコーヒーをはこびながら女中が言った。

「まア、なぜそれを言わなかったの」

「だって固いお口止めでしたから」

「それなら安心なようなものだけど、それにしても、どこへ行ったんでしょう」

「行ってまいります」と大川の子供たちが学校へ出かけるあいさつを、声楽家の子供らしくきれいなコーラスでやってのけたが、大川夫人はふりむきもしなかった。

「ともかく警察に電話をかけてみることですわ」

　警察へ電話をかけている大川夫人の声に、女たちはきき耳を立てた。

「へ？　警察に御厄介に？　へ？　酔っぱらいでもしたんですか？　え？　そんな無邪気なことじゃないって？」

伊藤夫人は、ききながら歌子へ向って、眉《まゆ》をしかめてみせた。

「いやですわね、先生。エロ・ショウでも見に行って、検挙されたにちがいありませんわ」

　しかしかえってきた大川夫人は、顔色がかわって、息をはずませていた。

「何ということでしょう。三人とも密輸団の嫌疑でつかまっているんですって。その嫌疑も大体晴れたけれど、不審な点も残っているから、奥さん方に来ていただきたい、って言っているの」

「おお！　まア、何事でしょう」

歌子は、オペラ風に両手を高く天へあげた。

「これからすぐに二人で行きましょう」

「萩原さんのこともたのみますよ」

「ええ、大丈夫ですわ、先生」

「それにしてもあの臆病《おくびょう》な大川が、密輪団なんて大それた……」

「一体どうしたんでしょうね。あの伊藤にそんな悪事が出来るようだったら、今までこんな暮しはしていませんわ。それだけの度胸があったら、もっともっと出世してる筈ですわ」

「警察へ行ってそう言いなさいよ」

二人の夫人を玄関口へ送って出た女中が、郵便受から一通の手紙をもってきた。

「おかしいですわね。切手も何も貼ってない手紙が来ております。山路《やまじ》正代様って書いてあるきりですわ」

「又何かのイタズラでしょう」

そわそわしている正代は封を切ってみようともしなかった。そして歌子に、

「萩原さんがつかまっても、先生、案外平気でいらっしゃるのね」

「そうね。自分でもふしぎに思うのよ。私はもう青春の世界から足を洗って、青春をあきらめてしまった人間だと、今はっきりわかったの。芸術と青春とは、私にとっては一つのものでした。ですから、私、永遠に若くありたいと思いましたの。でも今となっては、その二つとも思い出のお墓に葬りました。私の小さな小さな、可愛らしい、美しい、白い大理石の思い出のお墓……。萩原さんは芸術はともかく、若い人ですもの。勝手に自分の世界に生きて、浮気でも、密輸でも、好きなことをやったらいいんだわ。今はもう私、そういう心境ですわ」

「わかりますわ……わかりますわ」

近ごろとみに涙もろくなっている正代はそっと涙を拭《ぬぐ》った。それから、さっきの手紙を手にとって、春の朝の光りのまばゆい窓のほうへ透かしてみた。

「オヤ、三津子という字が見えるわ」

「え？」

正代はあわてて封を切った。そして、大声で読みあげながら、泣きだした。

「お母さん、不孝な三津子をおゆるし下さい。私たちは幸福号という船（この船の名は誰にも秘密にしておいて下さい。そうしないと私たちの身が危険になります）に乗って、日本を離れます……」

「敏夫はどうしたの？　敏夫は？」

歌子はふるえる手で、その手紙をうばいとった。

「ああ！　『さようなら、敏夫』それだけだわ！　それだけしか書いてない！」と歌子は叫んだ。「人生が私に復讐《ふくしゅう》したんだ。たった一言の『さようなら』それで何もかも終ってしまったんだわ」

「だって先生、そのたった一言の『さようなら』さえ、私に宛《あ》てたものなんですわ。お可哀想な先生！」

泣きじゃくりながら、正代は歌子に抱きついた。

庭は春の朝日のなかにしんとしていた。たった一本の桜はすっかり散り、少しも手入れをしない庭いちめんに雑草が生い茂っていた。窓からさし込む日光は、テーブルの上の、たべかけの半熟卵のカラを、桃いろに明るませていた。古い銀のナイフやフォークは、乱雑に置きっ放しにされて、輝やいていた。

年老いた女中は、台所の椅子で、ぼんやりしながら呟《つぶや》いていた。この女中も亦《また》、幽霊屋敷の家具の一部であった。

「まだ、朝ごはんを片附けにゆくに及ばないわ。又々、愁嘆場がはじまったんだから。先生と正代さんが泣きだしたら、容易のことじゃ納まらないんだから。ああ、あの泣き声の二重唱を何度きいたかしら！　それでいて泣きやむと、ケロリとして、すっかり冷えた食べのこしのトーストを、あわててパクついたりなさるんだから。思い切り泣くのは、よほどいい運動で、お腹《なか》が空《す》くんだわね、きっと」

――サロン兼食堂では、窓ぎわの古ぼけた革張りの椅子を寄せて、ハンカチをたえず目にあてながら、歌子と正代が語り合っていた。

「あのときを思い出すわ、敏夫の生れたとき」と歌子は言った。

「私とコルレオーニとの間に敏夫が生れたとき、あなたは言ったわね。何て可愛らしい赤ちゃんでしょう、って」

「そうでした。天使のような赤ちゃんでしたわ」

「私は子供が怖かった。子供がいたら、オペラ歌手として、自分の人生をまっすぐに歩くことができないような気がしていた。はじめから、子供を育てる気がなかった。あなたは、……あなたも、コルレオーニを愛していましたわね」

「ええ、ええ、本当に愛していました。でも報いられない恋でしたわ」

「それで、せめてコルレオーニの子供を自分の子供にして、育ててみたいって、あなたが言ってくれたんだわね」

「そうでしたわ。愛して報いられない人の子供を、自分の子供にすることは、私には、最大の慰めだったんですわ」

「私にも渡りに船だった。コルレオーニも同意しましたね。あの人も、父性愛や母性愛なんてものを軽蔑《けいべつ》して、一途《いちず》に、オペラ、オペラ、芸術、芸術、それだけの人だったんですからね。あの人の熱情で、日本のオペラは、一人前になったようなものですわ」

「私はやっぱり芸術家じゃなかったんですね。敏夫が大きくなったら、『おまえのお父さんはコルレオーニって方だ。コルレオーニさんと私との間に生れたのがお前だ』っていう嘘を吹き込もうということが、それからの私の人生の目標になったんですわ」

「コルレオーニはあなたにお金と、それからダイヤの指環《ゆびわ》を上げましたわね」と歌子は正代からもらった指環を、するりと抜きとると正代の指にかえした。

「あら、返していただいていいの？」

「当り前ですわ。もともと、あなたのものですもの」

正代はしわだらけの指に、ダイヤの指環をはめ、テーブルの上のコルレオーニの写真をじっと見た。

「又かえしていただきましたわ、コルレオーニ先生」――コ氏は黒い服を着ていたので、光りかがやく指環は、彼の胸のあたりにはっきり映った。「私が悪かったんです。私が生活に困っているとき、せめてこの指環を売っていれば、敏夫があんな不良になるのを、生活の豊かさと温かさで、防げたかもしれないんですもの。私はダメな母親でした。あなたからいただいた指環だけは、どんなに困っても、手放すことができなかったんです。だってあの指環は、あなたの思い出のすべてだったんですもの」

正代はコルレオーニ氏の写真を、涙に濡《ぬ》れた目で見つめるうちに、ぼやけてくるその肖像は、何だか急にいきいきとして、ほほえみかけるように思われた。

「それからあなたは、一度結婚して、三津子さんをお生みになったわけね」と歌子は、吐息をつきながら、正代の肩に手をかけた。

「ええ、悲しい結婚でしたわ。良人《おっと》は下町の商店主で、相当の財産もあり、敏夫のことも承知で、私をもらってくれたのですから、あのとき私、はっきり歌子先生のところへ、御挨拶《あいさつ》に行きましたわね」

「ええ、おぼえていますわ。秋の明るい日だった。あなたはとても幸福そうに、敏夫を抱いて、やって来ましたわね。そうして私とコルレオーニに……」

「ええ、こう御挨拶したんでしたわね。『私は敏夫と一緒に新らしい生活に入ります。以後、お宅へも出入りをいたさずに、一生、敏夫をわが子として育てますから、そちらからも、御手紙一ついただかないほうが結構ですから』って、私もむかしは、気の強いことを申上げたもんですわ」

「でも私、そのとき、こう御返事しましたよ。『それはそれでいいから、将来、万一困るようなことがあったら、いつでも訪ねて来て頂戴《ちょうだい》。そのときは、できるだけのことは御面倒を見ます。そして、誓って言いますが、私が敏夫の母親だという秘密は、敏夫にも決して言いません』って。……それでいて、去年、あなたが敏夫を連れて来て下さったとき、あまりのうれしさに、敏夫を自分の息子だなんて、雑誌のカメラマンに口走ってしまったりしたんですよ。でも敏夫は根っから冗談と思っていて、その後も全然、疑ったりしませんでしたね」

「そうですわ」と、心々の思い出が胸にあふれて、正代は、庭木の梢《こずえ》にかかる春の雲へ視線を投げながら、「そうですわ。……でも私、あれからあと、コルレオーニ先生がイタリアへおかえりになり、やがて私の良人も死に、苦しい生活へ追いやられ、子供二人をかかえて貧乏しつづけながら、去年の夏、新聞で遺産の記事を拝見するまで、ついぞ先生をおたよりしようと思わず、がんばりつづけて来たんです。だってコルレオーニ先生が帰国なさってから、歌子先生の生活もお苦しいことを、人づてによくきいておりましたもの」

「あなたって、本当にいつも、私の身を思って下さったのね」と歌子は洟《はな》をすすった。

「それに」と歌子は言いつづけた。「敏夫の持ち出した五百万円も、いずれ私の遺産として、敏夫にゆずる筈《はず》のお金だったんですもの。いわば、あの子は、自分のお金を自分で持ち出しただけのことでした。でも私は、三津子さんをあんなにいじめたけれど、すべては芸術のためだったんだわ。正代さん、わかっていただけるわね」

正代はおそろしく怨《うら》みを忘れっぽかった。

「ええ、ええ、わかっておりますとも、先生。敏夫は妹思い、妹は兄思いで、ほとんど一心同体でした。一人が家出すれば、もう一人もきっと家出したでしょうし、敏夫が三津子に同情して家出したのやら、その反対やら、まるでわかりませんわ。あの兄妹は、兄妹というより恋人同士でした。そりゃあお互いに好き合っていました。あんな愛情は、きっと自分でも知らずに、血のつながっていないということのふしぎな直感から、生れたものにちがいありませんわ」

「でもあの二人は、永久にそれを知らずにすぎてしまうわけですわね。又いつか日本へかえって、私たちの前に現われでもしない限り」

「永久にですわね、先生。永久に兄妹の愛に終ってしまうんですわね。世界中で一等愛し合っている二人なのに、恋人にもなれず、夫婦にもなれずに」

「永久に清らかな愛のままで。……でもそれが不幸でしょうか」

「さあ、不幸か幸福かそれはわかりません」と正代はめずらしく、叡智《えいち》に富んだ言葉を吐いた。「もし二人が、お互いに男と女として愛し合ってよいことに気がついたら、それで幸福になったとも限りませんもの。兄妹愛、美しい清らかな愛、永久に終りのない愛」

歌子も夢みるように呟《つぶや》いた。

「永久に終らない音楽……永久に終らないオペラ。……ねえ、正代さん、二人でこれから港へ行かないこと？」

「ええ、まいりましょう。幸福号とかいう船の出て行った海を見にまいりましょう」

――二人はあわただしく身支度をした。

女中は留守番を申しつけられて、ひろい邸内にたった一人になった。

老いた女中は大きなアクビをして、応接間のソファの上にねころがった。

「ああ、ここしばらくは、私がこのお邸の女主人だわ。ドレ一寝入りしましょう。その間に空巣ねらいでも何でも入っておくれ！」

――さて、歌子と正代は、渋谷駅までバスに乗り、渋谷から地下鉄に乗った。

風もあまりない、すばらしいいい天気だった。

ビルの屋上からは、たくさんのアド・バルーンが、春の雲のうかんでいる空に揺れていた。まばゆいほど明るい日であった。休日でもないのに、町には何だか、お祭のようなざわめきがあった。こんな日が永久につづけば、おそらく毎日が祭日であろう。

二人の老女は、銀座駅から、都電に乗りかえ、月島で下りて、ぶらぶら歩いた。

「このへんに住んでいましたんですよ、私」

「おやまあ、めずらしいところね。私は生れてから山の手しか知らないものだから」

と歌子は、歌子丸出しの言い方だった。

そのとき、遠く、屋根の彼方《かなた》に汽笛がひびいてきた。

「おや、船の汽笛ね」と歌子は首をのばした。

歌子は口の中で、「お蝶《ちょう》夫人」の「ある晴れた日に」を歌いだし、正代もそれに合わせた。古風な洋装に、皇太后陛下みたいな古風なハンドバッグをかかえた二人の老女が、歌いながら歩いてゆくのを、行人はけげんな顔つきでふりかえった。

歩くほどに、二人は橋を渡って、広い晴海《はるみ》町の並木路を行きつつあった。

「もう海の匂いがしますね」

「そこを右に曲って、つきあたりが港ですわ」

右に曲ると、道路のまんなかでキャッチ・ボールをしていた青年の一人が、二人

の足もとへ、ころがってくるボールを追いかけてきた。歌子はすばやくひろって、

「はい」とボールを手渡しながら、「若さっていいもんですよ。大事になさいね」

と言った。青年はヘドモドして、お礼も忘れて、飛んで逃げた。

右手には米軍施設のかこいの中のポプラ並木が、青々として海風になびいていた。

海風は真向いから、あるときは忍び足に、あるときは奔馬のように駈《か》け寄ってきた。二人は海風へむかって歩いた。

「どんどん歩いて行きましょう。海のむこうまで、歩いて行けたらどんなにいいでしょう」

「先生、お風邪を召すといけませんわ」

「いいんですよ。もう歌を歌わないオペラ歌手ですもの、ノドをいたわることはないの」

正面の港には、あかるく日がさして、多くの船が、幻のように錯綜《さくそう》して浮んでいた。

外国航路の貨客船や貨物船が、色さまざまの姿で美しく居並んでいた。白い船。

アンズいろの船。灰色の船。ある船の煙突には、黄いろいペンキで塗られた熊が踊っていて、フィリッピン・ベアーという船名が読まれた。油槽船。材木船。石炭船。

……それらの白いマストは、白樺《しらかば》の林のように重なって見え、多くの船楼は、塔ばかりのふしぎな町のように見えた。船という船は、安息のなかにも、明日の出発を

夢みているようであった。そしてそれらのむこうに、沖の空を領しているいくつもの軽い雲のつらなりがあった。

「幸福号ってどんな船でしょう」

「外国航路だから、きっと立派な、白い、大きな船にちがいありませんわ」

「あんな船でしょうか」

「あれよりもっともっと立派でしょう」

二人の老女の目は、船という船へ目を移すうちに、そのどれにも満足しなくなって、もっと大きな、もっと白い、もっと美しい船の幻を描いた。

その幻の幸福号は、港の只中《ただなか》に、今し船首を沖へむけて、出帆しようとしていた。マストはけだかく、船腹は銀白色にかがやき、白い煙突はややかたむいて、こちらへその船尾楼《プープ》を向けていた。悲劇的な汽笛を鳴りひびかせ、今し、幻の幸福号が出発する沖のかなたからは、荘厳な光りがなだれ落ちて、船を照らしていた。平穏な海は、幸福号のまわりになだらかにしりぞき、船尾に長い泡立つ水尾《みお》を引いた。……

「あの子たちは自由と幸福の国へ行ったんですね。永久にお祭のつづく国、永久にオペラのつづく国へ行ったんですね」

「そう思いたいもんですわね。オペラの国へ。……」と正代は吐息をついた。「それにしても、……あれほど愛し合っていた二人はありませんでした」

解説

藤田三男

「三島由紀夫の時代」とささやかれるようになったのは、昭和二十年代の終わりからである。三島文学に常に「辛い点数」をつけ続けた文芸評論家、寺田透《てらだとおる》の言である。どんな作家も自身の文学に批判的な評者に対して、敬意と親近感をもつことはほとんど稀《まれ》だが、三島さんは寺田透の「金閣寺」批判について、共感に近い敬意を覚えた、とのちに語っていた。

昭和三十年代はまさしく三島由紀夫の輝かしい時代である。この「幸福号出帆」はその「三島の時代」の幕明けに書かれた記念すべき長篇小説である。

この長篇を含めて三島由紀夫は長篇小説十五篇、戯曲（「鹿鳴館」がその代表作）、短篇小説、評論と、三島文学を代表する作品のほとんどすべてをこの時期に書いている。試しにその時期の長篇小説を列記すると、その充実した絢爛《けんらん》たる作品群に改めて驚かされる。

女神《めがみ》（「婦人朝日」昭和29年8月号〜30年3月号）昭和30年6月刊
沈める滝（「中央公論」昭和30年1月号〜4月号）昭和30年4月刊

幸福号出帆（「読売新聞」昭和30年6月18日～11月15日）昭和31年1月刊
金閣寺（「新潮」昭和31年1月号～10月号）昭和31年10月刊
永すぎた春（「婦人倶楽部」昭和31年1月号～12月号）昭和31年12月刊
美徳のよろめき（「群像」昭和32年4月号～6月号）昭和32年6月刊
鏡子の家（書き下ろし）昭和34年9月刊
宴のあと（「中央公論」昭和35年1月号～10月号）昭和35年11月刊
お嬢さん（「若い女性」昭和35年1月号～12月号）昭和35年11月刊
獣の戯れ（「週刊新潮」昭和36年6月12日号～9月4日号）昭和36年9月刊
美しい星（「新潮」昭和37年1月号～11月号）昭和37年10月刊
愛の疾走（「婦人倶楽部」昭和37年1月号～12月号）昭和38年1月刊
午後の曳航（書き下ろし）昭和38年9月刊
肉体の学校（「マドモアゼル」昭和38年1月号～12月号）昭和39年2月刊
絹と明察（「群像」昭和39年1月号～10月号）昭和39年10月刊

この一覧を丹念にみてゆくと、読者は種々のことに気付くであろう。作品の系列ははっきりと二つに分かれている。発表誌が「新潮」「群像」「文學界」「中央公論」などのいわゆる文芸雑誌、綜合《そうごう》雑誌、書き下ろしの作品系列と、「婦人倶楽部」「婦人朝日」「若い女性」、大手新聞などに掲載されたマス読者向けの作品系列である。前者を「純文学」、後者を「大衆小説《エンターテイメント》」と言い直すとはっきりするが、今日の多くの読者には「純文学」と「エンターテイメント」との区分もはっきりとしなくなってきており、要は「良い小説」と「悪い小説」があるだけではないかという議論が優勢である。

しかし三島由紀夫は二つのジャンルを峻別《しゅんべつ》した作家である。あくまで自分の文学の第一義は「純文学」であり、芸術の名に価するものは「純文学」である、という大正期以来の純文学崇拝にがんじがらめになっていた伝統的作家である。小説とは虚構のうちにも「自分を外さない」世界を描くことであり、それを外した大衆小説をひどく蔑視《べっし》した。松本清張の小説を全く認めないと公言してはばからなかったのもそのあらわれである。

そしてできれば自分の思い入れの深いテーマを存分に熟成させ、雑誌連載の日限にとらわれず、「書き下ろし」という形で作品を発表したいと考えていた。三島さんはよく欧米作家の例をあげて、ヘミングウェイやマルローのように、何年かに一作を書き下ろし、それで「生活できないものか」と羨望《せんぼう》をこめて語った（いまやそのスタイルを村上春樹氏が実現させせたが）。

「生活のために」大衆小説を書かざるを得ないとなれば、そこで全力をつくして読者の要求にこたえるというのが三島流で、純文学作品で実験した技法やアイデアを水で薄めれば「大衆小説」になるなどという幻想を全くもたない作家であった。

ちょっと「解説」の本筋から逸《そ》れるが、この一覧をみて間違い、誤記ではないかと気付く炯眼《けいがん》の読者も多いと思う。「女神」（昭30）、「幸福号出帆」（昭31）、「愛の疾走」（昭38）、

「肉体の学校」（昭39）などのエンターテイメントは連載完結から単行本化されるのに二、三ヵ月から半年ほどの時間差があるが、「沈める滝」（昭30）、「金閣寺」（昭31）、「宴のあと」（昭35）、「獣の戯れ」（昭36）、「美しい星」（昭37）、「絹と明察」（昭39）などの「純文学」作品は、ほぼすべてが連載完結月に刊行されている（雑誌の月号表記は実際の月の一月後であるが）。

「美しい星」の場合、昭和三十七年十一月号（十月七日発売号）で完結するが、単行本は同年十月二十日に刊行されている。ほぼ雑誌連載完結時に単行本が刊行されているのである。

これは他の作家にはほとんど例をみないことで、三島由紀夫の「純文学」作品は、最後の作品「天人五衰」（昭46）まで、すべてこのスケジュールで刊行された。三島文学は「純文学」といえども多くの読者に迎えられたから、出版社が早く本にしたいという要望が強かったこともむろんだが、それにしても完結して一月足らずで刊行、というのは実務進行上無理である。本文の組版だけについていっても、今日のように電算写植であれば、原稿用紙四〇〇枚のものを一週間以内に打ち上げることは可能だが、昭和三十年代はまだ鉛活字によって一字一字、文選・植字していた手作業の時代である。どう猛急で組み上げても十日から二週間はかかる。

おそらく文芸雑誌連載の小説は、綿密な創作ノートを基に「書き下ろし」の形で執筆されたものであろう。連載開始時にはすでにすべての決定稿が出来上がっていたのではないか。三島さんは草稿から原稿へ、つねに楷書《かいしょ》で清書をした。職業作家としては珍しいタイプの人で、完結時に少々の加筆訂正をするだけで単行本化することのできる稀有《けう》の職業作家《プロ》であったということである。

昭和四十一年、「文藝」に「英霊の聲《こえ》」が載り、その直後に単行本化について三島さんと打ち合わせをしたとき、三島さんは○月末までに本にできませんか、と言った。その○月末とはそのときから四十数日後のことである。駈《か》け出《だ》しの編集者の私は、この作品の「天皇（人間宣言）批判」にかかわる政治的スケジュールとでも関連があるのかと思ったりした。

原稿はすでに活字原稿としてあり、特急進行すれば全く不可能な日程ではない。こういうとき三島さんは全く「手のかからない」作家で、手渡された原稿は決定稿であり、校正刷をみることもない。すべてこちらへおまかせであるから著者とのやりとりで時間のロスもない。

三島さんは「銀行家のように」勤勉で周到な創作家であると同時に一方でおそろしく「せっかち」な人でもあった。

＊

この「幸福号出帆」は昭和三十年六月から十一月まで「読売新聞」に連載された。「女神」のように終章を徹底的に改変するようなことはなかったが、完結後かなり周到に推敲《すいこう》された。

三島文学の特色の一つに、社会的事件（とくに犯罪）に材をとったすぐれた作品が多いということがある。東大法学部の現役学生の高利金融会社の破綻《はたん》を扱った「青の時代」（昭25）、金閣寺放火の青年僧をモデルとした「金閣寺」、元外相と高級料亭の女将《おかみ》をモデルとし、のちに「プライバシー裁判」に発展した「宴のあと」、近江絹糸の「人権スト」に材をとった「絹と明察」などである。これらの作品には現実の社会的事件の裏打ちがある分、読者は現実の事件＝犯罪にひっぱられがちだが、三島文学は文学的構築力をもって、フィクションとしての実体を強固なものに仕上げている。まことに見事である。「金閣寺」のつづまりの印象は「林承賢は私である」という三島由紀夫の肉声である。「時代」をしかと刻印するのは「文学」しかないという三島由紀夫の（当時とはいえかなり反時代的な）声とも重なる。

「幸福号出帆」をはじめ三島さんのエンターテイメントには、より「時代相」を色濃く映さなくてはならないというプロの使命感が強くあった。そのための取材・調査は徹底して行われたことが、死後発表された「創作ノート」に明らかである。

この物語はまだ一般の家庭にテレビも洗濯機さえもなかった時代の話である。「何をしているのかわからない兄敏夫」と「オペラ歌手志望のデパートガール妹三津子」の物語である。「なまけもののくせにスリル好き、ものを考えることが嫌で、底抜けに明るく陽気で、そして人間嫌い」の美男という設定は、まさしく三島好みの人物像である。この作品といくつかの類縁のある長篇小説「鏡子の家」に登場するボクサー峻吉も同じタイプの男である（「鏡子の家」は三島文学の傑作の一つでありぜひ読んでいただきたい作品である）。

この兄妹《きょうだい》は父親がちがうという設定だが、事実は意外な展開とともに明らかになる。兄妹は近親相姦《きんしんそうかん》的な、ほとんど性愛によって結ばれた関係と思えるほどに親密である。そこに三島由紀夫が終戦直後に妹美津子を失い、その死を「敗戦より痛恨事」とした思いの深さを重ねることもできる。三津子が兄敏夫との絶対的な関係を失いかけると、三津子は自身の純潔を他の男に与えると兄に宣言する。この異形の兄妹愛がこの物語の「幸福」のキイワードである。

もう一つのキイワードは、兄敏夫と年上の愛人房子の職業、「密輸」である。いま密輸といえばその主たるものは「麻薬」だが、この当時の主役は、意外にも腕時計などの高級洋品である。当時の日本は完全な保護貿易主義下にあり、輸入品には多額の関税が課せられた。作品中にも「たとえば金時計の税金は十二割五分である。香港で三万円の金時計は、日本では六万七千五百円で売れる」とある。

当時、密輸事件の報道が頻繁にあったようで、「幸福号出帆」創作ノートにも複数の新聞記事の切り抜きが貼られている。日本が被占領国から辛うじて「独立」して間もないとき、その時代の象徴として「密輸」をとりあげたのは、三島由紀夫の独創である。

＊

三島さんは、礼節のきちんとした人であることは周知の通りであるが、あまつさえ「虚礼」とも思えるほどの社交・挨拶《あいさつ》を重んじた人でもある。海外へ取材旅行をしたあとなどたまたま伺うと、こちらは餞別《せんべつ》も差し上げていないのに「これお土産です」と言って、新聞紙に無造作に包んだものを手渡されることがあった。なかにはオメガの時計、あるときはパーカーの金貼りの万年筆、オーストリッチの財布などが出てきてびっくりした。もちろん「密輸入品」ではない。為替レートが一ドル＝三六〇円時代のことである。

児玉隆也《こだまたかや》というノンフィクション作家をご存知であろうか。若くして女性週刊誌「女性自身」のデスクとなり、三島家に親しく出入りをしていたが、三島さん没後退社してフリーとなり、「田中角栄研究——その金脈と人脈」の立花隆氏とともに、「淋しき越山会の女王」(「文藝春秋」昭49・11)を発表し、一躍脚光を浴びたノンフィクションの新しい波《ニュー・ウェイブ》である。三十八歳で肺癌により夭逝《ようせい》したが、その晩年の著書「ガン病棟の九十九日」は傑作である。

三島邸を訪ねた折、たまたま児玉隆也と行き合わせ、忙しい彼と帰途大森の喫茶店に入ったことがあった。同業とはいえ、さほど親しい間柄とはいえなかったが、同じ大学を同じころに卒業ということもあり、また当時青臭い「純文学」かぶれの編集者でしかなかった私にとって、児玉が女性週刊誌に血道を上げる姿が異様に思えたからでもある。またそんな児玉を三島さんがよしとすることがよく分からなかった。そのとき彼が何かメモをしようとして金貼りのパーカーを手にした。「それ、三島さん」と私が問うと、彼はちょっと恥ずかしそうに頷《うなず》いた。とても駈け出しの編集者風情がもてるような代物ではない。そのとき、ミーハー週刊誌の編集などは、ほどほどにしたがいい、という意味のことを私が言ったのだろう。珍しく激怒した児玉隆也の姿とともに忘れがたい。

その児玉隆也が、三島由紀夫自刃直後に「女性自身」で二度にわたり特集を組んだ。衝撃的な最期の場面、最後の「三島由紀夫展」における三島さんの様子などに続けて「家庭人・三島由紀夫の素顔」を六ページにわたって特集した。「よき夫、よきパパ、非の打ちどころのない孝行息子」としての三島さんを描き出し、三島さんの没後も二人の愛児には、毎年クリスマス・プレゼントが送られてくるように手配してあった、という。これは三島由紀夫への厚い尊崇の思いと悲しみのあまりに、児玉隆也が仕組んだ「美談」ではないのか、と私は思った。

大衆小説や毎週・毎日放送されるテレビのホームドラマには、毎日毎日食卓を囲んでの「家庭」が描き出される。しかしこの「幸福号出帆」をはじめ三島由紀夫の小説には「家庭」も「家族」もはなはだ影が薄い。すべて個と個、男と女に還元され物語は展開する。この作品でも異形の兄と妹の絶対的な紐帯《ちゅうたい》だけが、スリリングなストーリー展開の中に描かれているのである。

物語の中だけではなく、現実にも「家庭人・三島由紀夫」などというものはいないのである。

本書は『決定版　三島由紀夫全集』（新潮社）を底本とし、現代仮名遣いに改めました。
本文中には、「混血」「白痴」「アイノコ」「気ちがい（きちがい）」「第三国人」「盲ら」等、今日の人権擁護の見地に照らして、不適切と思われる表現がありますが、著者自身に差別的意図はなく、また、著者が故人であることと、作品自体の文学性・芸術性を考え合わせ、原文のままとしました。

（編集部）

幸《こう》福《ふく》号《ごう》出《しゅっ》帆《ぱん》

三《み》島《しま》由《ゆ》紀《き》夫《お》

角川文庫 16503

平成二十二年十月二十五日　初版発行

発行者―井上伸一郎
発行所―株式会社角川書店
東京都千代田区富士見二―十三―三
電話・編集（〇三）三二三八―八五五五
〒一〇二―八〇七八
発売元―株式会社角川グループパブリッシング
東京都千代田区富士見二―十三―三
電話・営業（〇三）三二三八―八五二一
〒一〇二―八一七七
http://www.kadokawa.co.jp

印刷所―暁印刷　製本所―BBC
装幀者―杉浦康平

み 2-9　ISBN978-4-04-121216-5　C0193

角川文庫発刊に際して

角川源義

第二次世界大戦の敗北は、軍事力の敗北であった以上に、私たちの若い文化力の敗退であった。私たちの文化が戦争に対して如何に無力であり、単なるあだ花に過ぎなかったかを、私たちは身を以て体験し痛感した。西洋近代文化の摂取にとって、明治以後八十年の歳月は決して短かすぎたとは言えない。にもかかわらず、近代文化の伝統を確立し、自由な批判と柔軟な良識に富む文化層として自らを形成することに私たちは失敗して来た。そしてこれは、各層への文化の普及滲透を任務とする出版人の責任でもあった。

一九四五年以来、私たちは再び振出しに戻り、第一歩から踏み出すことを余儀なくされた。これは大きな不幸ではあるが、反面、これまでの混沌・未熟・歪曲の中にあった我が国の文化に秩序と確たる基礎を齎らすためには絶好の機会でもある。角川書店は、このような祖国の文化的危機にあたり、微力をも顧みず再建の礎石たるべき抱負と決意とをもって出発したが、ここに創立以来の念願を果すべく角川文庫を発刊する。これまで刊行されたあらゆる全集叢書文庫類の長所と短所とを検討し、古今東西の不朽の典籍を、良心的編集のもとに、廉価に、そして書架にふさわしい美本として、多くのひとびとに提供しようとする。しかし私たちは徒らに百科全書的な知識のジレッタントを作ることを目的とせず、あくまで祖国の文化に秩序と再建への道を示し、この文庫を角川書店の栄ある事業として、今後永久に継続発展せしめ、学芸と教養との殿堂として大成せんことを期したい。多くの読書子の愛情ある忠言と支持とによって、この希望と抱負とを完遂せしめられんことを願う。

一九四九年五月三日